LA SANGRE DE LA VICTORIA

Alan Furst

La sangre de la victoria

Traducción de
Alberto Magnet

Umbriel

Argentina • Chile • Colombia • España
Estados Unidos • México • Uruguay • Venezuela

Título original: *Blood of Victory*
Editor original: Weidenfeld and Nicolson
Traducción: Alberto Magnet

Copyright © Alan Furst 2002
© de la traducción, 2003 *by* Alberto Magnet
© 2003 *by* Ediciones Urano, S.A.
   Aribau, 142, pral. – 08036 Barcelona
   www.umbrieleditores.com

ISBN: 84-95618-45-1
Depósito legal: B. 14.486- 2003

Fotocomposición: Ediciones Urano, S.A.
Impreso por Romanyà Valls, S.A. – Verdaguer, 1 – 08760 Capellades (Barcelona)

Impreso en España – *Printed in Spain*

En 1939, mientras los ejércitos de Europa se moviliza-
ban para la guerra, los servicios secretos británicos iniciaron operaciones con el fin de impedir la exportación
de petróleo de Rumania a Alemania. Y fracasaron.

En el otoño de 1940 volvieron a intentarlo.

Índice

La llamada a las armas

El 24 de noviembre de 1940, las primeras luces del alba sorprendieron al *Svistov,* un barco de transporte de minerales, luchando contra los embates de las olas del mar Negro, tras una larga noche de travesía entre Odessa y Estambul. El escritor I. A. Serebin, insomne como de costumbre, había abandonado su camarote y ahora, apoyado en la barandilla de cubierta, escudriñaba el horizonte en busca de una señal de la costa turca, pero sólo divisó una franja rojiza y sangrienta en el cielo de oriente. Recordó el viejo refrán, «cielo rojizo, o viento o granizo». Saludó la idea con una sonrisa. «Hay tantas maneras de morir ahogado en otoño», pensó. En su lucha contra el mar, el *Svisto* crujía y se desgañitaba, y la espuma volaba por encima de su proa. Con las manos en cuenco, Serebin encendió un cigarrillo Sobranie y se quedó observando las aguas oscuras que rompían contra el casco y se arremolinaban al pasar, hasta que el viento acabó por devolverlo a su camarote.

Cuando cerró la puerta, un bulto suave se movió bajo las mantas.

—*Ah, mon ours* —dijo—. Mi oso. —Era una voz apagada, tierna y somnolienta—. ¿Hemos llegado?

—No. Todavía falta un buen rato.

—Pues entonces... —Un lado de la manta quedó suspendido en el aire.

Serebin se quitó la camisa y los pantalones, dejó las gafas y se deslizó junto a ella. Con un dedo indolente le recorrió la espalda, por encima de la curva y más allá. «Suave como la seda —pensó—, lisa como la piel de una foca». Quizá fuera un verso poco feliz en la cama, pero era verdad, la pura verdad.

Marie-Galante. Qué nombre más curioso. ¿De la nobleza? No le sorprendería que lo fuera. O que no lo fuera. Tal vez una flor nacida en un tugurio. Daba igual, era una mujer deslumbrante, «glamourosa». Excepcionalmente depilada, lustrada y suavizada. Había ido a su camarote envuelta en un abrigo de marta y descalza, tal como le había prometido durante la cena. Una mirada, una voz que ronroneaba en un francés adorable, justo lo suficiente, mientras su marido, un diplomático de Vichy, trababa conversación con el capitán búlgaro y su primer oficial. De modo que no fue ninguna sorpresa oír, minutos después de medianoche, tres golpes breves, el sonido de las uñas anacaradas contra la puerta de hierro. Y cuando ésta se abrió, un elocuente *bonsoir*.

Serebin se quedó mirando cuando el abrigo cayó a sus pies. El camarote sólo contaba con una lámpara de queroseno, que colgaba de un gancho en un rincón, pero su diminuta llama bastaba. Pelo color almendra, la piel de un tono apenas más claro, los ojos un tono más oscuro, color *caramelo*. Ella correspondió a su mirada con una sonrisa —«Sí, soy yo»—, dio una vuelta lentamente para que la viera y luego, por un momento, posó para él. Serebin era un hombre acostumbrado a los lances amorosos, que se sucedían uno tras otro. A veces creía que su destino era que la vida le diera con un canto en los dientes cada vez que se presentaba la oportunidad y luego le compensara con mujeres. Aun así, no podía dejar de mirarla.

—Me parece —dijo ella con voz suave—, que hace un poco de frío para quedarse así.

Los motores martilleaban al límite de su rendimiento, pero el vapor sobrecargado —manganeso de Ucrania para los hornos de Turquía— avanzaba como un caracol. Pensaron que era una buena idea quedarse tendidos así, cara con espalda, la mano de él sobre sus pechos, y el mar que se encumbraba y luego caía por debajo de ellos.

◆ ◆ ◆

Serebin se había embarcado en el *Svistov* en el puerto rumano de Constanza, donde se detuvo brevemente para cargar unos cuantos contenedores de maquinaria agrícola izados lentamente por uno de los costados herrumbrosos del barco, y un solo pasajero. Los muelles estaban casi desiertos y Serebin permaneció solo, con una pequeña maleta en el suelo, mientras esperaba armado de paciencia en el lento crepúsculo meridional a que bajaran la escalerilla.

Unas horas antes había estallado una refriega allí, una pandilla de fascistas de los Guardias de Hierro perseguidos por una unidad del ejército leal a Antonescu. Eso fue lo que dijo el camarero en la taberna del puerto. Ráfagas sostenidas de armas ligeras, unas cuantas granadas de mano, metralletas, y luego el silencio. Serebin escuchó con atención, calculó la distancia, pidió una jarra de cerveza y no se movió. Estaba a salvo. Tenía cuarenta y dos años, aquélla era su quinta guerra y se consideraba un especialista cuando se trataba de huir, esconderse o mostrarse indiferente.

Más tarde, camino del muelle, pasó junto a una oficina de telégrafos. Las ventanas estaban destrozadas y un hombre uniformado yacía muerto en el umbral de la puerta abierta, que golpeaba contra su bota cada vez que el viento de la noche intentaba cerrarla. Rumania acababa de firmar el Pacto Tripartito con Alemania, los asesinatos políticos eran pan de cada día, se cernía sobre el país el espectro de la guerra civil y aquella pobre alma sencillamente había dejado este mundo antes que las demás.

La cena, en la sala de oficiales del barco, había durado una eternidad. El diplomático, Labonnière, un hombre seco con grandes mostachos, intentaba expresarse con un ruso aprendido en la universidad —«El tiempo es muy cambiante durante el otoño», o «La sabrosa carpa del mar Negro, a menudo preparada al horno, pero a veces a las brasas»—. El capitán búlgaro no le ponía las cosas fáciles. «Sí, muy sabrosa.»

A Serebin lo habían dejado conversando con *madame*. ¿Lo habían hecho a propósito? No sabía qué pensar. La mujer era divertida, tenía esa habilidad especial de las parisienses para sacar temas de conversación de la nada. Serebin escuchaba, hablaba en el momento oportuno y comía sin ganas un plato de verduras cocidas. De todos modos, ¿de qué podían hablar? La mitad de Francia estaba ocupada por Alemania; Polonia, bajo el yugo, y Londres, en llamas. Y encima la carpa. Madame Labonnière lucía un camafeo en una cinta de terciopelo en torno al cuello y, de vez en cuando, lo acariciaba con los dedos.

En un estante, en la sala de oficiales, había una radio de carcasa verde, de acero, con un altavoz de malla metálica en el centro con forma de margarita. Recogía los mensajes de una docena de emisoras que aparecían y luego se esfumaban como felinos inquietos. A veces, unos cuantos minutos de noticias sobre la producción lechera en la Unión Soviética, seguidos de un cuarteto de cuerda en algún lugar del continente. Un político que bramaba un discurso en serbocroata y que se desvanecía en medio de la estática crujiente, luego una radio de Turquía, instrumentos de cuerda lastimeros y una percusión profunda. Para Serebin, aquello era una placentera anarquía. Nadie era dueño de las ondas en alta mar. De pronto, la música turca se apagó y la reemplazó un *swing* americano y una voz femenina. Durante un momento largo, nadie en la mesa habló hasta que, como un fantasma, la melodía desapareció en medio de la noche.

—¿De dónde habrá salido eso? —preguntó Marie-Galante a Serebin.

Él no tenía idea.

—¿Londres? ¿Es posible?

—Es un misterio —dijo Serebin.

—En Odessa nunca se oyen cosas así.

—En Odessa uno escucha discos. ¿Usted vive allí?

—Por el momento, en el consulado francés. ¿Y usted, *monsieur*? ¿Dónde vive usted?

—En París, desde el treinta y ocho.

—*Quelle chance.* —Qué suerte. ¿Para él? ¿Para ellos?—. ¿Y antes del treinta y ocho?

—Soy ruso de nacimiento. Nací, precisamente, en Odessa.

—¡De verdad! —Estaba encantada—. Entonces seguro que conoce sus secretos.

—Unos cuantos, quizá. Nadie los conoce todos.

Ella rió de una manera que daba a entender que él le atraía.

—Dígame una cosa —pidió, inclinándose hacia delante con gesto confidencial—. ¿Encuentra usted agradables a sus actuales inquilinos?

«¿De qué iba aquello?» Serebin se encogió de hombros.

—Es una ciudad ocupada —respondió, y dejó que ella se hiciera una composición de lugar.

7:20. Serebin estaba tendido boca arriba y Marie-Galante dormitaba junto a él. El mundo hacía la vista gorda ante el *amour de cinq-à-sept,* el encuentro amoroso al atardecer, pero también existía otra versión del cinco a siete, la del ante merídiem, que Serebin encontraba tan apetecible como la primera. En esta vida, pensaba, sólo había una cosa por la que valía la pena despertarse por la mañana, y no era salir de la cama para enfrentarse al mundo.

Marie-Galante dejó escapar un suspiro y se desperezó. «Fragante como un melón, cálida como el pan tostado.» Se dio media vuelta, deslizó una pierna sobre su cintura y se sentó, se echó el pelo hacia atrás y luego se sacudió como para sentirse cómoda. Por un instante, se lo quedó mirando, le sujetó el mentón con una mano y le inclinó la cabeza hacia un lado, luego hacia el otro.

—Eres realmente guapo, ya lo sabes.

Él rió y la miró con una mueca.

—Lo digo en serio. Dime, ¿de dónde vienes?

—Soy una mezcla.

—¿Ah, sí? Mezcla de spaniel con perro de caza, quizás. ¿Es ésa la mezcla?

—Mitad aristócrata ruso, mitad judío bolchevique. Un perro de nuestros tiempos, por lo que se ve. ¿Y tú?

—Borgoñesa, *mon ours,* oscura y apasionada. Nos fascina el dinero y cocinamos todo con mantequilla. —Se inclinó, lo besó ligeramente en la frente y abandonó la cama—. Y nos vamos a casa por la mañana.

Con esto, cogió su abrigo, se lo puso y se lo abrochó.

—¿Te quedarás en la ciudad?

—Una semana. Quizá diez días. En el Beyoglu, en Istiklal Caddesi.

Ella dejó descansar la mano en el pomo de la puerta.

—Entonces, *au revoir* —dijo. Lo pronunció de una manera exquisita, dulce, con un dejo de melancolía.

Estambul. Las tres y media de la tarde, la hora violeta. Serebin miró por la ventanilla del taxi mientras avanzaba traqueteando a lo largo de los muelles del Cuerno Dorado. El Castillo de la Indolencia. Siempre había pensado en ello de esa manera, cáscaras de melón con nubes de moscas, miles de gatos, manchas de herrumbre en las columnas de pórfido, una extraña luz, sombras misteriosas en una nebulosa de humo y polvo, una calle donde los ciegos vendían ruiseñores.

El *Svistov* había llegado a puerto hacía una hora. Los tres pasajeros esperaron en la puerta del garito de aduanas y luego se despidieron. Para Serebin, un firme apretón de manos y un cálido adiós de parte de Labonnière. En algún momento de la noche le había preguntado a Marie-Galante si a su marido le importaba lo que hacía.

—Es un acuerdo —dijo ella—. Vamos juntos a todas partes, pero nuestras vidas privadas son asunto de cada cual. —Así iba el mundo.

«Así iba el mundo», como esos dos hombres corpulentos, vestidos con traje, que esperaban apoyados contra una pared en el muelle. Supuso que eran agentes de la Emniyet, la policía secreta turca. Un comité de bienvenida, por así decir, para el diplomático y su mujer, para el capitán búlgaro y, probablemente, también para él. En París, la Sureté sin duda lo había visto partir de la Gare du Nord, y la SD —la Sicherheitsdienst—, la NKVD, la VK-VI húngara y la Siguranza rumana lo habían seguido en su periplo hacia el mar Negro.

Al fin y al cabo, se trataba de I. A. Serebin, un hombre que había sido condecorado como héroe de la Unión Soviética, medalla de segunda clase, y que ahora desempeñaba el cargo de secretario ejecutivo de la Unión Rusa Internacional, una organización de emigrantes con sede en París. La URI organizaba reuniones y adoptaba resoluciones, la mayoría relacionadas con sus propios estatutos, ofrecía toda la caridad de la que era capaz, regentaba un club en las cercanías de la catedral rusa, en la calle Daru, con periódicos en clavijas de madera, celebraba un campeonato de ajedrez y montaba una obra en Navidad, además de editar *Cosecha,* una modesta revista literaria. En el espectro político de las sociedades de emigrantes, la URI era de lo más discreta que podía ser una organización rusa. Los oficiales zaristas del ejército blanco tenían sus propias organizaciones, los bolcheviques nostálgicos tenían las suyas y la URI no se movía del mítico centro, de la ideología de Tolstoi, la compasión mezclada con recuerdos de puestas de sol, y se resignaba ante las acciones de los inevitables informantes de la policía con un suspiro y un encogimiento de hombros. ¡Los extranjeros! Sólo Dios sabía lo que tramaban. Pero, al parecer, era imposible que Dios fuera el único que lo supiera.

El hotel Beyoglu, cuyo nombre correspondía al antiguo barrio donde estaba situado, se encontraba en una calle más o menos ajetreada, justo lo bastante lejos del tumulto de la plaza Taksim. Serebin podría haberse alojado fácilmente en el Pera Palace, pero aquello significaría encontrarse con gente conocida, de modo que escogió uno de los fríos sepulcros de la planta superior del vetusto Beyoglu. Hogar de viajantes de comercio y de amantes de mediodía, con sus techos de cuatro metros de alto y sus paredes azules, el retrato de rigor de Mustafa Kemal impreso al óleo en colores chillones colgando por encima de su cama y, en el cuarto de baño, una enorme bañera de cinc sobre tres patas de león y un ladrillo.

Serebin se desvistió, se afeitó, dejó correr el grifo para tomar un baño y luego se sumergió en el agua tibia y verdosa.

> *Ahora el viento arrastra las hojas del camino,*
> *hay personas cuyo rostro no adivino.*

Escribió aquello a finales de octubre en París. Había esperado con paciencia a que brotara el resto del poema, pero eso nunca sucedió. ¿Por qué? El otoño siempre había sido generoso con él, pero no ese año. «Es la ciudad». París había muerto bajo la ocupación alemana; los franceses, descorazonados, dolidos, silenciosos. En cierto sentido, los odiaba. ¿Qué derecho tenían de sembrar tan oscura desesperanza? Era como una imagen lluviosa que ascendía desde Verlaine. En Rusia habían sufrido mil infiernos, se habían emborrachado con ello y habían cantado hasta el agotamiento. La hambruna, la guerra civil, los bandidos, las purgas, los treinta y nueve jinetes del Apocalipsis, y había que parar de contar.

Por eso, había ido a Estambul. Cuando le fue imposible respirar en París, decidió huir a Bucarest, y aquello empeoró las cosas. Se emborrachó, acabó en las oficinas de un barco de carga. Claro, tenía sus *motivos*. Había que tenerlos. Unos cuantos asuntos de la URI y una carta de Tamara Petrovna. «Desde luego que quiero verte. Una última vez, amor mío. Para que me digas que no piense en esas cosas.» Habían tenido dos aventuras amorosas. A los quince años y de nuevo a los treinta y cinco. Y luego, Rusia se la había llevado, como se llevaba a la gente. La carta hablaba de dinero, pero él no tenía que ir hasta Estambul para eso, el banco en Ginebra se habría encargado del asunto.

La vida de Istiklal Caddesi entraba flotando a través de la ventana abierta, un burro que rebuznaba, el trino de los pajarillos, la bocina de un coche, un músico callejero que tocaba una especie de clarinete aflautado. «Vuelve a Odessa.» Es una estupenda idea, Ilya Alexandrovich. *Aquello* sí acabaría su poema. Algunos emigrantes lo intentaban, más a menudo de lo que nadie podría creer. Y regresaban, engañados, resignados, esperando contra toda esperanza. Sus amigos pensaron que llegaría una carta. Pero nada. Jamás llegaba nada.

Serebin se secó, se puso la otra camisa, ropa interior y calcetines limpios y se miró en el espejo de metal. Delgado y oscuro, estatura normal, quizás un poco menos de lo normal, pelo negro, lo bastante espeso como para que se lo pudiera cortar cualquiera que tuviese un par de tijeras (Serebin detestaba a los peluqueros), el músculo de la mandíbula que a veces le temblaba. Ojos tensos e inquietos. ¿Guapo? Quizá para ella. Una de sus amantes de Moscú le había dicho en una ocasión: «Es inconfundible, hay algo que quema dentro de ti, Ilya. Las mujeres saben estas cosas, cariño, cuando huelen algo que quema, quieren apagarlo. Aunque habrá alguna que, de vez en cuando, querrá lanzarle aceite».

Se anudó cuidadosamente la corbata, luego se la quitó y la lanzó sobre la cama. Dejó el botón abrochado, vio que su aspecto era el de un comunista griego, se aflojó el botón, y lo dejó así. «Una licencia poética.» Se puso la chaqueta de tweed marrón. Hecha en Londres, aún duraba, soportaba aventuras en restaurantes y noches en estaciones de trenes y seguramente, pensó, viviría más años que él.

No podía ver su otro lado en el espejo. Su abuelo, el conde Alexander Serebin, había muerto en un duelo en un parque de San Petersburgo en 1881. La historia contaba que la disputa tenía por origen una bailarina. Serebin se desabrochó un segundo botón y se abrió el cuello de la camisa. *Ahora pareces un vendedor de pasas libanés.* Aquello le hizo reír, ¡era un hombre diferente! Se arregló la camisa, dejó su sombrero y su impermeable en el armario y bajó a buscar un taxi.

Frente al hotel, el mismo chófer que lo había llevado al Beyoglu ahora estaba ocupado con un trapo, lustrando las abolladuras y heridas de su viejo taxi Fiat.

—¡*Effendi*! —gritó, encantado con la coincidencia, y abrió la puerta trasera del coche con gesto pomposo. Era evidente que el hombre había esperado frente al hotel a que Serebin volviera a aparecer. Su instinto comercial, o quizás algo por lo que le habían pagado. O que le habían ordenado. «Así funciona el mundo.» Serebin le mostró una dirección en un trozo de papel y subió.

La casa que había comprado para Tamara se encontraba en Besiktas, un lugar de veraneo situado justo al norte de la ciudad. Eran más de las cinco cuando el taxi de Serebin llegó a duras penas al viejo pueblo, mientras la llamada del almuecín a la oración de la tarde vibraba en el aire frío y en el cielo se dibujaban largas franjas rojizas por encima de las cúpulas y los minaretes, como si, en lugar de ocultarse, el sol se desangrara.

El chófer encontró la dirección con relativa facilidad, una antigua casa de verano de madera, una *yali,* pintada de amarillo y persianas verdes, situada en un acantilado por encima del Bósforo. Tamara lo esperaba en el pequeño jardín con vistas al mar. Instintivamente, Serebin avanzó para abrazarla, pero ella le cogió las manos y lo mantuvo a distancia.

—Me alegro tanto de volver a verte —dijo, los ojos humedecidos por lágrimas de dolor y bienestar.

Su primer amor, quizás el amor de su vida, sí, a veces Serebin lo creía. Ahora tenía el semblante muy pálido, y sus ojos color jade brillaban en un rostro endurecido, el rostro de una chica mala en una película de gángsters americanos. Su cabellera color paja parecía más fina, y la llevaba más corta de lo que él recordaba, recogida con una peineta rosada. «Para darle algo de color.» Se había puesto elegante para él. En la mesa del jardín había un florero rebosante de anémonas y la terraza de piedra estaba barrida pulcramente.

—He pasado por la tienda rusa —dijo, y le entregó una caja envuelta en un papel de color.

Ella la abrió con cuidado, tomándose su tiempo, quitó la tapa y descubrió las hileras de higos confitados.

—Son de Balabukhi —dijo él—. El famoso comerciante en dulces de Kiev.

—Tendrás que compartirlos —sentenció ella.

Él fingió buscar uno que le apetecía especialmente, lo encontró y le dio un mordisco.

—También hay esto —dijo. Era una bolsa de galletas con almendras—. Y éstas. —Dos pulseras de oro trenzado, compradas en una joyería cerca del hotel. Ella se las puso y giró la muñeca en un sentido, luego en otro, hasta que el oro lanzó un destello al reflejar la luz.

—¿Te gustan? ¿Te quedan bien?

—Sí, claro que sí, son bellísimas. —Tamara sonrió y sacudió la cabeza con fingida exasperación—. ¿Qué vamos a hacer contigo?

Se sentaron en un banco y miraron hacia la lejanía del océano.

—Perdóname —dijo él—, pero es mi deber preguntarte cómo estás.

—Mejor.

—Así me gusta.

—Mucho mejor. En realidad, bien. Pero, ya sabes, el *chahotka.* —Aquello significaba consumirse, la palabra rusa para tuberculosis.

En 1919, durante los combates entre los bolcheviques y las tropas zaristas, Tamara había trabajado como enfermera en una unidad médica del Ejército Rojo, atendiendo a los enfermos y los moribundos entre los habitantes de los *shtetls* de Bielorrusia. No se lo habían ordenado, lo había hecho por iniciativa propia. No había medicamentos para los enfermos y sus únicos instrumentos eran un cubo de agua caliente y un paño. Aun así, en medio del frío y la humedad, agotada por los continuos avances y retrocesos, trabajando día y noche, persistió, hizo lo que otros no se atrevían a hacer y la *chahotka* acabó cebándose con ella. Tuvo que permanecer ocho meses en cama, y cuando creyó que la enfermedad había pasado reanudó su vida normal. Pero en el crudo invierno de 1938 sufrió un rebrote, y Serebin decidió alejarla de Rusia y la instaló en la casa de Besiktas.

—Habrás visto a los médicos —dijo Serebin.

—Claro que sí. He gastado dinero como si fuera agua.

—Tengo dinero, Tamara.

—Bien, ya lo gasto. Verás, descanso hasta que no puedo más, como más crema de leche que los gatos y tus señoritas no me dejan sola ni un minuto. —Serebin había contratado a dos hermanas, emigrantes de Ucrania, para que vivieran en la casa y cuidaran de ella—. ¿Estás contento en París? —preguntó—. Me imagino que todo el mundo te adora.

—Al menos me toleran —respondió él, y rió.

—Ya lo creo. Tolerado por las noches. Ya te conozco, Ilya.

—Bien, ahora es muy diferente. Y París ya no es lo mismo.

—¿Los alemanes te dejan en paz?

—Hasta ahora. Soy su aliado, según los últimos acuerdos del pacto entre Stalin y Hitler, y una celebridad literaria en un ambiente limitado. Por el momento, no me molestan.

—¿Los conoces?

—A dos o tres. Son oficiales, simplemente militares destinados en el extranjero, así lo entienden ellos. La ciudad es lo que tenemos en común, y es gente muy culta. De modo que podemos conversar. Desde luego, siempre hay que tener cuidado, ser correcto, nada de política.

Ella fingió un estremecimiento.

—No te quedarás ahí.

Él asintió con un gesto de la cabeza. Era probable que tuviese razón.

—Pero también es posible que estés enamorado.

—De ti.

Su rostro se encendió, aunque supiera que no era verdad. O, quizás, algo de verdad.

—Perdónalo, Dios mío, a veces miente.

A los quince años, en pisos vacíos, en playas desiertas, habían fornicado sin parar y dormido juntos entrelazados. Largas noches de verano en Odessa, cálidas y húmedas, observando los relámpagos secos sobre el mar.

—¿Y sales a caminar? —preguntó.

Ella dejó escapar un suspiro.

—Sí, sí, hago todo lo que tengo que hacer. Todos los días, durante una hora.

—¿Vas al museo? ¿A ver a nuestro amigo?

Su pregunta la hizo reír, una especie de graznido ronco y sonoro. Al llegar a Estambul, habían visitado la atracción del barrio, un museo naval. Soberanamente aburrido, aunque allí estaba emplazado un cañón de 23 toneladas construido para un sultán otomano llamado Selim el Feroz. Había un retrato suyo colgado por encima del monstruoso artefacto de guerra. Su nombre, y su aspecto en el retrato, le habían hecho reír desaforadamente, hasta que el ataque de risa hizo que brotara un brillante hilo de sangre en sus labios.

Una de las damas ucranianas se presentó en la puerta de la terraza y carraspeó.

—Son las cinco y media, Tamara Petrovna.

Serebin se incorporó y la saludó con formalidad. Conocía los nombres de las dos hermanas, pero no estaba seguro cuál era cuál. Ella respondió a su saludo llamándolo *gospodin,* es decir, señor, el apelativo formal que en Rusia había precedido a *camarada,* y dejó una bandeja en la mesa, dos tazones y dos cucharas de sopa. Luego, encendió una lámpara de aceite.

Los tazones contenían un budín de arroz que temblaba, un plato que para Serebin en la infancia había sido un postre maravilloso.

Pero ya no. Tamara consumió el suyo obediente y lentamente, y lo mismo hizo él. En las aguas del Bósforo, un petrolero en cuyo mástil ondeaba una cruz gamada se alejaba hacia el norte escupiendo humo por la chimenea.

Cuando acabaron el budín, ella le enseñó las tejas del techo que se habían agrietado y desprendido, aunque él apenas podía verlas bajo la luz moribunda.

—Por eso te he escrito —dijo Tamara—. Hay que repararlas o entrará agua en casa. Preguntamos en el mercado y vino un hombre y se encaramó allá arriba. Está dispuesto a repararlo, pero dice que habría que reemplazar todo el tejado. Son tejas muy viejas.

«¿Por eso me has escrito?», pensó Serebin. Pero no lo dijo. Al contrario, desde aquel rincón oscuro de la casa, mientras las olas rompían a los pies del acantilado, le preguntó por qué había dicho «por última vez».

—Quería volver a verte —confesó ella—. Aquel día tenía miedo de no sé qué. De algo. Tal vez muera. O mueras tú.

Él le puso una mano en el hombro y, sólo por un momento, ella se dejó ir y se apoyó en él.

—Y bien —dijo Serebin—, puesto que estamos vivos, al menos hoy, no estaría de más reparar el tejado.

—Puede que sea la sal en el aire —dijo ella, con voz trémula.

—Sí, estropea las tejas.

—Comienza a hacer frío. Creo que deberíamos entrar.

Conversaron durante una hora, y él se despidió. Encontró el taxi estacionado frente a la casa, como ya sospechaba, y en el trayecto de vuelta al hotel hizo esperar al chófer mientras compraba una botella de vodka turco en un café.

El chófer era un hombre práctico que había conseguido aprender unas cuantas palabras indispensables para hablar con sus clientes extranjeros. Cuando Serebin volvió del café, le preguntó:

—¿Quiere burdel, *effendi*?

Serebin rechazó la oferta con un gesto de la cabeza. El hombre lo observó en el retrovisor cuando él se enjugaba los ojos con la manga de la chaqueta. «Bien —pensó el chófer—, conozco el remedio para eso.»

«No, ningún remedio.» Ella conservaba esa maldita foto sobre su tocador, recortada de un periódico y enmarcada, entre retratos color sepia de su madre y su abuela, y de instantáneas de su teniente polaco, que había desaparecido en el treinta y nueve, y de su perra Blunka, descendiente de todos los perros que habían deambulado por los callejones de Odessa. Le mostró a Serebin la pequeña habitación donde dormía, y ahí estaba la famosa foto.

La habían tomado en una estación de trenes arrebatada a los cosacos de Denikin una mañana de abril. Era una fotografía gris: el edificio de la estación, marcado por los impactos de los proyectiles, parte del tejado reducido a maderas calcinadas. El joven oficial Serebin, con mirada intensa y barba de dos días, viste una chaqueta de cuero y una gorra militar, y por la chaqueta entreabierta asoma un revólver Nagant en una cartuchera que le cuelga del hombro. En una mano sostiene una metralleta con la correa colgando, y con la otra, vendada con un trapo, señala mientras imparte órdenes a su compañía. *Intelectual bolchevique en la guerra*. Se podía oler la cordita. La foto había sido tomada por el célebre Kalkevic, el autor de un reportaje fotográfico para la revista *Life* sobre los jóvenes bailarines del Bolshoi entre bambalinas. Así que era bastante buena, «Estación ferroviaria de Briansk: 1920». La habían reproducido periódicos franceses e ingleses y había sido incluida en la retrospectiva de Kalkevic en Nueva York.

«Recordamos esa foto suya, Ilya Alexandrovic». Era Stalin el que había pronunciado esas palabras, en el verano de 1938, cuando Serebin, pensando que se dirigía a la Lubianska, fue recogido por dos agentes de la Cheka en un Zil negro y trasladado rápidamente al Kremlin a medianoche.

Al final, descubrió que era para recibir alabanzas por la publicación de *La calle Ulskaya,* comer arenques salados y beber champán armenio. Él apenas conseguía tragarlo, y aún recordaba su sabor, tibio y dulce. Beria estaba presente en el salón y, peor aún, el general Poskrebishev, jefe de gabinete de Stalin, miraba con sus ojos de reptil. La película esa noche (había oído decir que miraban una todas las noches) era una de Laurel y Hardy, *Había una vez dos héroes*. Stalin reía con tantas ganas que las lágrimas le corrían por la cara. Mientras, duendes con antorchas salen marchando y cantando del zapato de Bo-Peep.

Serebin volvió a casa al amanecer y, un mes más tarde, abandonó Rusia.

Y cuando se llevaron al escritor Isaac Babel en mayo del treinta y nueve, supo en lo más profundo de su corazón que su nombre había figurado en la misma lista. Lo sabía porque, en un momento de la reunión esa noche, Poskrebishev le había lanzado una mirada.

Al volver al hotel, el recepcionista le entregó un sobre. Serebin lo llevó a su habitación, probó un trago del vodka, y luego otro antes de abrirlo. Encontró una nota escrita en un papel de color crema. No tardó en percatarse de que la nota estaba perfumada. Y no sólo reconoció el perfume sino que incluso sabía su nombre. Shalimar. Lo sabía porque la noche anterior había preguntado, y había preguntado porque donde fuera que fuese, ahí estaba, esperándole. «Mon ours», decía la nota. Reunión con unos amigos para tomar unas copas en el club náutico, embarcadero veintiuno, a las siete y media. Le encantaría, estaría sumamente contenta si él acudiera a la cita.

Mañana nublada en Estambul. Desde la ventana de Serebin, el gris del Bósforo se parecía al del cielo. El camarero del servicio de habitaciones había salido hacía rato y Serebin descubrió que el café turco sólo mejoraba ligeramente el vodka turco (un defecto menor en la industria química nacional) y tuvo que complementarlo con una aspirina alemana. La gruesa tajada de sandía rosada era una afrenta, y decidió ignorarla.

En Constanza, durante los ocho días de espera antes de que el vapor búlgaro llegara a puerto, había enviado un telegrama a la oficina de la URI en Estambul y les había comunicado su llegada. La vida como secretario ejecutivo tenía sus exigencias muy claras. Serebin había descubierto esto de la peor manera, que se parecía mucho a su manera de aprender cualquier cosa. Como escritor, había sido un espíritu libre, había aparecido dónde y cuándo quería, o sencillamente no había aparecido. «Una visita de su musa», o al menos así quería creerlo la gente, un pretexto habitual. Sin embargo, como administrador, había que anunciarse, porque una visita sorpresa insinuaba un afán de inspección, como si quisiera sorprender a su gente en alguna falta, de la índole que fuera. Y lo último que Serebin deseaba era sorprender a alguien en una falta.

10:20. Hora de partir. Se aseguró de llevar consigo su maletín, el emblema de su cargo, aunque estaba prácticamente vacío. Daba igual, ellos se encargarían de darle suficiente papel para llenarlo. Sólo entonces se percató, demasiado tarde, de que no llevaba ningún documento para entregarles. Bajó al vestíbulo del hotel, se dirigió hacia la entrada principal y, de pronto, cambió de parecer y fue hacia la puerta trasera. Se escabulló por una calle lateral y salió a la avenida, tras lo cual puso unos diez minutos de distancia entre él y el Beyoglu. «Perdóname, amigo, no tengo intención de crearte dificultades.» En realidad, no sabía por qué había evitado al chófer. Un instinto reprobable, se dijo a sí mismo, dejémoslo así, y desde la calle llamó un taxi.

El tráfico era lento y cruzaron a paso de tortuga el Cuerno Dorado por el puente del Galata hacia el viejo distrito judío de Haskoy. Era la última dirección conocida de la oficina de la URI. Se habían mudado aquí y allá desde su fundación, en 1931 (como lo habían hecho las oficinas de Belgrado, Berlín y Praga), y se habían instalado en la calle Rasim un año antes, frente al patio de descarga de una curtiduría.

Ahora ocupaban dos habitaciones de la segunda planta, en lo que antiguamente era la oficina de Goldbark, un emigrante que se había enriquecido con la exportación de tabaco y avellanas y convertido en uno de los directores y en el principal apoyo financiero de la sección Estambul de la Unión Rusa Internacional. El edificio era antiguo y se hinchaba de manera alarmante en los pisos superiores, como si quisiera asomarse a la calle adoquinada.

En lo alto de la escalera, un cartel en la puerta escrito en cirílico y otro en letras romanas. En el interior, un caos espectacular, un caos ruso. Una habitación demasiado calurosa, una radio encendida y dos mujeres sentadas ante máquinas de escribir tecleando ruidosamente. Dos ancianos de largas barbas blancas trabajaban en una mesa de bridge, escribiendo direcciones en sobres con pluma y tintero. En una pared, dibujos de parvularios rusos, la mayoría de trenes, flanqueados por dos retratos, uno de Pushkin de perfil y otro de Chejov en una silla de mimbre en el jardín de una casa de campo. Un cuadro al óleo del Gran Bazar, lleno de vibrantes colores. Un daguerrotipo marrón y negro de la estepa.

En la pared había un calendario del programa reproducido a mimeógrafo correspondiente al mes de noviembre y, puesto que Serebin se encontraba solo, se tomó tiempo para estudiarlo. Una conferencia sobre la lana, una reunión del club filatélico, clases de turco, clases de inglés, reunión para acoger a los nuevos miembros, por favor firmar, una ceremonia en memoria de Shulsky, y una película, *Surprising Ottawa*, que sería proyectada en el sótano de la iglesia de San Estanislao. Junto al calendario, clavados con chinchetas, recortes subrayados de periódicos y noticias de la comunidad rusa recortadas del periódico semanal de la URI en Estambul.

—¡Serebin! —Kubalsky, el administrador de la oficina, lo abrazó y lo saludó con una risa—. ¡No le digas a nadie que has llegado! —Kubalsky le enseñó la oficina, le presentó a una variedad sorprendente de personas, lo invitó a sentarse ante una mesa, despejó los montones de periódicos y carpetas y le sirvió un vaso de té de un recargado samovar de cobre.

—¿Cómo te trata la vida? —preguntó Serebin, y le ofreció a Kubalsky un Sobranie.

—No demasiado mal. —Kubalsky tenía una cara larga y estrecha y ojos hundidos que brillaban como diamantes negros. En dos ocasiones, en Berlín, había sufrido palizas como judío, lo cual le hacía reír con ironía, porque su abuelo había sido un sacerdote ortodoxo ruso.

Serebin sopló en el té. Kubalsky, preparado para lo peor, tamborileaba sobre la mesa.

—Y cuéntame, ¿qué te trae a Estambul?

—¿Quieres la verdad?

—¿Por qué no?

—Tenía que alejarme de París.

—Ya. Claustrofobia.

Serebin asintió con un gesto de la cabeza.

—¿Has visto a Goldbark?

—Todavía no. ¿Cómo está?

—Como una cabra. Dice que pasa las noches despierto preocupado por el dinero.

—¿Él?

—«¡Si he hecho una fortuna!», dice. «¿Dónde está mi dinero? ¿Dónde está?»

—¿Y dónde está?

Kubalsky se encogió de hombros.

—Hay que dar gracias a Dios por su mujer, si no nos volvería a todos locos —explicó, y sacudió la ceniza del cigarrillo en una taza desportillada que servía de cenicero—. Aquí, desde luego, el verdadero problema es la política.

Serebin asintió.

—Esto se parece a un zoo. La ciudad es un hervidero de espías, nazis, húngaros, sionistas, griegos. El embajador alemán, Von Papen, sale en los periódicos todos los días, pero los ingleses también. Los turcos están asustados. Hitler penetró en los Balcanes como el cuchillo en la mantequilla. Ahora se ha apoderado de Bulgaria. Puede que se detenga ahí, puede que no. Los turcos se declaran neutrales, oficialmente, pero hasta ahora son neutrales a favor de nosotros. De todas formas, resulta difícil navegar. Ya se sabe cómo es el asunto en Oriente Medio, porque para cruzar una plaza hay que desplazarse en tres sentidos diferentes.

—¿Qué pasará si se alían con Alemania?

—Huiremos. Una vez más.

Serge Kubalsky sabía qué era eso de huir. En 1917 era un «periodista de sociedad» de mucho éxito y trabajaba en uno de los periódicos de San Petersburgo que vivía de los chismes y rumores. Luego vino la revolución, y el marido de la mujer con que Kubalsky se acostaba esa semana fue ascendido, de la noche a la mañana, de funcionario a comisario. Kubalsky se salvó con ochenta rublos y un canario. Se estableció en Berlín, pero no soportaba a los nazis, de modo que viajó a Madrid en el treinta y tres. Los servicios secretos republicanos lo expulsaron en el treinta y seis. Se dirigió a Lisboa y fue perseguido por los matones de Salazar, hasta que abandonó el país en el treinta y siete. Intentó vivir en Suiza, pero... lo siento, no hay permisos de residencia. En Sofía, en el otoño siguiente, escribió algo indebido sobre la figura del rey, y tuvo que partir a Amsterdam, donde entró por la puerta trasera justo en el momento en que la Wehrmacht rompía las líneas del frente. En una ocasión le había dicho a Serebin: «A estas alturas, no hablo ninguna lengua».

Una anciana con bastón se acercó a la mesa, besó a Kubalsky en ambas mejillas y luego desapareció en la habitación contigua. Kubalsky acabó su cigarrillo y se incorporó.

—Bien, será mejor que eches una mirada a las finanzas —dijo. Se dirigió a un archivador y volvió con un libro cuyas hojas estaban llenas de apretados números y cuentas.

Serebin recorrió con el dedo la columna de los gastos. «Ah, sánscrito.» Pero siguió adelante, encontró los sellos, el papel y los sobres, lo más vital, y luego se fijó en una entrada que decía *alquiler*.

—¿Qué es esto? —preguntó.

—El alquiler de la oficina.

—Pensaba que Goldbark nos había cedido este lugar.

—Así es. Pero nosotros pagamos el alquiler y él dona el dinero. Dice que le conviene por cuestiones de impuestos. Los turcos son muy anticuados en cuestiones impositivas. Puede que haya pasado de moda eso de la soga al cuello, pero la manera de ver las cosas no ha cambiado.

En las páginas siguientes se detallaban préstamos y regalos, y continuaban sin fin, pequeñas cantidades, no sólo nombres de origen ruso sino también ucranianos y judíos, griegos y tártaros, y muchos otros, una historia de las migraciones, una historia de la escapada.

—Son muchos —dijo Serebin, impresionado.

—Son personas heridas en la guerra. Enfermos. Borrachos. O que simplemente viven en la miseria. Venimos de un lugar horrible, Ilya. Si tuviéramos más dinero, la lista sería el doble de larga.

Serebin lo sabía. En París donaba más dinero del que se podía permitir.

—Lo que intentamos hacer —dijo Kubalsky—, es ayudar a toda la comunidad rusa. En general, los turcos son personas bien intencionadas, cosmopolitas. Para ellos, la hospitalidad con los extranjeros es una religión. De eso trata el fenómeno de Kemal. Declaró ilegal el fez, cambió el alfabeto, mantuvo al islam apartado del gobierno. Todos tenían que tener apellido, hasta tenían listas con sugerencias clavadas en las plazas públicas. De todos modos, los extranjeros son los extranjeros, y Rusia y Turquía siempre han sido enemigos en la guerra. Por eso, sospechan que nuestra comunidad acoge a los agentes estalinistas, la NKVD es muy activa aquí, y cada vez que se descubre algún complot y llega a las páginas de los periódicos, nos culpan a nosotros. Es una vieja historia, ¿no te parece? —Kubalsky dejó escapar un suspiro. ¿Por qué tenía que ser así la vida?—. Dios mío —se quejó—, en alguna parte habrá que vivir.

El club náutico estaba en el pueblo de Bebek, justo al norte de la ciudad, una zona donde los ciudadanos más ricos de Estambul tenían sus residencias de verano. Con la nota de Marie-Galante en el bolsillo, Serebin entró en un bar cerca del muelle del transbordador en Eminonu, pensó en no ir, y luego decidió lo contrario. Había sido un día muy largo sumido en el ambiente de la Unión Rusa Internacional. Había dejado a Kubalsky para comer con Goldbark, después de lo cual visitó al general de Kossevoy, un viejo octogenario, en una diminuta habitación, tan caldeada que acabó sudando, y hacia el final de la tarde era incapaz de seguir ocupándose de asuntos relacionados con los emigrantes. Se detuvo en la barandilla del transbordador lleno de gente, observó los caiques y los faluchos que se deslizaban por el agua, las lámparas de aceite en las popas como luciérnagas en la oscuridad.

Encontró el yate en el embarcadero veintiuno. Veinte metros de teca y latón pulido. *La Néréide-Tangier* era el nombre pintado en oro en la proa. Dos tripulantes de uniforme verde con el nombre del yate en una franja de sus gorras de marineros esperaban junto a la pasarela. Serebin pensó en la nacionalidad de la *Néréide*, ninfa del mar, pero Tánger, la colonia francesa de Vichy en Marruecos, podría haber significado cualquier cosa, y él sabía, por lo que se contaba en los muelles de Odessa, que algunos yates nunca anclaban en sus puertos de origen. El término legal era *bandera de conveniencia,* una fórmula que, para variar, sonaba mejor que la poesía.

Uno de los marineros lo condujo a bordo, siguieron por un pasillo y llegaron al salón. Aquello era como el *seizième Arrondissement.* «Al menos eso», pensó Serebin. Mesas lacadas de negro, muebles de juncos blancos. Los cojines tenían dibujos de tulipanes rojos sobre un fondo rojo más pálido, las paredes adornadas con papel chino de color limón. En todas partes, la gente, una multitud, charlaba y declamaba en medio de una densa nube de humo de cigarrillos y perfumes.

El aristócrata que fue a su encuentro apresuradamente (no podía ser sino un aristócrata) vestía chaqueta informal y pantalones anchos. Un cuerpo esbelto, un aspecto impecable, las orejas pegadas a la cabeza, el pelo entrecano peinado hacia atrás y reluciente de brillantina. El duque de Windsor interpretado por Fred Astaire.

—Bienvenido, bienvenido. —La mano que le dio el apretón era de acero—. Nos sentimos realmente honrados de que haya venido. Usted debe ser Serebin, ¿no? ¿El escritor? Dios mío, pensé que sería mayor. —Hablaba en francés, con una voz templada y totalmente relajada—. Soy Della Corvo —dijo—. Pero para usted seré Cosimo, ¿de acuerdo?

Serebin asintió con un gesto de la cabeza e intentó parecer amable, aunque se sintió más impresionado de lo que hubiera querido por el panorama que tenía ante sus ojos. Su vida sufría altos y bajos, pero aquí arriba tenía la impresión de que el aire era algo escaso.

—¡Marie-Galante! —llamó Della Corvo. Se volvió hacia Serebin—. Un carguero búlgaro. Extraordinario.

Marie-Galante apareció de entre el círculo de la reunión con un vaso en cada mano y un cigarrillo entre los labios.

—¡Has venido! —Era una golosina espectacular. Un exiguo vestido negro y perlas. Alzó la cabeza para recibir un *bisou* y Serebin la besó en las dos mejillas envuelto por la esencia del Shalimar.

—Estamos bebiendo *nigronis* —dijo y le pasó un vaso.

Serebin conocía la mezcla de Campari con ginebra, y sabía que era letal.

—¿Lo acompañas? —preguntó Della Corvo.

Marie-Galante le pasó a Serebin una mano bajo el brazo y lo sostuvo ligeramente.

—Tenemos que hablar —avisó Della Corvo a Serebin—. Todo esto... —dijo, seguido de un encantador encogimiento de hombros y una sonrisa... Había invitado a toda esa gente y, aquí estaban. Y luego desapareció entre la concurrencia.

—¿Vamos? —dijo ella.

El *beau monde* de los emigrantes en Estambul. Como una escoba gigantesca, la guerra los había barrido a todos hacia los límites orientales de Europa.

—¿Conoces a Stanislaus Mut? ¿El escultor polaco?

Mut era un tipo alto, gris e irritable.

—Es un placer conocerlo. «Y sería un placer estrangularlo con mis propias manos.»

¿Por qué?

Marie-Galante le presentó a la mujer que acompañaba a Mut. «Ya, ahora lo entiendo.» Mut se había encontrado una condesa rusa. Anémica, con una vena azul visible a la altura de la sien, pero repleta de diamantes. Le tendió una mano húmeda, que Serebin rozó apenas con los labios mientras esperaba ser estrangulado.

Cuando escapaban, Marie-Galante rió y le apretó el brazo.

—¿Crees que ha nacido un romance?

—Creo que las piedras son de vidrio.

Un hombre pequeño y moreno abrió sus brazos en gesto de bienvenida.

—¡Aristófanes!

—¡Diosa mía!

—Quiero presentarte a Ilya Serebin.

—Kharros. Encantado de cono... er... le..

—Suelo leer acerca de sus barcos, *monsieur*. En los periódicos.

—Es todo una sarta de mentiras, *monsieur*.

Una mujer alta de pelo blanco chocó de espaldas con Serebin, y un chorro de negroni desbordó el vaso y le salpicó un zapato.

—¡Oh, lo siento!

—No ha pasado nada.

—Será mejor que te lo bebas, *ours*.

—¿Qué diablos ha dicho ese hombre?

—Pobre Kharros. Está tomando clases de francés.

—¿Con quién?

Ella rió.

—¡Un profesor de francés que se ha vuelto loco! —dijo, y volvió a reír—. ¿Cómo podrías saberlo?

Monsieur Palatny, el comerciante de maderas ucraniano.

Madame Carenne, la diseñadora de modas francesa.

Mademoiselle Stevic, la heredera checa del carbón.

Monsieur Hooryckx, el industrial belga del jabón.

Madame Voyschintowsky, la esposa del León de la Bolsa.

El doctor Rheinhardt, el profesor de lengua y literatura germánicas. Al fin podía conversar con alguien. Rheinhardt había llegado a Estambul, explicó Marie-Galante, a mediados de los años treinta con las migraciones de intelectuales alemanes, médicos, abogados, artistas y académicos, muchos de los cuales, como el doctor Rheinhardt, enseñaban actualmente en la Universidad de Estambul.

—Serebin, Serebin —dijo Rheinhardt—. ¿Es usted quizás el que ha escrito sobre Odessa?

—Hace unos cuantos años, sí.

—La verdad es que no he leído su obra, pero un amigo me ha hablado de usted.

—¿Qué materias enseña usted?

—Pues, lengua alemana, en la universidad. Y algunas de las antiguas literaturas, antiguas lenguas escandinavas, frisón antiguo, cuando las incluyen en el programa. Pero mi verdadero trabajo es el gótico.

—Es la máxima autoridad —explicó Marie-Galante.

—Es usted demasiado generosa. Por cierto, *monsieur* Serebin, ¿sabía usted que la última vez que alguien realmente oyó hablar gótico no fue lejos de Odessa.

—¿De verdad?

—Sí, en 1854, durante la guerra de Crimea. Un joven oficial del ejército inglés, licenciado de Cambridge, según creo, comandaba una patrulla y se adentró en la campiña. Era tarde por la noche, y todo estaba desierto. Oyeron algo que parecían canciones, y llegaron hasta un grupo de hombres sentados alrededor del fuego de un campamento. El oficial, que se había licenciado en filología, reconoció lo que oía, los cantos guerreros de los godos. Era algo así...

Con una voz cantarina, en el registro más bajo que le fue posible, entonó algo que sonaba como una poesía épica, cortando el aire con su mano al final de cada verso. Una mujer con una boquilla de marfil se giró y lo miró por encima del hombro.

—¡*Formidable*! —exclamó Marie-Galante.

El doctor Rheinhardt los saludó con una ligera y grácil inclinación de cabeza.

Serebin acabó su copa y se dirigió a la barra a por otra. Ahí le presentaron a Capdevilla, un finísimo español de Barcelona, y una mujer sin nombre que sonreía.

También había un hombre que llevaba una faja
y una mujer con sombrero negro de plumas.

Por fin, e inevitablemente, pensó, un viejo amigo. El poeta Levich, de Moscú, que había abandonado Rusia justo cuando la purga de *Yezhovshschina* del treinta y ocho comenzaba a cobrar ímpetu. Los dos hombres se miraron por un momento, luego se abrazaron, asombrados al reencontrar a un amigo perdido en el club Náutico de Estambul.

—¿Sabes que a Babel lo cogieron? —dijo Levich.

—Sí, me he enterado en París.

—¿Sigues viviendo ahí?

—Por el momento.

—Puede que nosotros vayamos a Brasil.

—¿Todos habéis podido salir?

—Gracias a Dios.

—¿Por qué Brasil?

—Quién sabe. Un lugar diferente, quizá sea mejor que éste.

—¿Eso crees?

—Sólo hay una manera de averiguarlo.

A su alrededor, los invitados empezaron a despedirse.

—Tenemos que encontrarnos, Ilya Alexandrovich. —Levich escribió una dirección en un trozo de papel y fue a buscar su abrigo. Serebin se giró hacia Marie-Galante y le agradeció que lo hubiese invitado.

—No, no —dijo ella, visiblemente alarmada—. Aún queda la cena. Somos sólo unos cuantos. No puedes irte.

—Me esperan en otro sitio —mintió él.

—Por favor, diles que has sufrido un dolor de cabeza. Por favor. Todos lo deseamos tanto...

—Bien...

Ella le puso una mano en el brazo, los ojos desmesuradamente abiertos.

—*Mon ours,* no te vayas. Por favor.

Era una cena para ocho en el pequeño salón. Allí, el papel de las paredes era color albaricoque. Una fuente verdeceladón con un arreglo de flores secas adornaba el centro de la mesa. Les sirvieron salmonetes en aceite de oliva, cordero con yogur, endibias estofadas y vino tinto.

—Usted se sentará a mi lado —dijo *madame* Della Corvo.

A Serebin le cayó bien de inmediato. Una mujer seria, muy elegante y *chic,* con el pelo corto y llamativo, rasgos finos, nada de maquillaje. Iba vestida con sencillez, una blusa rojo cereza, y la única joya que llevaba era la alianza.

—Mis amigos me llaman Anna —le informó. Della Corvo estaba sentado a la cabecera de la mesa, flanqueado por Labonnière y Marie-Galante. También estaban Capdevilla y su acompañante, una danesa llamada Enid, una mujer delgada y curtida como si se hubiese pasado toda la vida a bordo de un velero. Frente a él, Serebin vio a un individuo que no recordaba haber visto durante el cóctel de la fiesta.

Fue presentado como André Bastien, si bien por su acento, no era francés de nacimiento. Serebin supuso que habría crecido en algún país del este de Europa. Era un hombre grande y corpulento de pelo canoso y espeso, elegante, reservado, con cierto aire de gravedad, una inteligencia fría que se adivinaba en sus ojos y gestos. Serebin pensó que le gustaría saber quién era, pero que no lo conseguiría.

Al comienzo, sólo conversación social. La compleja situación marital del zapatero Bebek. Un personaje clásico del teatro turco cuyo nombre significaba *atontado por el deseo.* Cuando Marie-Galante mencionó que Serebin había encontrado a un viejo amigo perdido, tuvo que contar las historias de Levich. Cómo habían trabajado juntos a los veinte años para *Gudok, El Silbato del Tren,* órgano oficial de la administración de ferrocarriles; después, para *Na Vakhtie, Alerta,* el diario marítimo de Odessa, donde le transmitían las cartas al director, especialmente aquellas que se desataban en críticas de furibunda indignación, las convertían en cuentos y luego las publicaban en la última página. Y cómo, hacía pocos años, a Levich lo habían lanzado por la ventana de un segundo piso en la Casa de los Escritores cuando se enemistó con la Asociación de Autores Proletarios.

—Tuvieron que tirarlo entre tres —aseveró Serebin—, y eran grandes escritores.

«¡Dios mío!», «Qué horror!» y «¿Sufrió heridas?». Ninguno de los comensales lo encontró divertido.

—Aterrizó en la nieve —aseguró él.

—La verdad es que así es Rusia —dijo Marie-Galante.

—Aun así —añadió Enid—, han enseñado a los niños campesinos a leer.

—Eso es verdad —dijo Serebin—. También les han enseñado a denunciar a sus padres.

—Todavía queda un trozo de pescado —intervino *madame* Della Corvo—. André, dame tu plato.

—Stalin es una bestia —afirmó Capdevilla—. Y ha convertido el país en una cárcel. Sin embargo, son los únicos que pueden hacer frente a Hitler.

—Eran, querrás decir —dijo Della Corvo—. Hasta la firma del pacto.

—Eso no durará —dijo Capdevilla. Al mirarlo a la luz de la vela, Serebin pensó que su aspecto era el de un asesino del Renacimiento.

La línea delgada de la barba se dibujaba en el filo de su mandíbula desde una patilla a la otra y se elevaba en una pronunciada punta bajo la barbilla.

—¿Ésa es su opinión, Ilya? —preguntó Della Corvo.

Serebin se encogió de hombros.

—Son como dos gángsters, y sólo hay un barrio. Tienen que pelear.

Anna Della Corvo cruzó una mirada con él.

—Eso significa el fin de Europa.

—¿Y dónde estarás tú cuando eso suceda? —preguntó Capdevilla.

—Donde no haya guerra.

—¿Ah, sí? —inquirió Marie-Galante.

Serebin insistió.

—He visto a demasiadas personas morir por las armas.

—¿En el campo de batalla? —preguntó Capdevilla.

—Después de la batalla.

Frente a él, el hombre llamado Bastien sonrió. «Yo también. ¿Y qué?»

Serebin comenzó a explicarlo, pero Enid lo interrumpió.

—No hay ningún lugar adonde ir, *monsieur* —dijo. —Dejó sobre la mesa un pequeño bolso de noche forrado de lentejuelas y buscó en él hasta que encontró un cigarrillo. Capdevilla sacó un mechero del bolsillo y se lo encendió.

Mientras exhalaba el humo, la danesa repitió:

—Ningún lugar.

Della Corvo rió, cogió la botella de vino y dio una vuelta alrededor de la mesa para servir a sus invitados, tocando a cada uno con un gesto afectuoso y provocador.

—Venga, sírvete otro poco. Hay que vivir el día a día, ya sabes, etcétera, etcétera.

Anna Della Corvo se inclinó hacia Serebin y dijo, pero sólo para él, no para los demás:

—Por favor, compréndanos, todos los que estamos aquí somos exiliados.

—¿Sabía usted —comentó Della Corvo mientras volvía a su silla— que soy un gran admirador de *La torre argentea*?

«¿Qué diablos es eso?»

—Veo que le sorprende. Puede que no la tenga por una de sus favoritas.

Madre mía, había querido decir *La torre de plata.* Era la primera novela de Serebin, y evidentemente Della Corvo había leído la edición italiana.

—Bueno —dijo él, fingiendo que se lo estaba pensando. Pero luego vio que le habían otorgado una pausa para reflexionar, que estaba obligado a decir algo que tuviera sentido—. Por aquel entonces, tenía veintiocho años.

—¿Y eso debería importar? —Della Corvo frunció el entrecejo al decir esto, y no pasaría más de un minuto antes de que tuviera a toda la jauría ladrando a sus espaldas. «En la tormenta de medianoche, los lobos persiguen a la troika.»

—Lo que pasa es que podría haber escrito mejor esos cuentos diez años más tarde.

—¿Cuál sería la diferencia? Espero que no le importe que se lo pregunte.

—No, no me importa. Supongo que hoy en día podría titularla *La torre de Kovalevski.* La torre parecía plateada en el calor del verano, y la construyó un hombre llamado Kovalevski. —Guardó silencio un momento y luego explicó—: Es una torre de piedra en un acantilado en el mar Negro, cerca de Odessa.

—¿Por qué?

—¿Por qué la construyó él?

—Sí.

—No tenía ningún motivo especial. Mejor dicho, su motivo era «quiero construir una torre de piedra». Y solíamos decir: «Es una referencia para los que se pierden en el mar». Y así era, para los marineros, pero queríamos decir algo más que eso. Quizá. No lo sé.

Anna Della Corvo rió.

—Amor mío —dijo mirando a su marido, en ese momento embargada por un profundo sentimiento de veneración hacia él—, las personas no saben por qué hacen las cosas.

—A veces, en los libros —dijo Serebin, riendo con ella.

◆ ◆ ◆

Madame Della Corvo tocó una campana de cristal y apareció un criado con fuentes de fruta en una bandeja de plata. Se abrió otra botella de vino, y otra.

Eran botellas verdes, sin etiqueta.

—Es un Médoc —explicó Anna—, de una viña que produce *cru clasé*. Lo compramos a un comerciante en Sète.

¿Iban a menudo a Francia?

—De vez en cuando. No en los últimos tiempos.

Había que aprender a usar la evasiva, el elemento básico de la vida en un estado policial, o perecer. Serebin lo había aprendido en la escuela, en Rusia.

—Entonces, ¿pensáis volver a Italia?

—Tal vez, podríamos.

Serebin se preguntó si la *Néréide* era una especie de holandés errante, condenada a vagar por los mares, de un puerto neutral a otro, durante toda una eternidad fascista.

Entretanto, en el otro extremo de la mesa, la conversación seguía.

—Desde luego que pensé en dimitir —dijo Labonnière—. Pero ¿entonces, qué?

—Una vida en la oposición —dijo Enid. Se produjo un silencio, más bien largo. Y luego añadió—: En Londres, con de Gaulle.

Fue Marie-Galante la que respondió, ahogando lágrimas de rabia en su voz.

—De Gaulle lo odia —dijo—. Lo *odia*.

Labonnière carraspeó.

—Hacemos lo que podemos.

—¿Qué podemos hacer nosotros? —dijo Della Corvo, en defensa de su amigo.

Enid dio un paso atrás.

—No sé —dijo, con voz queda—. Finalmente he tenido noticias de mi hermana, en Copenhague. Es la primera vez desde la ocupación, y el solo hecho de que haya conseguido mandar una postal me parecía un gran logro.

—¿Qué decía? —preguntó *madame* Della Corvo.

—Que no tenía que preocuparme por ella, que los alemanes trataban con respeto a sus aliados daneses. Entre líneas, dice que se siente miserable, pero que Dinamarca jamás morirá.

—¿Entre líneas?

—Sí. Alguien me dijo que lo comprobara, y lo encontré. Escritura invisible.

—¿Tinta secreta? —preguntó Della Corvo. Al menos tres personas en la mesa miraron a Bastien.

Enid vaciló, y luego contestó:

—Piii-piii.

Risa general.

—¿Cómo pudiste...?

—Con una plancha caliente, eso sí, salía un cierto..., en fin, ya me entiendes.

Capdevilla no lo encontraba divertido.

—Podrías usar agua del grifo —dijo.

Marie-Galante soltó una risa.

—Ay, la verdad, ¿por qué harías eso?

Dos de la madrugada. Serebin esperaba en el muelle al pie de la escalerilla. Reinaba un pesado silencio, el agua brillaba como metal a la luz de una luna en cuarto menguante. Había mencionado la posibilidad de volver en el transbordador, pero Anna Della Corvo no quería ni oír hablar de ello.

—No tiene por qué hacerlo. André ha venido en lancha y podrá llevarlo hasta un muelle cerca de su hotel.

Serebin oyó el rugido de un motor y al cabo de un rato apareció la lancha. Se sentó junto a Bastien en la proa. Un millón de estrellas en el cielo, y el aire frío y húmedo; salir a la noche era el único remedio para después de una fiesta con cóctel y cena.

Bastien encendió un cigarro.

—¿Se quedará en Estambul?

—¿Quiere decir para siempre?

—Sí.

—No, volveré.

—¿Para no meterse en problemas?

—Hasta ahora, los franceses no han hecho nada.

—Ya llegará el momento.

—Quizás.

—Es difícil tomar ese tipo de decisiones.

—Para usted también, ¿no?

—Sí, claro, como todo el mundo.

Después, guardaron silencio. Al cabo de un rato, la lancha disminuyó la velocidad y se acercó a un muelle en el distrito de Beyoglu. Bastien cogió una tarjeta de su cartera. Serebin la leyó a la luz de la luna, una empresa comercial con oficinas en Estambul, y se la guardó en el bolsillo.

—Cuando esté preparado —dijo Bastien.

En Haskoy, a las tres y veinte de una tarde lluviosa. Serebin miraba las gotas que se deslizaban por las ventanas sucias de la oficina de la URI, con un vaso de limonada rosada en la mano. Habían arreglado la mayor de las dos habitaciones imitando la distribución de un teatro, las mesas contra la pared, las sillas lado a lado. En el estrado, Goldbark, el general de Kossevoy y el invitado de honor, I. A. Serebin.

Hasta entonces, nada había salido bien. Goldbark, con mechas de su cabellera tiesas a ambos lados de la cabeza, corría de un lado a otro como un camarero en apuros. Kubalsky no había vuelto de donde fuera que había ido, nadie podía encontrar el lienzo de *¡Bienvenido!,* se produjo un tumulto en la calle Rasim que comenzó con un burro apaleado y acabó con insultos y gritos, y la pobre y anciana señora Ivanova dejó caer una bandeja con vasos y tuvieron que consolarla.

—Dios mío. —Goldbark sacudió la cabeza, presa de una intensa angustia—. ¿Por qué somos así?

—Diviértase con ello —dijo Serebin—. Es una fiesta.

Era verdad. Tartas heladas, limonada, conversación ruidosa, risas, dos o tres discusiones, una sala recalentada llena de humo en un día triste de otoño.

—Como en casa, Chaim Davidovich. ¿Qué puede haber que sea tan malo?

El general de Kossevoy dio unas palmadas para pedir la generosa atención de los presentes y, al cabo de un rato, consiguió que todos se callaran y se sentaran. A continuación, les presentó a Goldbark, que se incorporó gentilmente para hablar justo en el momento en que un mensajero turco llamaba a la puerta y entraba con un donativo de la tienda de Mahmoudov, una caja de berenjenas gordas y relucientes. Goldbark cerró los ojos, respiró profundo, esperando que en algún momento de esa tarde los diablillos de las desgracias lo dejarían en paz.

—Muy bien, veamos. Tengo el placer en el día de hoy de dar la bienvenida a... —Aplausos—. Y ahora, Lidia Markova, aquí, una de las tantas alumnas nuestras que han sido galardonadas, leerá un extracto de la obra de nuestro querido invitado.

Lidia Markova tenía doce años y un aspecto anodino, vestía una blusa blanca almidonada y gastada y una falda marinera que le llegaba por debajo de las rodillas. Se paró con los pies totalmente juntos, se ajustó las gafas de marco rojo y se dio unos golpecitos para arreglarse el peinado. Serebin sólo podía ofrecer una oración silenciosa: «Por favor Dios no dejes que le ocurra nada embarazoso». Con una voz delgada, la chica anunció el título del cuento y comenzó a leer.

—«En Odessa...»

—¿Qué?

—Habla más alto, niña.

—Lo siento. «En Odessa...»

—Así está mejor.

—No demasiado rápido, venga.

Goldbark se sonrojó.

—«En Odessa, incluso los callejones son torcidos. Son muy estrechos, se pueden tocar los muros de las casas con los brazos abiertos, y nunca van ni al este ni al oeste. En Odessa, todos los callejones van a dar al mar...»

Una buena elección, pensó Serebin. Era el primer relato de su libro *La calle Ulskaya,* titulado «Los gatos y los perros». En los callejones de la ciudad, estos animales habían conseguido declarar una tregua, una *entente,* y se dedicaban a sus asuntos caninos y felinos generalmente ignorándose unos a otros. Hasta un día de verano, cuando desembarcó un capitán de navío holandés, alquiló una pequeña casa cerca del puerto y llevó al barrio un cocker spaniel mimado y de malas pulgas. La gente solía decir que era un buen cuento sobre las tribus y la guerra y la paz, un relato cautamente político, una fábula que no ofendía a nadie y que reflejaba bastante bien lo que se podía escribir en Rusia en aquella época.

—«¡Pues, que el diablo se los lleve por delante, es lo único que puedo decir!» —Lidia Markova imitaba la voz de Futterman, el comerciante de paraguas, con un barítono ronco—. «¡Me han tenido despierto la mitad de la noche!»

Se veía que la chica había preparado su lectura. Serebin lo sentía en el corazón, y cuando el viejo perro andrajoso de Tamara Petrovna apareció en el cuento, la sensación fue aún más fuerte. Al final, resultaba que el perro del capitán había pertenecido a su mujer, fallecida repentinamente.

«¿Qué podía hacer?», se preguntaba, y se alejó navegando rumbo a Batumi y nunca más se supo de él. El final fue saludado con un aplauso entusiasta y alguien lanzó un «¡Bravo!». Serebin se mostró muy amable y dio las gracias a la chica, para lo cual se quitó las gafas. Por un momento, al acabar, Goldbark le puso una mano en el hombro. No podía expresarlo con palabras, pero ambos tenían en común la pertenencia a ese ejército de lo perdido y lo olvidado, se habían transformado en su oficialidad e intentaban actuar como líderes lo mejor que podían.

El pequeño tumulto se movía alrededor de él, cumplidos y preguntas, una palabra mal escrita en un artículo olvidado hacía tiempo que ahora alguien le recordaba, una pregunta acerca de un libro escrito por otro autor, indagaciones acerca de la obra de teatro de la saga de *Chapayev*, el famoso soldado de la ametralladora en la torre que combatía contra el Ejército Blanco.

—Te llaman por teléfono, Ilya Alexandrovich.

Mientras intentaba llegar al escritorio donde estaba el teléfono, vio que la tarta había desaparecido, sin duda parte de ella en los bolsillos de los invitados. Cogió el auricular y respondió:

—¿Sí?

—¿Puedes encontrarte conmigo fuera? ¿Ahora mismo?

—¿Con quién hablo?

—Soy Kubalsky. Es muy urgente, Ilya.

—De acuerdo

—Nos vemos en un minuto.

Fuera hacía frío. Serebin tiritaba a pesar de la chaqueta e intentaba mantenerse seco permaneciendo junto al muro de la curtiduría. Flotaba un olor denso en el aire húmedo, el olor de un siglo de pieles y carcasas y tripas. Con impaciencia creciente, miró su reloj. «La política. ¿Por qué diablos...?» Cuando su mirada se detuvo en la fachada del edificio de enfrente, de pronto las ventanas se sacudieron y volaron por los aires. Siguió una nube de humo sucio, vidrios y madera y restos de la oficina de la URI, en medio de un estruendo que llenó la calle y se perdió en los ecos de la explosión, y el silencio que siguió se convirtió en trasfondo de los primeros gritos.

Había dos Serebin en ese momento. Uno se quedó sentado. El otro, el verdadero, corrió hasta el pie de las escaleras, donde la multitud le obligó a retroceder. Vio a la chica, ensangrentada y con la mirada vacía, la vio bajar torpemente las escaleras entre un hombre y una mujer. La mujer se tapaba los ojos con una mano y con la otra tenía a la chica cogida por la blusa. Era imposible saber si lo que pretendía era alejarla de lo que sucedía dentro de la oficina o si se apoyaba en ella porque no podía ver. O quizá las dos cosas a la vez.

Esperó lo que pareció un largo rato, y vio a la gente tosiendo, las caras manchadas por el hollín oscuro. Al cabo de un momento, la escalera se despejó y Serebin subió al despacho. El aire estaba denso de humo y polvo, oscuro como la noche, y costaba respirar, pero el edificio no ardía. Al menos eso creyó Serebin. Había tres o cuatro personas que deambulaban por lo que había sido el despacho, una de ellas de rodillas junto a un bulto debajo de una mesa. Serebin pisó un zapato y oyó una sirena en la distancia. Goldbark siempre llevaba una corbata plateada, y eso fue lo que vio en la figura del suelo junto a un radiador de hierro forjado, ahora torcido como abierto en dos y apuntando al techo.

—Creo que está viva —dijo una voz en la oscuridad.

—No la muevas.

—¿Qué ha dicho?

—No la he oído.

Volvió a Besiktas, a la casa amarilla en el bosque sobre el Bósforo. Tamara llevaba un abrigo grueso y un jersey y, amarrada bajo la barbilla, una de aquellas bufandas para taparse la cabeza que tenían todas las mujeres ucranianas, rosas rojas sobre fondo negro. Se había arropado para que pudieran hablar sentados en la terraza, donde el viento hacía tintinear la llama de la linterna sobre la mesa del jardín. Sabía que Serebin era una de esas personas que rehuían los interiores.

—Hace demasiado frío para ti —dijo él.

—No, estaré bien.

—Yo voy a entrar.

—Adelante. Yo me quedaré aquí.

Testaruda. Igual que todas. La palabra Ucrania significaba tierra fronteriza.

Una de las hermanas apareció con una tetera de té fragante (Tamara la había pedido pensando que podría calmar a Serebin) y una botella de vodka, que lo calmaría de verdad.

Cuando él le contó lo sucedido, ella guardó silencio un rato largo, y luego sacudió lentamente la cabeza. Ella misma había visto esas cosas, o se las habían contado, con demasiada frecuencia. Por fin, dijo:

—¿Han sido los rusos, Ilya? ¿Los servicios especiales?

—Puede ser.

—¿Por qué habran hecho algo así?

Él se encogió de hombros.

—Algún tipo de espionaje, quizás alguien había organizado una red fuera de la oficina de la URI. Es un marco adecuado, si uno se pone a pensar. Y no es ninguna novedad, todos los servicios de espionaje en el mundo intentan reclutar a los emigrantes, y todas las agencias de contra inteligencia intentan impedirlo. Lo que sucede después es que los habitantes locales ven algo que no les gusta, y luego...

—Pero han dejado que te pusieras a salvo.

Serebin asintió con un gesto de la cabeza.

—Eso no ha sucedido porque sí.

—No.

Tamara sirvió dos tazas de té, cogió una para ella y sostuvo la botella de vodka por encima de la otra.

—¿Quieres?

—Un poco.

Serebin apartó la silla de la mesa y encendió un cigarrillo.

—¿Tienes parientes metidos en esto, no?

—La hermana de mi madre. —Nunca había pensado en ella como su *tía*.

Tamara reflexionó un momento y luego dijo:

—Sí, las hermanas Mikhelson —dijo, y sonrió. Era extraño recordar tiempos en que el mundo giraba y los días se sucedían tranquilamente unos a otros.

Era una historia conocida en Odessa, la vida y los amores de las hermanas Mikhelson, Frieda y Malya. Monas y regordetas, inteligentes, fumaban y vestían de negro, leían novelas francesas, iban a balnearios polacos. Frieda consiguió echar mano del padre de Serebin, un hijo de la nobleza, la auténtica materia prima: guapo, brillante, sin duda un poco loco, pero a quién le importaba. Y ahora que Frieda tenía marido, Malya también tenía que conseguir uno, pero no le duró ni un año. Acabó cansando al marido con su costumbre de salir a fornicar con sus amantes cada vez que se le antojaba. Un bailarín, un barón, un coronel. El marido se pegó un tiro en el salón y no pudieron encontrar al gato durante días. Y fue el abuelo de Serebin quien lloró, pobre hombre. Había trabajado hasta el agotamiento, vendiendo maquinaria agrícola, todo para sus niñas queridas, que le pagaban sólo con pesares. En 1917, Malya se integró en la Cheka con sus amigos, el empleo de moda aquel invierno en la ciudad.

—Que Dios me perdone —murmuró el abuelo de Serebin justo antes de morir—. Debería haber marchado a Estados Unidos con todos los demás.

Serebin caminó hasta el borde de la terraza y se quedó mirando las luces en la costa asiática de la ciudad. «Un transbordador, luego un tren para cruzar las estepas de Anatolia hasta Persia.» Sabía lo que le esperaba en el vestíbulo del hotel. Cuando volvió a la mesa, Tamara dijo:

—Cuesta creer que tu tía siga viva después de las purgas. La mayoría desapareció.

—Así fue, pero ella medró.

—Es probable que haya participado.

—Es probable.

—Que *tuviera* que hacerlo.

—Eso diría yo.

La niebla marina comenzó a empañar las gafas de Serebin. Se las quitó, sacó un trozo de la camisa de debajo del cinturón y comenzó a limpiar los lentes.

—Desde luego, todo esto de quién y por qué no es más que *bubbemeisah*. —Un cuento de niños—. Nadie sabe qué sucedió excepto los que lo hicieron, y si se trata de una organización un poco profesional, nunca lo sabrá nadie. —Acabó de beber el té y se sirvió un poco de vodka en la taza.

—Antes de que te vayas, Ilya, quiero que veas algo.

A lo largo del tiempo, el interior de la casa se había ampliado en complicados vericuetos. Tamara lo condujo a la parte trasera, abrió una puerta que reveló una escalera tan estrecha que Serebin tuvo que subir de lado. En lo alto, otra puerta, y una habitación en el alero del techo, que se inclinaba abruptamente y confluía en una sola ventana pequeña. *Una habitación secreta.* Al principio, Serebin pensó que no la había visto antes, y luego se dio cuenta de que la habían modificado. Los montones de persianas polvorientas con listones rotos habían desaparecido, reemplazadas por un colchón cubierto con una manta. Junto a la ventana, vio una mesa y unas sillas destartaladas, y observó que las tablas, las paredes, el techo y el suelo habían sido blanqueados. Lo único que faltaba, pensó, era la resma de papel y los lápices afilados sobre la mesa.

—Supongo que entiendes —dijo ella.

—Sí, gracias. —Serebin se había emocionado.

—Tal vez no será para ahora mismo, pero quién sabe, Ilya, puede que llegue un día.

Ni siquiera podía contestar. Que alguien quisiera hacer eso por él, aquello ya era un refugio en sí mismo. ¿Y que más podía ofrecer una persona en esta vida?

Quiso decir algo, pero ella le dio un golpecito en el hombro con el canto del puño. «Calla ya.»

Cuando Serebin tenía catorce años, solía ir a nadar con sus amigos cerca de un malecón al norte de los muelles de Odessa. Todos ellos, desnudos y delgados, alumnos de la escuela comercial Nicolás I, de Odessa. Una tarde tórrida de agosto se unieron a ellos Tamara Petrovna y su amiga Rivka. Sin miedo, se desnudaron, se zambulleron y nadaron mar adentro. Más tarde, mientras descansaban sobre las rocas, Tamara sorprendió a Serebin mirándole la espalda. Cogió una concha y se la lanzó, un golpe de suerte que le dio en la nariz. De los ojos de Serebin brotaron lágrimas hasta que se sonrojó.

—¿Qué diablos pasa contigo? —exclamó, llevándose la mano a la nariz—. Ni siquiera tengo puestas las gafas.

El taxi volvió lentamente a Beyoglu, y el melancólico chófer suspiraba y se tomaba su tiempo en las callejuelas, perdido en su propio mundo. Entretanto, en la imaginación de Serebin los agentes de la Emniyet que esperaban sentados en el vestíbulo estaban cada vez más irritados al ver que no aparecía, aunque él no podía hacer nada para remediarlo.

Al llegar, vio que no estaban. Llegó al hotel después de medianoche y descubrió que alguien había deslizado una nota por debajo de su puerta. Era una nota en ruso, escrita con una máquina de caracteres cirílicos, en la que se le preguntaba si sería tan amable de pasar por su despacho, y una dirección en la calle Osmanli, por la mañana, para ver al mayor Iskandar, en la oficina 412. Sería una noche larga y él tendría el placer de pensar en ello.

◆ ◆ ◆

«El escritorio del mayor Iskandar.» Nacido como mueble de los conquistadores en los tiempos del Imperio Otomano, una amplia superficie de caoba con patas que parecían columnas corintias terminadas en bolas. Pero el tiempo pasaba, los imperios acababan sumidos en la ruina, las tazas de café dejaban marcas, los cigarrillos olvidados producían cicatrices de quemaduras, los montones de carpetas aparecían y creaban un pequeño territorio, luego crecían hacia lo alto mientras un mundo hostil martillaba contra las puertas de la nación. O hacía saltar el candado.

El mayor Iskandar, cuyo uniforme arrugado le daba un aspecto no demasiado militar, usaba anteojos y tenía un bigote negro. Su cabellera y su paciencia disminuían ahora que se acercaba a los cincuenta años. Era un hombre apocado, tenía una tez cerúlea y poco saludable, que a Serebin le recordó a un poeta armenio que había conocido, un gran vividor que había muerto mientras bebía gotas de valeriana en un burdel de marineros en Rotterdam.

Iskandar registró sus archivos hasta que encontró lo que buscaba.

—Y bien —dijo—, habíamos pensado en charlar con usted cuando vimos la lista de pasajeros del barco. —De pronto, irritado, llamó con un doble chasquido de los dedos hacia la puerta de un despacho exterior. En respuesta a su gesto entró de inmediato un ordenanza con dos tazas de café cargado y arenoso—. Pero luego, con el atentado de ayer en la calle Rasim... — Abrió una carpeta y comenzó a hojearla—. ¿Alguna teoría? ¿Quién? ¿Por qué?

—No, en realidad no.

—¿Goldbark era amigo suyo?

—Era un socio. Lo conocía como uno de los directores de la oficina de la URI.

—¿Ha estado en su casa?

—No.

—¿Conoce a su mujer?

—Quizá la he visto en alguna ocasión. En algún tipo de celebración.

—La caja de berenjenas se la enviaron a él específicamente. Murieron otras tres personas, hay cinco o seis en diversos hospitales —le explicó; le ofreció a Serebin un paquete de cigarrillos y luego encendió uno—. Al parecer, usted salió justo en el momento preciso.

—Una llamada por teléfono.

—¿Era un aviso?

—No. —El tono de Serebin era deliberadamente frío.

—Y entonces, ¿qué?

—Por favor, lo espero fuera. Es urgente.

—¿Y quién era?

—No lo sé.

—¿De verdad?

—Sí.

—Llama un desconocido y usted sale a toda prisa en medio de una fiesta que se celebra en su honor.

—Se presentó como «un viejo amigo». Pensé que era posible, y el tono de su voz era grave, de modo que pensé que era aconsejable salir.

El mayor inclinó la cabeza a un lado, como un perro que para la oreja. «¿Qué oigo?» Acto seguido, decidió que, por el momento, no importaba. Se reclinó hacia atrás en su silla y dijo:

—Esto llega en un mal momento para nosotros, ¿me entiende? En Europa se ha declarado una guerra y nosotros estamos presionados por ambos bandos. Y en este país, sobre todo en este despacho, sentimos la presión. Porque sabemos que esto avanza hacia el sur. Podría llevarlo hasta Tracia, en el límite con Bulgaria, y ahí, en los pueblos de la frontera, vería usted una nueva modalidad de turismo. Alemanes de vacaciones, todos hombres, con abrigos y gorros alpinos, con cámaras o binoculares al cuello. Deben de ser los pájaros, ¿no le parece? ¿Será eso lo que les apasiona tanto como para acudir a la campiña búlgara en pleno mes de noviembre?

—...Y en los días que corren, ahí donde van esos turistas, suelen seguir los tanques. No queda muy lejos de aquí, a unas seis horas. Y mucho más rápido en avión. Es triste ver una ciudad como Londres bombardeada, noche tras noche, terrible, una bonita ciudad como ésa, construida de ladrillo. Pero aquí, desde luego, no sería noche tras noche. Porque una sola sería suficiente. Unas cuantas horas de trabajo para los pilotos de los bombarderos, y todo esto simplemente ardería.

Serebin lo sabía. Barrios con una gran densidad de antiguas casas de madera ya reseca.

—... Por lo tanto, permanecemos neutrales, y tratamos todos los actos de violencia política como una provocación potencial. Un tiroteo, una agresión con arma blanca, una bomba... ¿qué significan? ¿Se puede hablar de incidentes? ¿Qué sucederá después? Bien, tal vez en este caso, nada. Lo que nos preocupa estos días son Inglaterra y Alemania. Puede que Rusia no nos preocupe tanto, hemos pasado trescientos años preocupándonos de ellos, así que estamos acostumbrados. Aun así, un ataque de este tipo tendría que inquietarnos, y nuestra inquietud se... eh, centra en el hecho de que Goldbark no era precisamente un santo. Existe al menos una posibilidad de que se lo haya buscado.

—¿Ah, sí? «Quería decir: Que te follen».

Pero Iskandar estaba preparado. Sacó una foto de la carpeta y la dejó sobre su mesa como quien muestra una carta de la baraja. Una foto clandestina de un hombre gris en una calle gris en una tarde gris. Tenía las manos hundidas profundamente en los bolsillos del abrigo, y caminaba cabizbajo. Quizás un eslavo, con severas arrugas en el rostro, las comisuras de los labios apuntando hacia abajo, un hombre sensible que hacía tiempo se había equivocado de vida, ahí donde la Emniyet le había tomado una foto.

—¿Lo conoce?

Serebin negó con un gesto de la cabeza.

—¿Y a esta mujer?

La mujer en cuestión compraba naranjas en un puesto del mercado.

—No.

—¿Seguro?

—Sí.

—Goldbark los conocía.

«¿Ah, sí?»

Iskandar le enseñó una foto de Goldbark y la mujer, apoyados hombro con hombro en la barandilla de un transbordador.

—¿Quiénes son estas personas? —preguntó Serebin.

—Profesionales, por su manera de actuar. ¿Sabe si Goldbark era sionista?

—No tengo ni la menor idea.

—¿Comunista?

—Es poco probable. Al fin y al cabo, tuvo que salir del país.

—Todo tipo de personas salen de todo tipo de países. ¿Cuánta presión habría sido necesaria para obligarlo a trabajar para Alemania?

Serebin lo miró fijamente.

—No es del todo improbable. Lo siento, pero no es improbable.

—Era demasiado fuerte para eso —dijo Serebin. Lo que quedaba de Goldbark era su recuerdo.

El mayor Iskandar frunció el entrecejo. Terminó de tomar su café y volvió a chasquear los dedos. Tal vez fue un comentario a propósito de la respuesta de Serebin, o quizá sólo quería más café.

—¿Piensa quedarse en Estambul?

Serebin se lo pensó antes de responder.

—Una semana o dos, tal vez.

El mayor cogió una agenda.

—Eso correspondería al día doce. De diciembre. —Escribió una nota junto a la fecha.

Tomaron una segunda taza de café. El mayor dijo que llovía a menudo en esa época del año. Pero que casi nunca veían la nieve. Al contrario, la primavera era agradable, llena de flores silvestres en el campo. Cuando Serebin se despidió, vio a un hombre sentado en el despacho exterior que le recordó vagamente a alguien de la fiesta de la URI. Sus miradas se cruzaron un momento, y luego el hombre giró la cabeza.

«Dios mío, ¿quién es?» Era una mujer radiante, extraña, y tenía el rostro de una niña inquietantemente bella. A veinte minutos del despacho del mayor Iskandar, en un pequeño mercado de pescados, Serebin estaba sentado a una mesa de la terraza de un lokanta, un restaurante de barrio, y ella llegó y se sentó al borde de la otra silla. Cuando se echó el pelo hacia atrás para apartarlo de los ojos, Serebin observó que la mano le temblaba. Se humedeció los labios, luego pronunció unas cuantas palabras, memorizadas, pensó él, en un francés gutural. Su amigo, *monsieur* Serge, tenía muchas ganas de verlo. Luego esperó, insegura de su pronunciación, para ver si le había entendido. «Es la amante de Kubalsky», pensó Serebin.

Asintió con un gesto de la cabeza e intentó mostrarse alentador.

—En Tatavla —dijo ella.

El distrito griego.

—En el cine Luxe, mañana por la noche.

Tenía la cartera agarrada con fuerza por el borde, hasta que sus nudillos se volvieron blancos y afilados. Serebin dijo que entendía y le agradeció el mensaje, lo cual le valió una sonrisa repentina y luminosa, visto y no visto. Acto seguido, la mujer se incorporó y se alejó a grandes pasos y se perdió de vista tras la primera esquina.

Después, Serebin caminó sin parar. A ratos se detenía a escribir, observaba los rostros, perdido en calles desconocidas, lejos en su propio planeta privado. El mundo lo perseguía, pensó, y era preferible, de vez en cuando, estar *en otra parte,* aunque todo seguiría ahí cuando él volviera. Mandaría flores a los hospitales, llamaría a la mujer de Goldbark. Esperaría a que Iskandar acabara de hablar con ella. Ella les mentiría, desde luego, como él. Al fin y al cabo, uno mentía.

Por el momento, se quedó mirando un bello nogal, las ramas de invierno recortadas y el árbol desmochado, rodeado por una reja de hierro. Dos chicas de uniforme, con los ojos oscurecidos por el *kohl, femmes fatales* después del colegio. Un vendedor callejero, atareado ensartando brochetas de cordero y cebollas que dejaba crepitando sobre las brasas. Aquello le despertó un apetito feroz, pero no soportó la idea de dejar de caminar. El barrio cambió. Ahora eran grandes edificios de piedra de cinco plantas, con placas de latón que anunciaban importantes empresas y bancos. Parados con gesto nervioso frente a las fachadas, lanzando duras miradas, los porteros, luchadores turcos enfundados en sus uniformes con botones de latón. Deutsche Orientbank, Banque de la Seine. Al final de la calle: Société Ottomane des Docks et Atéliers du Haut Bosphore. «¡Título! "Una mañana gris de primavera, el librero Drazunov plegó su periódico bajo el brazo y descendió del tranvía número seis..."»

Sí, uno les mentía. Siempre. «Hoy en día, un hombre sólo se atreve a hablar sin tapujos con su mujer —era Babel quien había pronunciado esas palabras, la última vez que Serebin lo vio—... por la noche, con las cabezas ocultas bajo las mantas.»

Se detuvo ante un espectáculo, el Karagoz, con marionetas hechas de piel de camello, y se quedó en los lindes de la multitud. En realidad Serebin detestaba las marionetas, odiaba cómo saltaban y se deslizaban de un lado a otro, o cómo chillaban, pero también era un hombre al que le era imposible pasar junto a un teatro callejero sin detenerse, tan imposible le era como volar. Los espectáculos Karagoz (palabra que significaba «puñetazo») incorporaban a personajes contemporáneos en sus números, y por eso en anteriores visitas a la ciudad había visto a Mickey Mouse, a Tarzán de los monos, a Marlene Dietrich y a Greta Garbo. «¿Greta Garbo? Yo te escribiré una obra para marionetas sobre Greta Garbo... Una historia de amor.» «¡Ay! ¡Oh! No me castigue de esa manera, señora, sólo soy la anotadora!»

Encontró un bar que le agradaba y se sentó ante una mesa en la terraza. No tenían vodka, así que tomó un delicioso licor. Hecho de albaricoques, probablemente, ya que el camarero le dibujó esa fruta en una servilleta. Luego, al reanudar el paseo, llegó a un bulevar barrido por una brisa fragante. Era un olor que reconocía: algas que se pudrían, sal, humo de carbón. El corazón se le aceleró. Un puerto. Una vista del mar. ¿Bajando por este cerro? Echaría una mirada.

7:20. Una noche cálida para aquella época del año, nublada y suave. No había estrellas cuando Serebin las buscó, «quizá más tarde». Siempre invitaba a los funcionarios emigrantes a una buena comida, algo que la mayoría de ellos rara vez probaba, así que buscó por el barrio del general de Kossevoy cuando se dirigía a la habitación del anciano. Encontró un lugar con un cesto de pepinos en la ventana. Cuando miró dentro, vio que estaba lleno de gente y que abundaba el ruido, que la sala era templada y estaba llena de humo, como a él le gustaba, con camareros que corrían desesperados de un lado a otro.

Pero había vuelto a equivocarse.

—Si no le importa —dijo de Kossevoy— tenía la intención de acercarme a El Samovar ¿Lo conoce? El dueño era uno de mis oficiales en los Urales y siempre me pide que pase a verlo.

Un *kasha pierogi* empapado en una crema agria, sospechosamente agria, había sido el resultado, pero de Kossevoy había sonreído con actitud beatífica al entrar, con su pie de hierro resonando en el suelo de baldosas del restaurante. En Smolensk, al general le habían volado el pie las esquirlas de un mortero y, cuando la herida sanó, un herrero local le forjó una prótesis. Se diría que de Kossevoy se llevaba bien con aquella extremidad. Caminaba con un bastón, y había que cuidarse de él en las fiestas (Serebin recordaba a un erudito de barba en una recepción oficial, con el rostro desencajado por la agonía de soportar el peso de de Kossevoy sobre su pie mientras, con un esfuerzo sobrenatural de buena educación, no decía palabra).

—¡Su excelencia! —Unos pasitos y una reverencia humilde del dueño que se acercó entre las mesas vacías.

—Champán —pidió Serebin.

—Es un lugar atractivo. —Era el veredicto habitual.

Terciopelo rojo, manteles rojos, desteñidos por los años.

—Ya lo creo —dijo Serebin— . Parece que le va bastante bien.

—Tal vez más tarde, por la noche.

—Ya.

Serebin pidió de todo. *Zakuski* de pescado ahumado con tostadas, sopa de acedera, empanadas de ternera y el *kasha pierogi*.

—Con esto ya se puede pelear una guerra —sentenció el general con un brillo en la mirada.

—Stalin siempre recomendaba los bizcochos tostados.

—¡Bizcochos tostados!

—Me lo contó Tukachevski.

—¿Su superior?

—En dos ocasiones. En las afueras de Moscú durante la revolución, y luego en el veintiuno, en Polonia.

—Y fusilado a continuación, en agradecimiento por sus servicios.

—Sí. ¿Usted estaba con el zar?

—Que Dios se apiade de mi alma. A las órdenes de Yudenich.

—No era el peor de todos.

—Casi. Tenía sesenta y dos años cuando me obligaron a volver a vestir el uniforme, y creía en el orden, en Cristo nuestro Señor, en que la vida era como siempre había sido. Temía a la chusma. Temía que, una vez eliminado el yugo, quemarían y asesinarían. Y entonces, en el diecisiete, el yugo cayó, y ellos quemaron y asesinaron. Me había equivocado al calcular la magnitud del fenómeno, muy superior a lo que había imaginado, pero era el error de un anciano.

—Déjeme que le sirva otro poco.

—Gracias.

—¿Y ahora qué haremos?

—¿Con la Unión?

—Sí.

—No tengo ni la menor idea. Esperaba que Kubalsky se pusiera en contacto conmigo, pero ni una palabra. ¿Ha sabido algo de él?

—Todavía no.

—Bien, Konev está en el hospital. Perdió un ojo, según me han dicho, pero le queda el otro. Espero que él asuma el mando, yo haré lo que pueda, de alguna manera sobreviviremos, siempre sobrevivimos. ¿Piensa quedarse?

—Es probable que vuelva a París.

El general vaciló, no dijo lo que se le había ocurrido y asintió con gesto lento.

—Desde luego —dijo—. Lo entiendo. Tiene que hacer lo que más le convenga.

La mensajera de Kubalsky no había mencionado una hora, sólo un «mañana por la noche», de modo que no había otra solución que sencillamente acudir al lugar, y Kubalsky se ocuparía de lo demás. Serebin tomó un taxi hasta los muelles, luego otro (el mayor Ayaz ocupaba a menudo sus pensamientos) hasta los límites del distrito de Tatavla, y caminó con despreocupación bajo la luz crepuscular del otoño. Preguntó aquí y allá por el cine Luxe, pregunta que provocó una variedad de elocuentes gestos, a veces de los turcos, a veces de los griegos —«allá abajo, girando a la izquierda, es muy grande, no tiene pérdida»— y una variedad aún mayor de alentadores gestos de cabeza y de sonrisas. ¿Va al cine? ¡Sí! ¡Muy bien! ¡Excelente idea para una noche como ésta!

Un barrio pobre, superpoblado, con calles estrechas y serpenteantes que a veces acababan sin previo aviso, la ropa tendida en cuerdas por encima de su cabeza, pequeños grupos de hombres de indumentaria obrera y gorras caladas, que hablaban y gesticulaban, y que guardaban silencio cuando él se acercaba. De pronto, al volver una esquina, cerca de una iglesia ortodoxa, vio el cine Luxe. Observó la calle unos cuantos minutos antes de entrar, aunque aquello no fuera una gran precaución. Quizá lo seguían, quizá no, había gente por todas partes, cualquiera podía ser cualquiera.

Pagó y entró. La sala estaba a medio llenar, casi todos hombres, unas veinte hileras de asientos de madera entre dos pasillos a lo largo de las paredes. El proyector zumbaba y el humo de los cigarrillos ascendía en volutas iluminadas por el haz de luz. En la pantalla, junto a unas cuantas polillas nerviosas, vio a Krishna Lal, el *Tigre del Rajastán*. Un héroe, imaginó Serebin, que representaba a su pueblo cruelmente oprimido, en algún rincón del vasto territorio indio. Perseguido por los guardias del rajá, con sus cascos de acero y sus calzas de seda roja, el tigre huía y se internaba en un bazar, dejando a sus espaldas comerciantes enfurecidos que veían cómo se derrumbaban sus puestos de frutas y cacerolas. Al final, acorralado, buscaba desesperadamente una escapatoria.

Era un tigre atractivo, de ojos oscuros y líquidos y una boca malhumorada. Acababa con un par de guardias con su daga curva, trepaba a un balcón, saltaba a otro, se llevaba el dedo a los labios para silenciar a una anciana que cortaba cebollas en una fuente. Serebin encendió un Sobranie, buscó con la mirada entre los rostros pálidos del público una señal de Kubalsky, y no encontró ningún candidato. Cambió la música, sonó una solitaria cítara, mientras unas doncellas atendían en medio de risillas a una princesa en su lechoso baño. Pobre tigre, aunque tal vez, sólo tal vez, miraba a hurtadillas hacia la ventana donde unas sugerentes cortinas se agitaban en el viento. La princesa se inclinó hacia delante para dejar que una doncella le lavara la espalda y luego despidió a la chica con un gesto de la mano y se incorporó. La cámara subió y subió (¿verían algo?). Se produjo un pesado silencio entre el público, pero no, no era lo que esperaban. La princesa miraba hacia la ventana, alertada por un ruido y, tras una orden suya, las doncellas aparecían con una especie de toalla real y la sostenían cuan ancha era entre los cien guerreros turcos y la silueta de la actriz mojada que se incorporaba del baño.

«¿Dónde estás, Kubalsky?»

Alguien roncaba. Un hombre muy gordo se acercó por el pasillo y sus pisadas resonaron en el suelo de madera. Miró por la hilera de Serebin, como si buscara... ¿Qué buscaba, un asiento? ¿Un amigo? ¿A Kubalsky? ¿A Serebin? Se movía lentamente, hilera por hilera, hasta que se dio por vencido y volvió sobre sus pasos. En la pantalla, el rajá, con el bigote negro largo y lacio que siempre denotaba vileza, convocaba al jefe de su inepta guardia. «¡Imbécil! ¡Burro! ¡Quiero que me traigas la cabeza del Tigre!» A continuación, de su túnica negra con ribetes plateados sacaba un frasco de líquido ámbar. De uno de los asientos de atrás brotó una exclamación ahogada.

Vio que en el pasillo del frente el gordo volvía, *encore,* a pasearse. Entonces Serebin corrigió el error del escritor. No era un hombre muy gordo, sino muy corpulento. Tenía una cara grande, la mandíbula aún cuadrada a pesar de años de *baklava*. O de *pollo a la Kiev*, o de *sachertorte*. Quizá no era más que el administrador. «Tengo derecho a hacer esto.» Alguien lanzó un sarcasmo. Cualquiera que fuera su significado, desató una oleada de risas, quizás algo así como «la chica que buscas no está aquí», o algo parecido, imaginó Serebin. El jefe de los guardias del rajá se abría paso rápidamente por las callejuelas de un bazar.

Serebin miró su reloj. La doncella intentaba rechazar el frasco de veneno, pero el guardia del rajá era inflexible. La princesa enjugaba sus lágrimas y escribía una carta con una pluma de ganso. Serebin decidió que seguramente Kubalsky lo esperaría fuera cuando, al final de la película, el tumulto de espectadores saliera por una sola puerta. A regañadientes, intentó imaginar qué quería Kubalsky de él, o qué había hecho, qué sabía. ¿Qué decisiones le habían obligado a veintitrés años de exilio deambulando entre las sombras de Europa? Cita secreta del tigre y la princesa en un jardín de rosas a la luz de la luna, la mirada encendida por el deseo, mientras una cítara y una tabla vibrantes sugerían el encuentro que el director no podía mostrar.

Pero los amantes no estaban solos. La escena se oscurecía y un espía se ocultaba tras unos arbustos. Alguien del público aprovechó la oscuridad para abandonar la sala. Serebin no alcanzó a verlo del todo. Oyó unas cuantas pisadas sonoras y se giró a tiempo para captar una sombra que desaparecía rápidamente por una puerta lateral hacia el plano oscuro de la noche. Dos hombres lo siguieron. Entre gritos de irritación, cruzaron toda una hilera hasta el pasillo, abrieron la puerta de golpe y desaparecieron. «Quédate donde estás.» Afuera, oyó el estallido seco producido por el disparo de una pistola de pequeño calibre. Tres o cuatro disparos, y luego el silencio. Serebin se incorporó de golpe, corrió hasta la parte trasera de la sala y llegó a la puerta junto a varios hombres de los asientos cercanos. Uno de ellos intentó abrir la puerta, que cedió unos cuantos centímetros y luego fue cerrada bruscamente por alguien del otro lado. El hombre se sintió agredido, volvió a intentarlo, esta vez con más ímpetu, pero quienquiera que estuviese del otro lado poseía una fuerza descomunal y la puerta no se abrió. Serebin oyó voces, desconocidas, ahogadas, y luego pasos. Se encendieron las luces del cine y un hombre que parecía ejercer la autoridad se acercó a grandes zancadas por el pasillo y los demás le abrieron paso. Cogió firmemente el pomo y abrió la puerta.

Serebin y los demás hombres salieron a un largo callejón iluminado por una farola al otro extremo. Frente a ellos había un muro, el ruido de las calles, y nada más. Bajo la escasa luz, Serebin vio una mancha sobre los adoquines. ¿Una antigua mancha? ¿O una mancha fresca? Alguien rió. El administrador del cine se encogió de hombros, abrió la puerta y gesticuló para que los clientes volvieran al interior. Eran las rarezas de aquella gran ciudad, y nadie podía saber, de un momento al siguiente, qué era capaz de hacer la gente. Serebin avanzó por el pasillo hasta una hilera de la parte delantera y cambió de asiento. Sobre una de las sillas vacías vio un impermeable. Esperó hasta el final de la película, hasta que todos salieron, pero nadie reclamó el impermeable.

◆ ◆ ◆

Se detuvo en un *lokanta* en el camino de vuelta al Beyoglu con ganas de beber algo, quizá para comer, y compró un periódico francés para que lo acompañara en la mesa. Era una compañía indeseable a la hora de comer, sólo transmitía noticias de la guerra, en tonos variables de la perspectiva de Vichy, y llamaba a Churchill «borracho de tragedia shakespeariana» y cosas por el estilo. Las divisiones italianas de los montes Pindo de Grecia habían fracasado noblemente, pobres muchachos, y la flota italiana atacada —de hecho, destruida, lo sabía Serebin y lo sabía todo el mundo— en Taranto por los Swordfish, los cazas equipados con torpedos de la Royal Navy. Sin embargo —un *sin embargo* implícito, que se mofaba con agudeza arrastrando la dicción en francés—, la ciudad industrial de Coventry había sido atacada con éxito por la Luftwaffe. Arrasada por treinta mil bombas incendiarias. Serebin recordó la expresión del mayor Iskandar cuando hablaba de las construcciones de madera de Estambul.

El corresponsal del periódico en Bucarest informaba sobre los destrozos de las instalaciones petrolíferas de Rumania provocados por el reciente terremoto. Y también de que, siguiendo el ejemplo de Hungría el 22 de noviembre, Rumania había firmado el Pacto tripartito con las potencias fascistas, aunque Bulgaria se había negado. La guerra civil continuaba en Rumania, la Guardia de Hierro había ejecutado a sesenta y cuatro oficiales del gobierno anterior del rey Carol y sus tropas combatían contra unidades del régimen de Antonescu en la ciudad y en algunos pueblos.

«Bon appétit, monsieur.»

Sin embargo, el periódico no mentía, no tanto como para no ser capaz de encontrar la verdad si uno se lo proponía. Final del juego en el sur de Europa. Había que recoger los platos rotos en los Balcanes para crear un continente alemán. No, no habían cruzado el canal para acabar con aquel país de tenderos, pero los tenderos tampoco tenían intención de cruzarlo. De modo que se bombardeaban unos a otros y se lanzaban cáusticos epítetos por las ondas. Churchill, noble y estoico; Goebbels, sarcástico y astuto. Eran tablas, desde luego, que con el tiempo podían fácilmente llegar a convertirse en una paz brutal, marcada por la opresión de los judíos y la guerra política interminable cuyo foco era Moscú.

Pobre Kubalsky. Pobre Kubalsky... Quizás. ¿Acaso no era ésa la especialidad de los bolcheviques? No estaba seguro, no sabía, qué lástima, la vida continúa. «Molotov en Berlín para importantes conversaciones», decía el periódico. Una buena alianza que al menos mostraba al mundo lo que el término *realpolitik* significaba de verdad.

El largo día de Serebin aún no había terminado. En el mesón del hotel encontró una nota para el *effendi*. Una frase, temblorosamente escrita en una hoja de papel con un lápiz de punta roma, cada una de las letras vacilantes y trémulas. Firmaba una de las hermanas ucranianas: «Por favor, señor, le rogamos con todo respeto que no abandone la ciudad sin despedirse de Tamara Petrovna».

Una hora más tarde había llegado. Aún no era medianoche, pero faltaba poco.

Tamara estaba en la cama, abrigada con dos jerseys y una gorra de lana, comía regaliz y leía *La guardia blanca,* de Bulgákov.

—¡Ilya! ¿Qué sucede?

—¿Por qué habría de suceder algo? —Serebin se sentó en el borde de la cama.

Ella se encogió de hombros y con un trozo de papel marcó la página del libro.

—Es tarde. —Lo observó un momento, el rostro encendido y sonrojado—. ¿Te encuentras bien?

—Tenía que encontrarme con Kubalsky hace un rato, pero ha sucedido algo.

—¿El qué?

—Para ser breves, no se ha presentado. ¿Y tú, cómo estás?

—Tengo un poco de fiebre. Va y viene.

—Y, claro, no se lo dices a los médicos.

—¡Sí que se lo digo! Esta mañana ha venido uno.

—¿Y qué te ha dicho?

—Ha gruñido un poco.

—¿Y ya está?

—Me ha dicho que beba líquido.

—¿Y tú obedeces?

—¿Qué otra cosa puedo hacer? Puedes fumar si quieres, se nota que no te aguantas las ganas.

—Más tarde. Iré afuera.

—No, fúmate uno aquí y ahora. Y dame otro a mí.

—Sí, claro.

—Lo digo en serio.

—Tamara, compórtate.

—Estoy cansada de portarme bien. Y, en cualquier caso, no importa. Ahora, dame un cigarrillo o mandaré a una de mis chicas a comprar un paquete en cuanto te vayas.

—¿Quién dice que me voy a ir?

—No me atormentes, Ilya. Por favor.

—Eres imposible. —Serebin encendió un cigarrillo y se lo pasó. Ella aspiró con cautela, reprimió la tos con los labios apretados, cerró los ojos y exhaló el humo con una sonrisa de plenitud pintada en el rostro.

—De acuerdo. Ya has tenido lo que querías, ahora devuélvemelo.

Ella sacudió la cabeza lentamente. Serebin sabía que Tamara tenía miedo de contagiarlo.

—Así que, tú eres la única que se puede dar el lujo de mandar todo al infierno —dijo él.

—La única —repitió ella. Golpeó levemente la ceniza del Sobranie contra el borde de una copa vacía en su mesita de noche—. ¿Por qué Dios nos habrá hecho amar tanto lo que nos está prohibido?

Él no lo sabía.

—¿Piensas irte pronto? —preguntó con un suspiro.

—En unos días. La policía no me quiere por aquí.

—¿Te lo han dicho?

—Sí.

Ella volvió a inhalar humo y apagó el cigarrillo en la copa.

—¿Y lo decían en serio?

—Por el momento, es una sugerencia.

—¿De modo que podrías quedarte, si quisieras?

—Tal vez, sí. Requeriría cierto trabajo, pero probablemente podría.

—No puedes hacer lo que estás haciendo ahora, Ilya.

—¿No puedo?

—No.

Serebin se sintió tentado de preguntar qué quería decir con eso, aunque ya lo sabía.

—Está ahí —dijo ella—, esta guerra terrible. Vendrá a por ti.

Al cabo de un momento, él asintió con un gesto de la cabeza. La idea no le complacía demasiado, pero Tamara no se equivocaba.

—¿Y? —dijo ella.

De pronto guardaron silencio, y oyeron el viento azotando las ventanas y el mar en la distancia.

—El día que cayó Francia —dijo Serebin—, me sentí parisiense, más de lo que nunca me había sentido. Todos lo éramos. Exiliados o nacidos en el *cinquième Arrondissement,* no importaba. Todos decían *merde,* era mala suerte, mal tiempo, y no nos quedaba más remedio que aprender a vivir con ello. Pero todos seguiríamos iguales, así nos lo dijimos, porque si cambiábamos los fascistas vencerían. Quizá yo sabía qué pasaría, en el fondo, pero quería creer que aquello era suficiente. Aferrarse a la vida como *debería ser,* al ritual diario, al trabajo, el amor, y entonces la vida *será.*

—Es muy bonito, Ilya. Es casi encantador.

—Un alma tan dura, amor mío —dijo él, riendo.

—¿Ah, sí? Pues, por favor, recuerda quiénes somos y dónde hemos estado. Primero dices que fingirás hacer lo que ellos quieren, y acabas haciendo lo que quieren, te conviertes en uno de ellos. Es el cuento más viejo del mundo. Si no te enfrentas al mal, primero te consume y después te mata, pero nunca lo bastante rápido.

—Sí, lo sé.

—De modo que, mañana, al día siguiente, encontrarás una manera de luchar.

—¿Es eso lo que quieres?

—No, nunca. Temo por tu vida. —Él se incorporó y se acercó a la ventana. Tamara bostezó, se tapó la con boca con la mano—. No estamos hechos para vivir vidas largas, Ilya.

—Supongo que no.

—A mí no me importa mucho. Y en cuanto a ti, morirás interiormente si intentas ocultarte.

—¿De qué?

—Tú eres escritor, ve en busca de un nombre —respondió ella con una mirada dura, y guardó silencio un momento. Él volvió y se sentó a los pies de la cama. Ella se giró y apoyó la cabeza en el brazo—. ¿Sabes lo qué importa en los días que corren?

Él abrió las manos con un gesto de ignorancia.

—Tú me amaste, Ilya. ¿No me he equivocado en eso, no?

—Con todo mi corazón.

Ella sonrió y cerró los ojos.

—A las mujeres les gusta escuchar ese tipo de cosas. Siempre, pienso. Siempre las hace felices. Sólo Dios sabe por qué.

El système Z

REPÚBLICA DE TURQUÍA
MINISTERIO DEL INTERIOR
OFICINA DE LA SEGURIDAD DEL ESTADO

Servicio de Investigaciones Especiales
Fecha: 2 diciembre, 1940
A: Mayor H. Y. Iskandar
De: M. Ayaz — Unidad IX

Asunto: I. A. Serebin.

A las 10:35, del 30 de noviembre, el sujeto salió del hotel Beyoglu, cogió un taxi hacia el distrito de Beyazit y bajó frente al hotel Phellos; siguió a pie hasta el número 34 de la calle Akdeniz, y luego subió por la escalera hasta el segundo piso, donde entró en el despacho de la Helikon Trading Company. Permaneció en dicho despacho hasta las 11:25. El sujeto volvió al hotel Phellos, y una vez allí subió a un tranvía número 6 hacia el distrito de Beyoglu y saldó su cuenta en el hotel del mismo nombre. El sujeto cogió un taxi hasta la estación Sirkeci, donde compró un billete de primera clase hasta Izmir en el Taurus Express, Estambul-Damasco. El sujeto abordó el tren a las 13:08, y se instaló en un compartimiento con dos viajeros no relacionados. El sujeto bajó del tren en la estación de Alsancak, Izmir, a las 23:40, y se dirigió en taxi al club Xalaphia, un burdel, en la calle Hesmet, frente a la plaza Cumhuriyet.

El sujeto permaneció en el club Xalaphia hasta las 01:55, tras lo cual se alojó en la habitación 405 del hotel Palas. Había otros seis clientes en el inmueble durante el tiempo en que el sujeto estuvo ahí:

> R. Bey y H. Felim, comerciantes de algodón, de Alejandría.
> Nombre desconocido, supuestamente un comerciante de perlas,
>   de Beirut.
> Z. Karaglu, alcalde de Izmir.
> Y. Karaglu, su sobrino, director de la Autoridad Fiscal Muni-
>   cipal.
> W. Aynsworth, ciudadano británico residente en Izmir.

A las 00:42, un taxi entró en el patio del club, pero no se vio bajar a ningún pasajero. El taxi partió a las 01:38, sin pasajeros. El taxista, conocido sólo como Hasim, será interrogado por personal de la unidad IX del cuartel de Izmir. La propietaria del club Xalaphia, *mademoiselle* Yvette Loesch, declara que el sujeto visitó la habitación de S. Marcopian, donde permaneció treinta minutos.

> Respetuosamente suyos,
> M. Ayaz
> K. Hamid
> Unidad IX

Los techos del club Xalaphia se perdían en la oscuridad, tan altos que la luz de la lámpara no alcanzaba a iluminarlos. Las paredes, de un color cercano al terracota, estaban cubiertas de frescos pintados hacía un siglo, pensó Serebin, cuando la ciudad aún era Esmirna. La Grecia clásica del soñador: columnas quebradas, cascadas, montes en la distancia, pastoras tejiendo guirnaldas. La *madame* lo apreciaba, y él se sentía sutilmente adoptado, un alma perdida en el prostíbulo.

—Soy francesa —decía ella, en su lengua—, y también alemana, pero nacida en Esmirna. —Luego, por un momento, una mirada de melancolía—. Antes, esto era un gran restaurante, propiedad de una familia armenia, pero fueron eliminados durante las masacres de 1915.

Ahora era lo que era. En el aire tranquilo, un perfume denso y dulce, mezcla de jabón y jazmín, tabaco, ajo y desinfectante.

—Aquí será siempre bienvenido —dijo la *madame*—. Y, desde luego, cualquier cosa que se le ofrezca...

Serebin lo sabía.

La mujer apoyó una mano en su brazo.

—No se preocupe tanto —dijo—. Ella volverá.

Las chicas también lo apreciaban. Alegres y vivaces, llevaban los rostros velados y los pies descalzos, y lo provocaban desde una nube de esencias almizcladas, con carrerillas de un lado a otro con sus pantalones de gasa abombachados. *El harén.* Con un terceto de músicos vestidos de etiqueta y sentados de piernas cruzadas detrás de una celosía. Dos instrumentos de cuerda orientales y una especie de clarinete turco con un extremo bulboso, parecido a la flauta que tocan los encantadores de serpientes de los dibujos animados.

«Una curiosa manera de ir a la guerra.» Había vuelto a su hotel pasadas las tres, cansado y triste, seguro de que el sol de la mañana acabaría consumiendo el heroísmo de medianoche, pero no fue así. De modo que permaneció junto a la ventana. En la luz que caía sobre el mar, las gaviotas blancas giraban en círculos y se elevaban. «Puedes hablar con Bastien», pensó. Hablar sale barato. Averiguar qué tiene que decir. Por eso, más tarde, esa mañana, en Helikon Trading, un joven libanés vestido de traje negro, una llamada telefónica en otra habitación, una dirección en Izmir.

—Sofía —dijo la chica, señalándose a sí misma—. Sofía. —Estaba sentada en sus rodillas. «Suavidad.» Al otro lado de la habitación, sentado en una ostentosa silla de cuero, un hombre que lucía un fez le dirigió una sonrisa de complicidad y enarcó las cejas. «¡No se arrepentirá!» Quizá sea sirio, pensó Serebin; Kemal había ilegalizado el fez entre los turcos.

—Él lo encontrará ahí, o por el camino —le había dicho el libanés. Un francés excelente, una corbata convencional. ¿Y con qué productos comerciaba la Helikon Trading? No estaba nada claro, y Serebin no preguntó. Nada de trompetas, ni tambores, sólo una oficina en la calle Akdeniz. Sin embargo, ese momento nunca había sido dramático. Nunca. En 1915, cuando a los diecisiete años acababa de recibir su primer destino en la artillería rusa como subteniente, su padre se había limitado a encogerse de hombros y a decirle: «Siempre acudimos al llamado». Después, durante la revolución, el comandante de su regimiento requisó un tren de pasajeros y transportó el regimiento a Kiev. Siguió, inevitablemente, la guerra civil, y él se incorporó al Ejército Rojo, partió al frente borracho con dos amigos desde la estación de Odessa. Tenía veinte años, ¿qué otra cosa iba a hacer? En 1922, durante la guerra con Polonia, la oficina del comisario lo destinó como corresponsal de guerra. Y finalmente, España. Una tarde de primavera de 1936, el director de *Isveztia* lo invitó a un restaurante *valuta* —de divisas extranjeras— en Moscú.

—Pide lo que quieras —dijo. Y al cabo de un rato—: Ilya Alexandrovich, tengo que mandarte a España, y tú tienes que ir. ¿Qué tal está tu castellano?

—No está.

—Estupendo. Eso te dará objetividad.

Había ido, dos años después, y había trabajado hasta la extenuación en una mina de oro.

La chica se acurrucó junto a él y le susurró unas palabras al oído en turco. Deslizó un dedo, lenta y suavemente, a un lado y otro de sus labios.

—¿Mmm?— Luego se deslizó de sus rodillas, pálida y suculenta por debajo de la gasa, y caminó, si es que ésa era la palabra, hacia la escalera, girando la cabeza para mirarlo. Sin embargo, con su sonrisa de pesar, él le transmitió a la chica lo que ella necesitaba saber, y ella desapareció en otra habitación.

Serebin cerró los ojos. Donde Tamara lo esperaba. Jamás escribiría cuentos en la habitación blanca. Ocho años antes, ella lo había dejado. Había entablado una relación con otro, si bien la historia no acababa ahí y quizás él, en aquel momento, no lamentó lo ocurrido. Pero ella aún estaba en el mundo, en alguna parte, y eso era diferente. Era diferente. Oyó el ruido de un coche, el motor titubeante y ruidoso, en algún lugar cercano. El ruido flotó un momento en el aire y luego se desvaneció.

Minutos más tarde, apareció la *madame*.

—Su amigo lo está esperando —anunció—. Es la puerta número cuatro.

Ya no era ninguna alma perdida. Ahora se trataba de negocios.

En lo alto de la escalera, un pasillo largo y torcido, como en las galerías de un sueño. Serebin miró los números en la oscuridad. A juzgar por los ruidos detrás de una puerta, alguien se lo estaba pasando en grande. Encontró la habitación número cuatro, esperó un momento y luego entró. Era una habitación con generosas cortinas, ricamente alfombrada, espejos en las paredes junto a vistosos dibujos de lasciva obscenidad que ilustraban las especialidades de la casa. Había una cama ancha, un diván y un sillón otomano de terciopelo verde. Bastien estaba sentado en el sillón otomano y en ese momento encendía un cigarrillo.

Serebin se sentó en el diván. Ahora oía la música en el piso de abajo, la trompeta triste y quejumbrosa. Bastien suspiró.

—Ya sabe que no debería hacer esto —dijo.

—Sí, lo sé.

—Siempre acaba mal, de una u otra manera.

Serebin asintió con un gesto de la cabeza.

—Supongo que no se trata de dinero.

—No.

—Eso pensaba yo. Entonces, ¿qué?

—Alguien me dijo lo que usted ya sabe, que tenía que entrar o salir.

—¿Qué significa salir?

—Pues, quizás a Ginebra. Algún lugar seguro.

Bastien abrió las manos y sostuvo el cigarro entre dos dedos.

—¿Qué tiene de malo Ginebra? La gente es amable, la comida es buena. Hay personas muy elegantes, y estarían encantados de tenerlo entre ellos. Estoy seguro de que odia el fascismo, como sólo puede odiarlo un poeta. Podría detestar un lugar como Ginebra veinticuatro horas al día, pero jamás vendrían a destrozarle la puerta.

—Eso no sucederá —dijo Serebin, sonriendo—. Y, además, usted no está en Ginebra.

—Todavía no —dijo Bastien, y rió con un sonido sordo.

—Bien...

Por un momento, Bastien dejó que se instalara el silencio, y de pronto se inclinó hacia delante y dijo, con un tono de voz diferente:

—¿Por qué ahora, *monsieur* Serebin?

Era una pregunta a la que no podía responder.

—Sin duda, lo habrán reclutado.

—Oh, sí.

Bastien esperó.

—Siempre sucede. Seis meses después de instalarme en París conocí a un abogado francés. ¿Consideraría la idea de volver a Rusia? Y luego, después de la ocupación, un oficial alemán, un intelectual que había publicado una biografía de Rilke. «Los nazis son vulgares, pero Alemania quiere salvar al mundo de los bolcheviques.» Y seguían, uno tras otro. Desde luego, uno no siempre puede estar seguro, puede ser algo muy sutil. —Serebin guardó silencio un momento—. O quizá no. Había una inglesa, y le hablo de París en la primavera del treinta y nueve, una especie de aristócrata. Era una mujer muy directa, y en una cena en un reservado del Fouquet se acercó a mí y lanzó la pregunta de sopetón. Y no paró ahí, dijo que podía ser «muy mala» si ése era el tipo de cosas que me gustaban.

—Lady Angela Hope.

—La conoce.

—Todos la conocen. Sería capaz hasta de reclutar a Dios.

—En mi caso, decliné la oferta.

Bastien le encontraba gracia al asunto, una ironía en ciernes que al comienzo Serebin no captó, aunque, al cabo de un momento, entendió todo el significado de la sonrisa: «Aquello era Inglaterra, esto también».

—A veces, no sucede enseguida —advirtió Bastien—. Tarda unas cuantas vueltas del mundo.

Serebin no sabía si se refería al paso del tiempo o a las vueltas que da la política. Quizás a las dos cosas.

—La gente que confía en usted sufrirá —dijo Bastien—. ¿Merece la pena ver a Hitler muerto?

—Probablemente.

Guardaron silencio un momento. Abajo, alguien cantaba, algún borracho que sabía la letra de las canciones que tocaban los músicos.

—No me preocupa su corazón, Ilya. Me preocupa su estómago.

Sosteniendo la mano en cuenco por debajo de la ceniza gris del cigarro, Bastien se acercó a una mesa junto a la cama y cogió un cenicero del cajón. Volvió al sillón otomano y se inclinó hacia delante, con los codos apoyados en las rodillas.

—Entonces —dijo—, lo pondremos manos a la obra.

El tren avanzaba traqueteando entre los cerros marrones, el cielo ancho y azul y, a sus ojos, antiguo. Habían hablado largo rato en la habitación número cuatro, mientras la vida del club Xalaphia bullía alrededor: los portazos, las risas de una mujer, el nutrido ajetreo del pasillo.

—Le diré algunas verdades —dijo el hombre sentado en el sillón otomano—. Mi verdadero nombre es Janos Polanyi, en realidad von Polanyi de Nemeszvar, y pertenezco a un linaje magiar muy antiguo. Antes, era el conde Polanyi, y trabajaba como diplomático en la legación húngara en París. Anduve metido en ciertas dificultades, no pude salir, y vine aquí. Un fugitivo, más o menos. Ahora bien, puede resultar peligroso para mí que usted sepa esto, pero, claro, mi intención es ser peligroso para usted, quizá letal, de modo que se impone una cierta paridad. No quiero que lo sepa por terceras personas.

—¿Se puede ser un antiguo conde?

—Se puede ser cualquier cosa.

—¿Y los de la Emniyet saben que se encuentra aquí?

—Lo saben, pero prefieren hacer la vista gorda, por el momento, y yo me cuido mucho de penetrar en sus dominios.

—¿Y qué pasa con, digamos, lo que estamos haciendo aquí?

—Esto no es nada.

Así que era Polanyi. Con una cuantas preguntas, había hecho que Serebin hiciera un repaso de su vida. Su madre, huida de París a ciudad de México en 1940, ahora esperaba un visado para Estados Unidos. Su hermano menor, catorce años más joven, siempre un extraño para él y para todos, ejecutivo de una empresa de cosméticos en Sudáfrica, casado con una sudafricana y padre de dos pequeñas. De su propio padre, que había vuelto a ingresar en el ejército en 1914, y después hecho prisionero, según se informaba, durante la ofensiva Brusilov, en el Volhynia, en 1916, nunca volvió a saberse. «Demasiado valiente para sobrevivir a una guerra», había dicho su tía. Y ésa era la historia de la familia Serebin, la historia de la vida en ese rincón suyo del mundo que giraba cada vez más rápido, hasta que la familia sencillamente se había desintegrado, y sus miembros desparramados por la tierra aquí y allá, separados por océanos.

En cuanto a la hermana de su madre, Malya Mikhelson, agente de la Cheka de toda la vida. Su última carta llevaba remitente de Bruselas, pero eso no significaba nada.

—El INO, se podría pensar. —*Inostranny Otdel,* la sección extranjera de los servicios secretos—. Judíos e intelectuales, húngaros, extranjeros. Supongo que ella no será del Comintern.

Serebin suponía que no. Pero nunca se sabía. Él jamás lo había preguntado y ella nunca lo había dicho.

Se miraron el uno al otro, oliendo la presencia del peligro. Pero si éste estaba presente, ellos no lo vieron.

—¿Y el dinero?

Dios bendiga a su abuelo, que había sido el más previsor. Quizás, a fin de cuentas, toda esa previsión fue lo que lo mató. Había prosperado en tiempos del zar vendiendo maquinaria agrícola alemana por toda Ucrania y Crimea.

—Era un paraíso antes de que lo jodieran —dijo Serebin—. El clima era como en la Provenza, era como en la Provenza en muchos sentidos. —El viejo Mikhelson sentía que algo sucedería, lanzó el tarot judío y depositó dinero en Suiza. Un empleado de oficina en París ganaba mil doscientos francos al mes. Serebin recibía unas tres veces esa suma.

—¿Tiene acceso a los fondos?

—No.

—Ay, el abuelo.

¿Y los alemanes? ¿Acaso no era él un *Misschlingmann,* medio judío?

Ya no. Su amigo alemán había conseguido un certificado de bautismo, enviado por correo a la oficina de la Gestapo en París desde Odessa.

—¿Usted lo pidió?

—Él lo ofreció.

—Dios mío —dijo Polanyi.

Serebin pasó la jornada en el tren después de unas pocas horas de pesadillas en el hotel Palas. Habían reservado una habitación a su nombre.

—Lo ayudaremos —dijo Polanyi— cuando creamos que lo necesita. Pero ha sido siempre un Serebin, y debe seguir siéndolo.

El 5 de diciembre de 1940, el tren Estambul-París entraba en la estación de Lyon un poco después de las cuatro de la tarde. Había sufrido los retrasos habituales, los guardias fronterizos corruptos en la frontera yugoslava, una tormenta en Croacia, una vaca en Bulgaria, pero el maquinista recuperó el tiempo perdido en las vías expeditas de Mussolini entre Trieste y el túnel de Simplon, de modo que, al final, el tren llegó a París con sólo unas horas de retraso.

I. A. Serebin, que viajaba con el pasaporte francés otorgado a los *étrangers résidents,* esperó un rato en las afueras de la estación. La nieve caía sobre París, pero sin acumularse en las calles, sólo flotaba en el aire gris, y se quedó un rato mirando el cielo. El primer chófer en la cola de taxis que esperaban lo observaba.

—Mira, Marcel —dijo—, ahí viene uno que se alegra de volver a casa. —Marcel, un delgado perro pastor alsaciano, emitió un breve sonido gutural, algo parecido a un ladrido.

Habían acertado. Serebin metió su maleta en el asiento trasero del taxi y subió.

—A la *rue* Dragon —dijo—. Número veintidós. —Cuando el taxista encendió el motor, se acercó una mujer a la ventanilla del pasajero. Era parisiense, una simple ama de casa, y llevaba la cabeza cubierta con una bufanda de lana y el clásico abrigo negro. Sostenía una bolsa de red con peras magulladas y una *baguette*. Cortó un trozo de pan de la punta y se lo ofreció al perro, que lo cogió tranquilamente con la boca, lo dejó caer entre las patas y miró al taxista antes de lamer la corteza.

—Es usted muy generosa, señora —dijo el taxista con voz grave, y puso el coche en marcha.

Condujo lentamente por una calle por donde sólo transitaban unas pocas personas en bicicleta, pero ningún coche. El taxi era un *gazogène,* equipado con un depósito de gas natural montado en el maletero sin cubierta, la parte superior claramente visible por encima del techo. La gasolina era un producto básico para los alemanes, y la cantidad que ahora se destinaba a los países ocupados era sólo el dos por ciento del volumen de antes de la guerra.

Cruzaron el puente de Austerlitz y siguieron por el *quai* junto al río, que bajaba con un caudal menor en invierno, el agua oscura y opaca en la tarde sin sol. Para Serebin, cada respiro era un regalo. «Esta ciudad.» El taxista enfiló por el bulevar Saint Germain después de cruzar el puente Sully.

—¿Viene de lejos?

—De Estambul.

—*Mon dieu.*

—Sí, tres días con sus noches.

—Debe de haber sido un placer viajar antes de la guerra.

—Así es. Todo era de felpa roja y de cristal.

—El Orient Express.

—Sí.

—Y bellas espías rusas, como en las películas —dijo el taxista, riendo.

Avanzaron muy despacio por el bulevar, cruzaron el quinto *Arrondissement* y entraron en el sexto. Serebin observaba las calles laterales que pasaban, una tras otra: la *rue* de Buci, una avenida comercial, la *rue* de l'Echaudé. Y luego la plaza Saint Germain des Prés, con la parada de metro y sus elegantes cafés, como el Flore y el Deux magots. Al final, su propia calle, la *rue* Dragon. Restaurante barato con avisos luminosos, un club llamado Le Pony, era a todas luces una calle que vivía de noche, con los habituales pisos de París arracimados hacia lo alto.

—Hemos llegado —dijo el taxista.

El hotel Winchester. El *Vanshestaire,* una copia encomiable de la elegancia inglesa debida a los propietarios de 1900, ahora deteriorado y en decadencia, algo menos que pintoresco. Serebin pagó al chófer y añadió una generosa propina, cogió su maleta y el maletín y entró en el viejo vestíbulo. Saludó al *propriétaire,* instalado detrás de su mostrador, y subió los cinco pisos hasta su «suite» de dos habitaciones —en lugar de una sola— y un diminuto lavabo.

En la habitación, fue directamente hasta las puertas vidrieras, las abrió y miró hacia la calle. Su geranio rojo, el famoso *roi du balcon,* había sido regado debidamente durante su ausencia, aunque ahora se acercaba al final de sus días. En la habitación, una cama estrecha y rechinante con un cubrecama marrón, un armario, cosas que le agradaba pegar a la pared, una postal de Fantin Latour, un dibujo a la tinta china de una bailarina desnuda, una vieja foto del Pont Marie, una acuarela de un emigrante de la campiña normanda, un cartel publicitario de un cine, Jean Gabin y Michelle Morgan en *El muelle de las brumas,* y un Brassai enmarcado de un chulo y su chica en un café de Montmartre. Había un teléfono, una concha de almeja que servía de cenicero y un calendario ruso de 1937.

Serebin miró la calle de adoquines húmedos, las ventanas de las tiendas apenas iluminadas, el cielo gris y la nieve que seguía cayendo.

Había vuelto a casa.

8 de diciembre. El club social de la Unión Rusa Internacional estaba situado en la *rue* Daru, a pocos metros de la catedral de San Alexander Nevsky, la iglesia rusa ortodoxa de París. En el interior, unos cuantos hombres jugaban a las cartas o leían y volvían a leer el periódico.

—No puedo creer que hayas vuelto. —Ulzhen parecía triste, con el Gauloise colgándole de los labios. Tenía una mancha de ceniza en la solapa de la chaqueta.

Serebin se encogió de hombros.

—¿Qué significa?

—Tenía que irme, pero no me agradó el lugar donde estuve, de modo que he vuelto.

Ulzhen sacudió la cabeza... ¿Quién entendía a los locos? Boris Ulzhen había sido un empresario de éxito de San Petersburgo, había montado ballets, obras teatrales y conciertos. Ahora trabajaba para un florista de la *rue* de la Paix, fabricaba arreglos florales, hacía de mensajero y compraba coronas y urnas que los emigrantes robaban en los cementerios. Su mujer había conseguido sacar de Rusia algunas joyas en 1922, y gracias a los milagros y las penurias habían hecho durar diez años el dinero. Después, habían intentado viajar a Estados Unidos, pero ya era demasiado tarde. Ulzhen también era el director de la URI en París, nominalmente el jefe de Serebin, aunque, dato aún más importante, era un amigo de confianza.

—Ha sido terrible lo de Goldbark —dijo.

—Terrible. Y nadie sabe realmente por qué.

—Pues porque sí. Y después me ocurrirá a mí, ¿sabes? No me importaría.

—No digas eso, Boris.

—Tú manda una caja de berenjenas y yo le daré una propina al mensajero.

Serebin rió la ocurrencia.

—Sobrevivirás. Las cosas mejorarán —dijo.

—Apenas tenemos calefacción. Mi hija sale con un alemán —comentó, frunciendo el entrecejo ante la idea—. El año pasado, tenía un amigo judío, pero desapareció.

—Quizás haya pasado a la zona no ocupada.

—Eso espero, eso espero. Aquí les van a hacer lo mismo que les han hecho en Alemania.

Serebin asintió con un gesto de la cabeza. Todo el mundo conocía los rumores.

—De eso mejor no hablar —dijo Ulzhen—. ¿Cuándo sale el próximo número de la revista?

—En cuanto acabe el trabajo. Quizá después de Navidad.

—Sería bonito que fuera para Navidad, ¿no te parece?

—Supongo que sí.

—¿Tienes algo especial?

—Más o menos lo mismo de siempre —respondió Serebin, después de pensárselo un momento.

—Es bueno para la moral, ahora que viene el invierno. Este año no es demasiado festivo. Así que al menos unos cuantos poemas. ¿Qué te parece?

—Lo intentaré.

—Te lo agradecería —dijo Ulzhen.

—Boris, quiero ponerme en contacto con Iván Kostyka. He llamado al despacho de Montaigne, pero me han dicho que no está en París.

—¿Qué quieres con él? —preguntó Ulzhen después de un largo silencio.

—Negocios —dijo Serebin—. Conocí a alguien en Estambul que me pidió que me pusiera en contacto con él. Si a Kostyka le atrae la idea, yo mismo podría ganar un poco de dinero.

—¿Sabes a qué se dedica?

—Todo el mundo lo sabe.

—Bien, es tu vida.

Serebin sonrió.

—Veré qué puedo hacer. Podrías pasar mañana o, mejor, el jueves.

—Gracias —dijo Serebin.

—No me lo agradezcas, no te saldrá gratis. Tienes que conseguirnos un poco de dinero. Tenemos que hacer las cestas de Navidad, son ciento ochenta y ocho según las últimas cuentas.

—Dios mío, Boris... ¿Tantas?

—Podrían ser más. Ahora bien, puedo llamar a un amigo, pero si Kostyka accede a verte, tendrán que coger a ese sucio hijo de puta por los pies y darle una buena sacudida.

—Lo haré, te lo prometo. —Serebin miró su reloj—. Escucha, es casi la una, ¿me dejas que te invite a comer?

—Guarda tu dinero —respondió Ulzhen, negando con un gesto de la cabeza.

—Venga, Boris, lo digo en serio. Comeremos en un restaurante del mercado negro.

—A las tres y media tengo que estar en la tienda —dijo Ulzhen, y dejó escapar un suspiro.

◆ ◆ ◆

9 de diciembre. Cena en Chez Loulou, en lo profundo de las avenidas medievales del quinto *Arrondissement*. Antes de la guerra, aquello era la Meca de los atrevidos turistas estadounidenses: manteles a cuadros, velas en botellas de vino, restaurantes caros, camareros impertinentes, la aventura bohemia se respiraba en el aire. Y no había cambiado mucho. Aquí aparecía el teniente Helmut Bach, perteneciente a la oleada de turistas más recientes de la ciudad, que llegaba a comer con un jersey negro con cuello alto por debajo de su impermeable con cuello de terciopelo y una boina calada de lado sobre su teutónica testa.

—¡Ilya! ¿Llego tarde? Lo siento mucho, el metro...

No, era Serebin el que había llegado temprano. Y, por cierto, con dos *pastis* de ventaja.

Bajo el traje Pigalle *apache* apareció un sajón de treinta y poco años. Pelo castaño claro, corto por los lados, abundante más arriba, ojos azules, una vara metálica por columna vertebral y un aire de temblorosa expectativa, una especie de sentido de alerta. Algo maravilloso tenía que suceder, *pronto*. Como funcionario de la misión diplomática, tenía que ocuparse de protocolos y visitas oficiales, y Bach había buscado a Serebin no mucho después de que las tropas de choque de la *Wehrmacht* fueran reemplazadas por las fuerzas de ocupación. A Serebin no podía dejar de caerle simpático, y lo de la biografía de Rilke era verdad, él mismo tenía una copia dedicada en su estantería.

—He estado trabajando en Rimbaud. ¡Qué libertad! En las palabras, en las venas. Rimbaud no se lee, Ilya, se respira. —Su mirada parecía herida, y sus pómulos se sonrojaron levemente—. ¿Por qué los alemanes no somos así?

De modo que se podía amar aquello. Pero Serebin no lo dijo. Al fin y al cabo, sólo era una conversación de mesa, y no estaba tan mal. Transcurrió razonablemente bien con el paté de liebre, el pato *aux olives* con repollo frito en la grasa y, al final, la tarta de peras. Helmut Bach sacó a relucir sus cupones de racionamiento, y tuvo que echar mano de una fiera cortesía cuando Serebin intentó pagar con los propios. En fin, venía a decir, sentía mucho que sus compatriotas tan poco románticos hubiesen derrotado al ejército francés y tomado París, pero ¿qué podían hacer el uno o el otro para remediarlo?

A Serebin le agradó la cena, y comió con placer, excepto unos cuantos momentos en que la conversación le asustó. Tal vez *asustar* no era la palabra, quizás era preferible *alertar.* De hecho, comenzaba a comprender lo que significaría su filiación con Polanyi.

—Sabes, Ilya, intento aprender un poco de ruso, es la única manera de entender por qué los rusos aman a Pushkin, al menos eso dicen. ¿Te ofendería si te pido que me ayudes? ¿Una palabra, o una frase, de vez en cuando? ¿Una regla gramatical?

Aquello no habría molestado al antiguo Serebin, pero ahora se preguntaba qué consecuencias podría acarrearle. Así como no le habría molestado al antiguo Serebin pedir a Ulzhen un favor, porque el antiguo Serebin no le habría mentido a un amigo sobre sus actividades. Pero él había mentido y no sabía exactamente por qué. «Para proteger a Boris Ulzhen.» ¿Acaso era verdad eso?

Y aún quedaba lo peor.

—Bien, tienes que contarme lo de tu viaje a la decadente Bucarest. —¿Le habían servido los papeles, el maldito *Ausweis,* y todo eso? ¡Pensar que un hombre tenía que pedir permiso... para viajar!

No se había quedado mucho tiempo. Había seguido a Estambul.

—¿Y pudiste ver a tu amiga?

¿Le había hablado a Bach de Tamara? Sí, quizá. Toda su vida había contado todo tipo de cosas a todo tipo de personas. Pasaban por su mente como estrellas fugaces, las decía y las olvidaba. ¿Existían las personas que lo recordaban todo? Dios, esperaba que no.

—¿Ha mejorado algo? —preguntó Bach, con voz delicada.

—En realidad, no está tan bien. Sólo podemos esperar lo mejor.

—¿No está tan bien, Ilya?

—No.

—Puede que pienses que me meto donde no me llaman, pero hay un famoso médico en Leipzig, un viejo amigo de la familia. Es conocido como uno de los más brillantes internistas en Europa, y conoce a todo tipo de especialistas, en cualquier parte, en Leipzig, Heidelberg, Berlín. Si le pido que me haga un favor, puede examinarla.

—Eres muy amable, Helmut.

—¡Para eso están los amigos! Podrías llevarla a Leipzig y se arreglaría todo.

—Bien...

—Por favor, Ilya, piensa seriamente en lo que te digo. Puede que te pidan una pequeña conferencia, con un traductor, desde luego. Sólo café y galletas, unos cuantos admiradores. Es un precio módico si se trata de aliviar la salud de una amiga, ¿no te parece?

Serebin asintió lentamente con la cabeza, fingió incertidumbre, como un hombre no del todo seguro de lo que debía hacer. La puerta de la cocina se abrió y cerró cuando apareció un camarero con una bandeja. Bach lanzó las manos al aire, el rostro iluminado por la emoción.

—¡Ilya! *¡Tarte aux poivres!*

14 de diciembre. El tren de la noche a Saint Moritz sólo tenía tres vagones y se detenía en todos los pueblos de montaña, cada uno más primoroso que el anterior. Las hileras de luces titilaban en la nieve, y de pronto sonaban las campanas del arnés de un trineo tirado por caballos en el aire gélido. Al pasar, al ritmo de la lenta locomotora, Serebin alcanzaba a oír un acordeón en una taberna junto a la estación, donde una corona de Navidad y una vela encendida colgaban en una ventana. Cuando el tren arrancaba y se arrastraba, lento, en las largas curvas, se veía la luz de la luna que iluminaba el bosque. Serebin compartía su habitáculo con dos oficiales de la Luftwaffe, que viajaban con sus esquís y palos guardados en un rincón. Miraban por la ventana y se mantenían en silencio.

Desde París hasta la frontera del este las ciudades eran oscuras, el cristal de las farolas había sido pintado de azul, puntos de referencia que les eran negados a los escuadrones de bombarderos ingleses que volaban hacia Alemania. La parada en Ferney-Voltaire había sido larga, el último *kontrolle* de pasaportes alemán en Francia, mientras los oficiales de la Gestapo inspeccionaban el tren en busca de pasajeros sin autorización para salir. Luego, otra parada, aún más larga, en el *contrôle* fronterizo en Ginebra, mientras los oficiales suizos inspeccionaban el tren en busca de pasajeros sin autorización para entrar.

Serebin se adormecía. Intentó leer un cuento entregado a la redacción de *Cosecha,* la revista literaria de la URI, y se encontró una y otra vez mirando fuera, hacia la noche. Había estado con el tristemente célebre Iván Kostyka en cuatro o cinco ocasiones en esos años. La primera vez en Odessa, un reportaje que le había asignado el *Pravda* sobre la visita del «conocido industrial». Querían algo de él, y habían enviado a Serebin como símbolo de su gran aprecio. Luego, en París, durante una congreso cultural en 1936, una lujosa fiesta en la *grande maison* de Kostyka en el octavo *Arrondissement.* Después, un año más tarde, en Moscú, donde Serebin era uno de los doce escritores invitados a una cena íntima, básicamente como decoración, durante la reunión de Kostyka con los magnates de la industria soviética. Finalmente en París, en la primavera de 1940, Kostyka abriendo los brazos a su herencia rusa durante la fiesta de Pascua de la URI, y entregando una donación tildada de apenas generosa. Sin embargo, se sabía que Kostyka era un genio con los números, sobre todo cuando esos números contaban francos o rublos.

O dólares, o libras, o dracmas, leis o levs. Por aquel entonces, Kostyka sabía quién era Serebin o, al menos, la gente de su entorno lo sabía. Él decía que había leído los libros de Serebin y que los encontraba «estimulantes, muy interesantes». Posiblemente, era verdad. Una de las versiones de la vida de Kostyka decía que había nacido en Odessa, de una familia judía, pobre como la tierra, llamados Koskin. Sin embargo, a las figuras cosmopolitas que se movían en los poderosos círculos a menudo se les atribuían orígenes judíos, y Kostyka jamás había revelado el secreto de su nacimiento. Otra versión decía que había nacido Kostykian, en Baku, de descendencia armenia, mientras que una tercera versión se inclinaba por los orígenes polacos, Kostowski, en alguna parte cerca de la ciudad de Zhitomir.

En cualquier caso, los mitólogos coincidían al menos en que Rusia era la patria. Se decía que había huido de su hogar y de la pobreza a los catorce años, que había llegado hasta Constantinopla, donde se unió a los *tulumbadschi,* los bomberos, una mafia a la que había que sobornar para que apagara los incendios que, a veces, cuando los negocios iban mal, ellos mismos iniciaban. De ahí, se graduó de tratante de blancas y utilizó sus comisiones para jugar en los mercados de divisas en las *kasbashs* griegas.

De joven había viajado a Atenas, donde gastó hasta el último centavo que había ahorrado para comprarse ropa cara y pagarse una prolongada estancia en el Hotel Grande Bretagne. Poco después, consiguió cortejar a una heredera española y luego casarse con ella. Para entonces ya se había convertido en Ivan Kostyka, acentuado en la primera sílaba, que era, o quizá no, su identidad verdadera, dependiendo de la versión que uno decidiera creer. En cuanto a la verdad, ninguno de los reporteros de los periódicos que intentaron rastrear su huella en los años posteriores encontraron huella alguna. Hay quienes decían que realmente había existido alguien con ese nombre, pero que, si había vivido, ya no estaba en este mundo y que cualquier información sobre él también había desaparecido.

En Atenas Kostyka se sintió fascinado por el potencial de las guerras balcánicas y, puesto que hablaba al menos un par de lenguas, se convirtió en vendedor a comisión de Schneider-Creusot, los fabricantes de armas de Lille. La venta de cañones se reveló como su especialidad y descubrió que podía obtener el doble de ganancias vendiéndolos a ambos bandos. Kostyka prosperó, después de aprender a utilizar lo que se conocía como el *Sistema Zaharoff*, o *Système Z*, en homenaje a su creador, el más grande de todos los traficantes de armas, el ruso Basil Zaharoff. El *Système Z* apelaba, en primer lugar, al elogio de los dirigentes políticos: «¡Si el mundo pudiera conoceros tal como sois realmente!». Después, a una apasionada llamada al patriotismo, el mismo en todos los países y, finalmente, a recordar el prestigio que significaba para los estadistas en cualquier país la posesión de los armamentos más grandes y perfeccionados.

Sin embargo, el elemento clave en el éxito del *Système Z* era el funcionamiento de un servicio de inteligencia privado. Esto era fundamental. Kostyka y otros hombres poderosos, hombres de mundo, tenían que saber ciertas cosas. A quién alabar, a quién sobornar, a quién extorsionar. Las amantes tenían que ser vigiladas, los periodistas incluidos en nómina, los rivales destruidos. Aquello era caro, los investigadores privados, los burócratas y los policías costaban dinero, pero si se podía gastar, merecía la pena.

Kostyka ganó millones. Compró castillos, cuadros, abogados, reportajes en los periódicos, y tuvo prácticamente todo lo que quería y, hacia 1937, Iván Kostyka se había convertido en el barón Kostyka. Sin embargo, era una baronía báltica, comprada a un emigrante lituano y, además, comprada con resentimiento. En los años treinta, había vivido en Londres y había servido fielmente a los intereses británicos, en espera de una K, en la creencia de que lo nombrarían *sir* Ivan Kostyka.

—Pero entonces —dijo Polanyi en un prostíbulo turco—, se metió en líos.

16 de diciembre. Era casi mediodía, Serebin tiritaba bajo su abrigo y el sol alpino lanzaba destellos sobre el hielo de la laguna municipal de patinaje de Saint Moritz. La mayoría de los patinadores eran mujeres, y daban vueltas en círculos por la laguna helada lentamente y con semblante serio. Serebin estaba sentado en un banco de madera y, junto a él, Ivan Kostyka.

Cuando la amante de Kostyka pasó deslizándose junto a él, con su gorro de piel y un largo abrigo, también de piel, con un pequeño y suave terrier en los brazos, éste le obsequió con una sonrisa indulgente y un discreto saludo, un saludo suizo, modulando las palabras «hola, cariño».

Y en cuanto se alejó, Kostyka se volvió hacia Serebin.

—¿Quién quiere saberlo?

—Una pequeña empresa —contestó éste—. Para parar esta guerra.

—¿De parte de?

—Gran Bretaña.

—¿No es Francia? ¿La Francia libre, como se llaman a sí mismos?

—No.

—Puede que conozca la expresión «bandera falsa».

—La conozco, pero éste no es el caso.

—Me da su palabra.

—Sí.

—¿Puede demostrarlo?

—Puede que sí, pero no hoy.

—Entonces, le daré tiempo. Pero si quiere mi colaboración, tiene que darme una señal.

Serebin estaba de acuerdo.

—No tendré nada que ver con la URSS, ni con nadie más. ¿Me ha entendido?

—Perfectamente.

—Verá, mi corazón está con Inglaterra.

Lo decía sinceramente. A los setenta años, Kostyka era un hombre corpulento y bajo, de pelo canoso peinado hacia atrás desde la frente en ligeras ondas, y un rostro tallado en arrugas agresivas, el mentón, el ceño y la nariz asomándose a un mundo que no le agradaba.

—Estos lugares —dijo y su voz era una mezcla de dolor y desprecio—. Estos MonteCarlos y Portofinos. Vevey, y todo lo demás...

«Pobre alma desgraciada.»

El ambiente era muy silencioso, y los patines producían un ligero silbido en el hielo. Una vez más, la mujer con el terrier dio una vuelta y se detuvo en seco frente al banco.

—Buenos días —dijo a Serebin, y se giró hacia Kostyka—. Ocúpate de él, ¿quieres? Se está poniendo nervioso.

Kostyka aceptó el perro, que se quedó sentado en sus rodillas, luego lanzó un ladrido agudo y tembló al ver que la mujer se alejaba patinando.

—Shhh, Víctor. Compórtate. —Kostyka le dio unos golpecitos al perro con su enorme mano, pero se veía que le faltaba práctica—. El petróleo —dijo—. No es para mí.

—Es arriesgado, supongo.

—Ni siquiera ésa es la palabra. Y los hombres que lo dirigen, Dios mío. ¿Sabe usted qué decía Gulbenkian de los empresarios del petróleo? Decía que eran como gatos, que por el ruido que metían resultaba difícil saber si estaban peleando o haciendo el amor.

Serebin saludó la anécdota con una risa.

—Denme unos altos hornos —dijo—. O un ferrocarril. O unas cuantas armas. Yo les enseñaré cómo ganar dinero.

—Bien, los alemanes necesitan petróleo.

—Ya lo sé, petróleo y trigo, trigo y petróleo. ¿Por qué Hitler no se limitó a invadir Rumania y dejar al resto del mundo en paz? ¿Sabe?, a nadie le habría importado.

—Porque quiere más.

—Pues, le darán mierda —dijo Kostyka, con un sonoro bufido.

—Entonces, colaborará.

No hubo respuesta. Kostyka fijó la mirada en Serebin un momento, pero lo que vio no le pareció interesante, de modo que se giró y observó a las mujeres que patinaban, haciendo muecas como un hombre que habla consigo mismo. Serebin tenía la sensación de que casi podía oírlo, o verlo, cualquiera que fuera el engranaje, grande, poderoso y muy rápido que se agitaba en su interior. Al cabo de un rato, Kostyka anunció:

—Hoy comerá con nosotros.

«Ay, la amante.» En el gran Hotel Helvetia, la comida fue servida en el balcón de la suite de Kostyka por camareros que recibieron su propina y fueron despedidos. Kostyka, su amante y Serebin se sentaron a una mesa y ensartaron trozos de carne cruda con sus tenedores y los frieron en una fuente de aceite burbujeante.

—*Fondue* —dijo Kostyka. Parecía una alabanza de su propia vida.

La compañera de Kostyka, presentada como Elsa Karp, no era ninguna maravilla. No era en absoluto lo que Serebin se había imaginado. Tenía fácilmente cuarenta años, era pesada, ancha de caderas, copioso pelo marrón, nariz corva, una boca huraña y rapaz y un aura sexual que llenaba el aire y que casi mareó a Serebin. O quizás era la actitud, pero eso era lo que sentía mientras la observaba comer, ahí sentada, al otro lado de la mesa, con los Alpes detrás.

—*Monsieur* Serebin es de Odessa —dijo Kostyka.

—Hemos estado ahí —dijo Elsa—. Fue...

Kostyka metió la carne frita en un plato de salsa bernesa.

—Fue en verano. ¿Hace un año? ¿O hace dos?

—No el verano pasado, sino el anterior.

Kostyka asintió con un gesto de la cabeza. Ya se aclaraba.

—Nos quedamos en el palacio del zar.

Serebin estaba confundido.

—¿El palacio Livadia? —Aquello era en Yalta, en el extremo sur de Crimea.

—Nos quedamos allí una noche, cariño —rectificó Kostyka—. En Odessa nos hospedamos en casa del general Borzhov.

—Sí, tienes razón. Mischa y Katya. —Miró a Serebin y preguntó—: ¿Los conoce?

—No, creo que no.

—Ella toca el violín.

Odessa era una ciudad elegante, decía ella. Italiana. Blanca, del sur. Las famosas escaleras de Eisenstein. El cochecito del bebé. Ella era de Praga, cerca de Praga. Lo encontraba demasiado gris, demasiado *Mitteleuropa*. Adoraba la casa que tenían en París, tenía que prometerles que iría a verlos. Pensaba remodelarla, pero entonces llegó la guerra. Ahora tendrían que esperar. Desde luego, si se trataba de escoger una ciudad, entonces, Londres, evidentemente.

—En la vida de un hombre hay tres ciudades —dijo Kostyka, y la cita se adivinaba en su voz—. La ciudad donde se nace, la ciudad que se ama y la ciudad donde se tiene que vivir.

Elsa Karp estaba animada.

—Nos fascinaban las fiestas, a pesar de que hablamos un inglés muy elemental. Todos son tan... brillantes. Tan listos, esa manera que tienen de hacerla a una hablar.

Conciertos. Librerías. Lo excéntrico. ¡Los jardines! La expresión de Kostyka de pronto se volvió seria, al borde de las lágrimas. Aquello era, para Serebin, extraordinario, una paradoja de la naturaleza humana. Había personas en el mundo que vivían vidas brutales y, aun así, tenían los sentimientos muy a flor de piel.

La carne tardaba demasiado en cocerse. Los tres miraron por debajo del plato y Elsa Karp ajustó la mecha, pero la llama conservó su color azul pálido e intermitente. Kostyka estaba irritado.

—¡Jean Marc!

Jean Marc apareció desde otra habitación. Un aristócrata francés, un tipo depurado que Serebin reconoció fácilmente, alto y de hombros ligeramente encorvados, pelo negro y un rostro que reflejaba una mezcla de altanería y actitud vigilante.

—Mi *homme de confiance* —dijo Kostyka. Asistente confidencial, pero mucho más, el título significaba absoluta discreción, absoluta fidelidad, el sacrificio de la propia vida si era necesario. «Va armado», pensó Serebin.

Jean Marc levantó la mecha todo lo que pudo, pero aquello no solucionó el problema.

—Le falta combustible —dijo—. Llamaré al camarero.

Kostyka suspiró, se reclinó en su silla y le lanzó una mirada a Serebin. «¿Ve usted? ¿Cómo son las cosas entre nosotros?»

Enviado por radiotelegrama:

17:25 16 DE DICIEMBRE, 1940
HOTEL HELVETIA/SAINT MORITZ/SUIZA
SAPHIR/HELIKON TRADING/AKDENIZ 9/ISTANBUL/KIYE

DIRECCIÓN REQUIERE LA CONFIRMACIÓN DE LONDRES
A LA MENOR BREVEDAD POSIBLE

MARCHAIS

18 de diciembre. El expreso Ginebra-París estaba casi vacío, sólo unos cuantos pasajeros que dejaban Suiza para entrar en la Francia ocupada. Serebin cogió un montón de papeles de su maletín y, con un ligero suspiro por sí mismo y por el universo, comenzó a trabajar. El número de *Cosecha* no aparecería en Navidad, pero quizá podría terminarse antes de Año Nuevo. El Año Nuevo también necesitaba una inyección de moral, ¿no era cierto? Claro que sí, y su impresor emigrante era un ángel enviado del cielo, explícitamente, pensaba Serebin, para la salvación de las almas editoriales.

En cualquier caso, recordó, le agradaba trabajar en los trenes. En sus manos tenía a Kacherin, «Para Mamá». Dios mío. Aquel hombre jamás se daba por vencido, y esta simpática ancianita cocinaba *crèpes* de patatas, se sentaba en una silla junto a su hijo dormido, tres o cuatro veces al año. *Amor* rimaba con *babor*, y también con *sopor*, casi. Y bueno, qué diablos, aquello no era *La campana resonante* ni ninguna de las prestigiosas publicaciones rusas. Aquello era *Cosecha,* no había ningún Blok, ningún Nabokov. Sólo tenía a Kacherin y su edulcorado elogio de la madre. ¿Quién era Serebin para negarle sus treinta y seis versos? ¡Arréglalo! Serebin buscó el lápiz, decidido, y la compasión estalló como una bomba en su corazón. Incluso en un mundo imperfecto, *engalanar* no tenía por qué rimar con *iluminar.*

El lápiz no paraba, hasta que de pronto quedó quieto en su mano. No tenía derecho a hacer eso. Tenía que dejarlo como estaba, o no aceptarlo. En realidad, no. Dejó el poema a un lado, quizá sí, quizá no, esperaría y vería si tenían espacio. Y si no lo tenían, y no publicaban a Kacherin, al menos le darían un plátano.

Serebin llevaba consigo un suculento talón emitido por el Banco de Kostyka en París, si bien el sablazo no había sido fácil. Para Kostyka todo funcionaba de la misma manera, el donativo para las cestas de Navidad no era diferente a comprar una mina de plomo, era una inversión, y exigía negociación. ¿Cuántas cestas? ¿Qué había exactamente en las cestas? Serebin improvisó. Queso, salchichas, pan dulce de Ucrania, chocolate, todo tipo de golosinas festivas. Kostyka parecía abrumado. Todo aquello estaba muy bien, pero ¿que pasaba con las naranjas? ¿Y con los plátanos?

Serebin tuvo que reconocer que esos productos existían en París, pero era necesario conseguirlos de los alemanes o en el mercado negro, y en cualquiera de los dos casos, eran caros. A Kostyka no le importaba, se trataba de sus cestas de Navidad, y sus cestas de Navidad tendrían una naranja y un plátano. ¿Entendido? Serebin temía que lo obligaran a firmar algo, pero Kostyka no llegó tan lejos. Y bien, encontrarían una manera de comprar la fruta. Más les valía, pensó Serebin, porque Kostyka no olvidaría su contrato y se tomaría la molestia de averiguar si la URI había cumplido sus compromisos.

Serebin volvió a la lectura. Tenía un cuento de Boris Balki titulado «El lagarto de Tolstoi». Estaba bien, sin duda iría en el número de invierno. Balki era un emigrante que trabajaba de camarero en un club nocturno ruso, el bar Balalaika, en el duro barrio de Clichy. A Serebin no le agradaba demasiado Balki, al que encontraba un adulador y un pícaro, siempre tramando algo, pero escribía con una prosa clara y regular. «El lagarto de Tolstoi» era el relato de un hecho real en la vida de

Máximo Gorki, que solía seguir en secreto a las personas con el fin de utilizarlas en sus cuentos. Aquello no tenía nada de nuevo, Balzac había confesado que siempre lo hacía. Según el cuento, en una ocasión Gorki había seguido a Tolstoi por el bosque de Iasnaia Poliana. Tolstoi se había detenido en un claro para observar un lagarto sobre una roca. «Tu corazón late», dijo Tolstoi al lagarto. «El sol brilla. Tú eres feliz.» Y de pronto algo le entristeció y dijo: «Yo no».

El tren aminoró bruscamente la marcha y se detuvo de un tirón. Serebin alzó la mirada del manuscrito. ¿Y ahora qué? Estaban a sólo veinte minutos del *Kontrolle* en Ferney Voltaire, y era evidente que no había paradas programadas en ningún pueblo. Miró por la ventana, pero sólo divisó la estación a oscuras y los campos de los alrededores teñidos por el blanco de la escarcha. Dejó el manuscrito a un lado y abrió la puerta de su compartimiento justo a tiempo para ver a tres hombres vestidos de traje, hablando alemán en voz baja y nerviosa, que caminaban rápidamente hacia el final del vagón. Dos de ellos llevaban pequeñas pistolas automáticas, que apuntaban prudentemente al suelo. ¿*Gestapo*? ¿Qué otra cosa podía ser? Cuando bajaron del tren, Serebin los siguió hasta la puerta, bajó con cuidado y vio que unos cuantos pasajeros hacían lo mismo. Más allá de la locomotora, en el otro extremo de la estación, alcanzaba a ver un fulgor anaranjado. Serebin dio un paso a lo largo de las vías, y luego otro. Alguien preguntó:

—¿Qué ha pasado?

Nadie lo sabía. Todos juntos caminaron lentamente hacia el fuego, nadie les había dicho que no lo hicieran.

Justo más allá del final de la plataforma, habían empujado un viejo Citroen sobre las vías y le habían prendido fuego. ¿Por qué? Los tres alemanes volvieron, las pistolas ahora enfundadas. Uno de ellos hizo señas a la aglomeración de pasajeros para que volvieran al tren.

—No se preocupen —dijo en francés—. Vuelvan a sus asientos, por favor.

—¿Qué ha pasado?

El hombre rió.

—Algún idiota ha lanzado una cerilla en el depósito de gasolina. Ahora habrá que esperar a que termine de quemarse antes de que puedan moverlo.

—¿Sabotaje?

El alemán, que todavía parecía divertido, negó con un gesto de la cabeza.

—*Folie* —dijo, y se encogió de hombros. La locura de los franceses. ¿Quién sabía lo que estos idiotas harían la próxima vez?

Por correo:

Drake's
8 Grosvenor Square
Londres, S. W. 1

18 de diciembre, 1940

Honorable barón Kostyka
Hotel Helvetia
Saint Moritz
Suiza

Estimado señor:

Le escribo a usted a instancias de sir Charles Vaughn para ofrecerle mis más sinceras disculpas porque su nombre ha sido incorrectamente omitido de la lista de miembros del club para el año 1940. Puede estar usted seguro de que este error será subsanado en la lista de 1941.

Sir Charles espera que acepte sus disculpas personales, y confía en que aceptará su invitación a cenar en cuanto pueda volver a Londres.

Le saluda, respetuosamente,
J. T. W. Aubrey,
Secretario

«Vuelve a casa, todo ha sido perdonado.»

27 de diciembre.

Los franceses de París cultivaban una gran pasión por los institutos, donde el personal tenía reputación de ser muy listo, ir bien vestido y, de sutil importancia, sus oficinas estaban situadas en antiguos y bellos edificios en los barrios más elegantes. El Institut National de la Recherche Pétrolière era un campeón de esta raza, y sus ventanas miraban hacia los árboles desnudos del Jardin du Ranelagh, justo al otro lado del Bois de Boulogne, en la majestuosa frontera del *Arrondissement* 16.

—Aquí nos interesan los números —informó *mademoiselle* Dubon a Serebin—. La economía. En realidad, no tocamos esa porquería de petróleo. —Su sonrisa era áspera y brillante, igual que ella.

Desde el momento en que se conocieron, en su despacho en el último piso, Serebin vio a *mademoiselle* Dubon como una monja. Tenía ya cierta edad, vestía convencionalmente de mujer de negocios, un traje oscuro, una bufanda verde que ocultaba su cuello, pero usaba gafas de monja, unos delicados anteojos de oro, el pelo corto y severo, el rostro sonrosado e inocente sin maquillaje. También había en su manera de ser una cierta inocencia, como si conociera todos los pecados y los perdonara todos. Al menos en el negocio del petróleo, aunque Serebin sospechaba que quizás iba mucho más allá.

—Así que, *monsieur*, es usted un viejo amigo del barón —dijo.

—Nos hemos visto, aquí y allá, a lo largo de los años. Moscú, París. Una conferencia, una cena. Usted ya sabe.

Ella sabía.

—He recibido una nota de su oficina en París, entregada a mano, que señala que alguien como usted llamaría, y que yo debería procurarle información. —Una nube negra oscureció el sol—. Así que eso haré. Pero, *monsieur,* si usted no es discreto, a los dos nos matarán, o nos harán lo que sea que los alemanes hacen estos días. Me parece que los decapitan, ¿no?

—Eso dicen.

—Bien, preferiría que mi cabeza se quedara donde está, si a usted no le importa.

Con su sonrisa, Serebin quería darle seguridad.

—Me pregunto si usted me contaría —añadió—, lo que pasó con él en Londres.

—Nadie lo sabe, ésa es la verdad. El hombre intentaba subir en el escalafón social, como siempre, pero al parecer presionó demasiado, quizá superó a alguien al que no había que superar. Allá existen ciertas reglas, ellos no dicen cuáles son, pero las tienen. Y si las rompes, las puertas se te cierran, la gente no está cuando llamas por teléfono, las invitaciones no te llegan. Es como ver nevar en verano, todo es bastante mágico.

—Nada como París, desde luego.

La ironía era clara, pero ella respondió:

—Quizás aquí somos más tolerantes, pero puede que tenga razón. En cualquier caso, los ingleses se encuentran en dificultades, y quizá no sean tan selectivos con sus amigos. Eso, sin duda, también está en las reglas.

—Nota a pie de página. Pero, a la larga, vencerán.

—Dios y Roosevelt mediante, vencerán. Y cuanto antes, mejor. Ahora, dicho esto, ¿en qué puedo servirle?

—Tengo amigos que están interesados en interrumpir la exportación de petróleo a Alemania.

—¿Ah, sí? Pues supongo que lo pueden intentar. Una vez más.

—Si con eso acaban con la guerra, tienen que intentarlo, ¿no?

Ella pensó un momento antes de contestar.

—El petróleo es fundamental para Alemania, en especial en tiempos de guerra. Por lo tanto, los excita, los inspira para realizar esfuerzos heroicos. Por ejemplo, durante la evacuación de Dunquerque, los ingleses bombardearon las instalaciones petrolíferas cerca de Hamburgo. Las bombas no dieron del todo en el blanco, pero los depósitos fueron perforados y se perdieron tres mil toneladas de petróleo. Sin embargo, lo recuperaron casi todo, lo volvieron a bombear a los depósitos. Eso, *monsieur,* ese grado de determinación, es lo que deberían proponerse sus amigos en este momento.

—En Rusia sabemos de eso. Los últimos, digamos, trescientos años, más o menos, cuando el momento era el correcto, los invitamos a venir y ayudarnos.

Ella conocía la historia.

—El carácter nacional —dijo—. Ellos *solucionan* los problemas. Por ejemplo, la última vez que los ingleses se lanzaron a por el petróleo rumano, tuvieron bastante éxito. ¿Alguna vez ha oído hablar de Empire Jack?

—No.

—El coronel John Norton-Griffiths, miembro del parlamento, ni más ni menos, uno de esos locos deliciosos producidos por una raza de individuos más o menos sanos. Griffiths apareció en Bucarest en 1916, justo por delante de la caballería alemana. Venía de Rusia, y viajaba en un Rolls Royce de dos plazas con su mayordomo y varias cajas de champán. Consiguió que los rumanos aceptaran que había que destruir las instalaciones petrolíferas de Ploesti y, bajo su dirección, no dejaron piedra sobre piedra. Quiero decir, *piedra sobre piedra*. Volaron las torres de perforación, taparon los pozos, destrozaron las tuberías, inundaron los campos con petróleo y los incendiaron. Griffiths trabajó junto a ellos hombro con hombro, le prendió fuego a una casa de máquinas y salió volando por la puerta con el pelo en llamas. Aquello no lo detuvo ni un minuto. Cogió una almádena y se ensañó con las torres de perforación y las tuberías como poseído por el demonio. Al final, destrozaron setenta refinerías, quemaron ochocientas toneladas de crudo y productos derivados. Tardaron semanas en apagar las llamas.

Serebin entendía la magnitud de la aventura, pero intuía el final, la homilía.

—Lo que pasó es que hacia 1918 los alemanes ya habían aumentado la producción hasta el ochenta por ciento de los niveles de 1914.

—Aun así, fueron dos años.

—Ya lo creo, y les dolió. Cuando acabó la guerra, Ludendorff se dirigió a Baku en busca del petróleo del Caspio, con Turquía, el aliado de Alemania, intentando penetrar desde el sur. En ese momento, el ejército sólo tenía provisiones para dos meses, las industrias de defensa habían agotado sus existencias de lubricantes y la flota apenas podía desplazarse.

—Dio resultado.

—Con la ayuda de Rumania, y permítame que lo subraye, dio resultado. Los aliados celebraron una conferencia, unos diez días después del armisticio, donde un hombre llamado Bérenger, un senador francés, hizo un discurso que en este edificio intentamos no olvidar. El petróleo, dijo, «la sangre de la tierra», se había convertido con la guerra en «la sangre de la victoria».

—Una imagen dramática.

—Al menos eso pensaron los alemanes. Desde luego, tiene razón, se decían unos a otros. Así que a partir de ahora encontraremos una manera de fabricar nuestro propio petróleo.

—Petróleo sintético.

—La hidrogenación del carbón alemán. El proceso desarrollado por Bergius en los años veinte, adquirido por IG Farben en 1926. A Bergius le dieron el Nobel de química, Farben vendió una parte del proceso a Standard Oil, de New Jersey, y Alemania tuvo petróleo. En cualquier caso, una parte del consumo total. En este momento —y aquí le recuerdo a aquel hombre con su chistera levantando su hacha— el proceso Bergius proporciona el noventa y cinco por ciento de la gasolina de la Luftwaffe. Aun así, tienen que disponer del petróleo rumano. En este momento, importan grandes cantidades de Rusia, pero, si eso fallara, necesitarán a Rumania. Incluso con catorce plantas de combustible sintético funcionando, los yacimientos de Ploesti proporcionan el cincuenta y ocho por ciento del petróleo alemán. Eso es la Blietzkrieg: una invasión rápida que no exige combustible a largo plazo. Pero aunque cesen las importaciones de Rusia y se detengan los tanques en los caminos, Alemania puede combatir en el aire y bombardear Inglaterra todas las noches.

Mademoiselle Dubon se quedó mirando la expresión de Serebin. Al parecer, no dejaba de ser divertida. Su tono era amable.

—Si quiere, puede decir *merde,* señor.

—*Merde.*

—Y yo estoy de acuerdo. Para la guerra en los tiempos que corren, sólo hay soluciones parciales, y no demasiado satisfactorias. Sin embargo...

Serebin se incorporó, fue hasta la ventana, miró hacia el parque frío y vacío. Antes de la guerra, habría visto a las niñeras inglesas y a aristócratas franceses de dos años, pero ahora ya no estaban. Cuando encendió un Sobranie, *mademoiselle* Dubon le pasó un cenicero.

—¿Ha conocido a la tempestuosa Elsa? —preguntó.

—Sí, pero nada de tempestades, al menos cuando yo estaba presente.

—A veces ocurren, según he oído, pero Kostyka está entusiasmado, ella no puede hacerle daño. Y, para agregar un poco de picante al cotilleo, hay quienes dicen que es una espía rusa.

Serebin volvió a su silla. ¿Qué significaría eso?

—¿Cree usted que lo es?

—Quién sabe. Iván Kostyka está condenado a sospechar toda su vida, a pensar que todas las personas que conoce intentan obtener algo de él. Sexo, amor, amistad, gratitud, respeto, lo que usted quiera... Son las armas del oficio. Así que si se trata de una agente soviética, él primero lo sospecha, después se acuesta con ella, y se preocupa del asunto por la mañana.

Guardó silencio un momento para que Serebin entendiera toda la profundidad de sus palabras.

—Y, hablando de Rusia, debería usted recordar los acontecimientos sucedidos en mayo y junio pasados. Cuando Rumania escogió a Alemania en lugar de Rusia como su Estado patrón —tenía que escoger entre una u otra—, Stalin se enfureció y decidió apoderarse de las provincias rumanas de Besarabia y del norte de Bucovina. Aquello puso a Hitler nervioso, puesto que dejaba a la URSS a las puertas de «su» petróleo. De modo que no le sorprenda si Hitler avanza hacia el este, quizás antes de lo que cree.

—Esperemos que lo haga, porque ése será su final.

—Es probable que lo sea, pero no puede contar con ello. Ahora bien, supongo que está enterado de que los ingleses ya lo han intentado.

—Algo, desde luego no todo.

—En el otoño de 1939, Gran Bretaña y Francia ofrecieron a los rumanos el dinero, hasta sesenta millones de dólares, para destruir los yacimientos petrolíferos, pero nunca se pusieron de acuerdo en el precio. Y luego, ese mismo invierno, el servicio secreto británico envió un comando de la armada a viajar por el Danubio, haciéndose pasar por estudiantes de arte, con el objetivo de hundir varias barcazas y bloquear el río. Puesto que casi todo el petróleo rumano se transporta a Alemania en barcazas, era una solución lógica.

—Aquello salió en los periódicos. Una risotada del doctor Goebbels.

—Una risotada justificada. Los alemanes los engañaron, los hicieron desembarcar y les robaron el combustible. Una *débacle*. Y hubo otros intentos. Un plan para sobornar a cincuenta prácticos fluviales para que desaparecieran y matar a los otros diez. Un ataque de guerrillas contra los yacimientos de Tintea, que es el yacimiento de alta presión, frustrado por razones diplomáticas. Algún otro plan, traicionado por un ejecutivo del petróleo en Londres. Puede que haya habido otros, de los que yo no sé ni jamás sabré, pero la lección es clara, es un asunto más difícil de lo que parece.

—*Encore merde.*

—Con mucho gusto, un coro wagneriano de mierda.

—Y cuando lo hayan hecho, tengo una pregunta más bien de sentido común.

—Pregunte.

—¿Por qué los alemanes sencillamente no duplican la producción sintética?

—Desde luego, existe ese proyecto en el Ministerio de Economía, y si tuviesen una varita mágica, lo harían. Sin embargo, son instalaciones cuya construcción consume tiempo y recursos, y el proceso Bergius exige una enorme producción de carbón. No se puede dejar sin carbón a los hornos de Krupp. Si lo hicieran, no habría armas. Seguramente construirán más refinerías, pero también serán más vulnerables a las bombas inglesas. De modo que, hoy en día, necesitan el petróleo rumano. Y mañana también. Y, según calculo, durante muchos años.

—*Mademoiselle* Dubon, dígame, ¿qué haría usted?

Ella pensó un momento y respondió:

—Le dejo los detalles miserables a usted y a sus amigos, pero, por lo que veo, sólo hay dos posibilidades. Si se trata de una operación secreta, de un sabotaje, debe haber, a algún nivel, complicidad con los rumanos. La única otra alternativa son oleadas de bombarderos británicos dispuestos a aceptar un índice de bajas incalculable por la acción de las defensas antiaéreas. Empire Jack y sus rumanos tardaron diez días en hacer su trabajo, de modo que el ataque de un comando pequeño no es una opción. Finalmente, supongo que sabe que los rumanos y sus amigos alemanes saben que usted irá. Lo están esperando, querido.

Se produjo un largo silencio cuando ella dejó de hablar. Serebin oía máquinas de escribir en otros despachos, un teléfono sonó.

—¿Entonces? —dijo finalmente ella, frunciendo el entrecejo, y guardó silencio.

—Me ha sido de gran ayuda —dijo Serebin. Luego observó por su expresión que *mademoiselle* Dubon no se lo creía del todo.

Un hombre apareció en el umbral de la puerta, con una carpeta bajo el brazo.

—Oh, discúlpame —dijo—. Volveré...

Serebin se incorporó. *Mademoiselle* Dubon dijo:

—Puedes entrar Jacques. Te presento al señor Blanc, del Ministerio de Economía, estaba punto de irse. —Por encima del hombro del recién llegado, moduló las palabras *bon courage* mientras estrechaba la mano de Serebin.

29 diciembre. Cuando volvió a su hotel, al final de la tarde, a Serebin le esperaba una carta en recepción. Al ver los sellos turcos y la dirección escrita a mano, las letras cuidadosamente dibujadas con un lápiz de punta roma, sabía qué noticias traía. Llevó la carta a su habitación, se sentó en la cama y, al cabo de un rato, la abrió.

«Gospodin, lamento informarle que a Tamara Petrovna la han ingresado en el hospital. Los médicos dicen que sólo será por unos días.» Serebin miró el matasellos y calculó que la carta había tardado tres semanas en llegar a París. «Ella quería que yo le escribiera para despedirse de usted, para decirle que debe cuidarse, que lo que hace está bien.» Las palabras que Tamara había pronunciado estaban subrayadas. La carta continuaba. ¿Podían quedarse en la casa por ahora? Tenían que buscar trabajo. Así era la vida. Dios velaría por todos.

Aquella misma tarde, en Estambul, en la primera planta de un *lokanta* frente al mar llamado Karim Bey, Janos Polanyi consumía un insípido estofado de pollo y tomates. Sentado frente a él había un hombre de negocios inglés, instalado hacía ya tiempo en la ciudad, propietario de unos almacenes en el puerto de Uskudar, en la costa asiática. El inglés era conocido como *mister* Brown. Era algo regordete y de habla suave, un hombre lento y tranquilo que fumaba pipa y que por todo abrigo contra el frío que azotaba el puerto vestía un jersey por debajo de la chaqueta. Hablaba con un francés regular y pausado, una fluidez que, pensó Polanyi, no había imaginado cuando lo vio por primera vez.

—Hay que hacer algo de inmediato —dijo.

—Siempre es igual —afirmó Polanyi.

—Vaya, sí, supongo que sí. De todos modos, es lo que ellos quieren.

—Hacemos lo que podemos.

—Naturalmente que hacen lo que pueden. Pero tendrán que hacerlo rápido.

—Usted sabe lo que sucede cuando uno hace eso.

—Sí.

—No estamos seguros de la gente de Kostyka. Han pasado dos años desde que trabajó con ellos.

—¿Quiénes son?

—Todo tipo de gente. De la Guardia de Hierro y comunistas. Oficiales del ejército, intelectuales, judíos. Sociedad de café. No están hechos para la política, sino para los negocios, para la información y las influencias.

—¿El propio Kostyka está dispuesto a exponerse?

—No.

—Entonces, necesitamos una lista.

—Sí.

—¿Se lo ha preguntado?

—Indirectamente. Serebin habló con él en Suiza, y luego Capdevilla se reunió con su *homme de confiance.* Él le dio la lista.

—¿Con anotaciones?

—Aquí y allá. Pero muy breves.

—Haría bien en darme una copia.

Polanyi se la entregó. Brown la miró por encima y la guardó en el bolsillo interior de su chaqueta.

—¿Cómo ha llegado hasta usted?

—A mano. Con Capdevilla, que voló de Zúrich.

—Le hemos ofrecido un equipo r/t. Una maleta. —Quería decir un radiotelegrama.

—Nos irá mejor sin él. La goniometría de los alemanes, sus técnicas de localización de radio, son demasiado buenas. Y los turcos no la querrían aquí.

—Instálela en el campo.

—Quizás en un barco, pero todavía no. No nos preocupa tanto que nos intercepten como la Emniyet. Ellos quieren saber qué está sucediendo, y nosotros intentamos no ofenderlos. Es un *modus vivendi.*

—Nosotros lo protegeremos aquí, ya lo sabe, y el resto no importa, así que no tiene por qué ponerse tan quisquilloso.

—Perderé a gente.

—Es lo que suele suceder.

—Sí, pero yo intento que no suceda.

—Intente lo que quiera, pero no puede dejar que eso interfiera.

Polanyi se lo quedó mirando. «Me he dedicado a esto toda mi vida.»

—Estamos perdiendo la guerra, conde Polanyi, ¿Lo sabía usted? ¿Qué me dice?

—Lo sé.

—Espero que sí lo sepa. —La silla de *mister* Brown crujió cuando la echó hacia atrás.

Se incorporó para irse, rechazó la comida con una mirada y volvió a encender su pipa. Durante un instante sus miradas se cruzaron y, entre dientes, Brown soltó un «Mmm», y se encaminó hacia la puerta.

30 de diciembre. Ulzhen y Serebin llegaron hasta los límites del noveno *Arrondissement* para recoger el número de invierno de *Cosecha* del taller del santo impresor. No estaban solos, siempre había grupos de voluntarios en la URI. A los rusos les gustaba ir a lugares nuevos y hacer cosas diferentes, no les importaba demasiado qué cosas eran, así

que había tres hombres y dos mujeres («podemos empujar tanto como vosotros») en el patio de tierra de ladrillo detrás del taller del impresor, con un mozo de cuerda y un carretón que Ulzhen había alquilado. Bajo una lluvia lenta de invierno, ataron los ejemplares de *Cosecha* con cuerdas y luego amontonaron los paquetes en la carreta y los cubrieron con una lona. Al despedirse, todos estrecharon la mano del impresor, que había trabajado toda la noche, le desearon *novym godom* y *novim schastyem* —feliz y próspero año nuevo— y se dirigieron por una estrecha calle hacia la *rue* Daru, a casi dos kilómetros de distancia.

El mozo parisiense no quería que lo ayudaran, de modo que ellos siguieron detrás de la carreta por la calle húmeda y brillante.

—Es un lugar que jamás pensé que visitaría —musitó Ulzhen.

—¿La *rue* Trudaine?

—El siglo XIX.

Uno de los rusos tenía un ejemplar de *Cosecha* a mano con algunas de las páginas cosidas al revés. Lo había rescatado de un montón de copias estropeadas y le había dicho al impresor que alguien estaría encantado de tenerlo. Pasó las páginas, y empezó a recitar. «*En Smolensk*». Esperó un momento para que ellos pensaran en el título. «En Smolensk, las lámparas de gas calentaban la nieve / Petya tenía una jarra de leche / y veíamos el aliento blanco de un caballo de tiro / y el mendigo junto a la iglesia tocaba el violín / tocaba la canción del lobo de Prokofiev / tocó toda esa tarde de febrero / cuando no teníamos nada que darle, / sólo un poco de leche.»

—No está tan mal.

—Es bueno.

—¿Quién es?

—Vasilov.

—¿El taxista?

—No —corrigió Serebin—. Éste trabaja en la Renault.

—¡En la colonia penal! —Era el mote que los emigrantes daban a la enorme planta de Billancourt.

—Que se pudra en el infierno —dijo una de las mujeres, refiriéndose a Louis Renault—. Mi pobre cuñado murió allí, trabajó hasta reventar.

—¿Qué edad tenía?

—Treinta y ocho. Después de seis años de *travail a la chaine*. —En la cadena de montaje—. Como en una prisión —dijo.

—Tenía razón, que en paz descanse. —El hombre que había leído el poema hizo la señal de la cruz—. Yo lo intenté. Te sacan una foto y te toman las huellas dactilares, los capataces observan cada uno de tus movimientos y, cuando no pueden verte, tienen espías en los vestuarios, hasta en los aseos —dijo, y escupió hacia la cuneta.

Guardaron silencio un momento, como un homenaje. En la *rue* Blanche tuvieron que esperar mientras un policía militar alemán detenía el tráfico para que pasara un convoy de camiones en la otra dirección. Al cabo de un largo minuto, levantó una mano enguantada de blanco, los camiones se detuvieron y el policía hizo cruzar al mozo con sus ayudantes. *«Allons, mes enfants»*. Venga, niños. El mozo tiró del carro y los rusos lo siguieron hasta cruzar y entrar en la *rue* Ballu.

El hombre con el ejemplar de *Cosecha* seguía hojeando la revista; a veces, cuando las páginas estaban al revés, la giraba.

—«La influencia italiana en tres obras de Watteau».

—No te molestes.

—La estás mojando, ¿lo sabías?

—No pasa nada. ¿Qué os parecen los cuartetos rimados de Romashev?

—¡No!

—Bien, el parlamento ha votado. De acuerdo, y luego... ¡Babel!

—¿Qué dices? ¿Te ha entregado un texto?

—Babel ha muerto.

Ulzhen se quedó mirando a Serebin.

—¿Babel ha muerto?

—No ha sido publicado —dijo Serebin—. Es un cuento de Odessa. A alguien le pasaron una copia manuscrita, él la sacó del país cuando emigró y me la entregó para que se la guardara. Pensé que, bien, nadie la ha leído, así que incluyámosla en el número de *Cosecha* de Año Nuevo. Babel está en el cielo. Creedme, si nos está viendo, no le importará.

—«Froim Grach». —Formaron un corro alrededor del hombre y aminoraron la marcha. El mozo miró hacia atrás, se encogió de hombros y se acopló al ritmo de sus pasos.

En 1919, los hombres de Benya Krik montaron una emboscada a la retaguardia del Ejército Blanco, mataron a todos los oficiales y capturaron parte de las provisiones. Como recompensa, pidieron tres días de «insurrección pacífica», pero la petición no obtuvo respuesta, de modo que saquearon todas las tiendas de la avenida Alexandrovski. Después, dirigieron sus pasos a la Sociedad de Crédito Mutuo. Dejaron que los clientes entraran por delante de ellos, fueron al banco y obligaron a los empleados a poner sacos de dinero y valores en un coche que esperaba en la calle. Pasó un mes entero antes de que las nuevas autoridades comenzaran a darles caza. Entonces la gente comenzó a decir que Aron Peskins, que trabajaba en una especie de taller, tenía algo que ver con las detenciones. Nadie sabía a ciencia cierta qué ocurría en aquel taller. En el apartamento de Peskins había una enorme máquina con una barra de plomo curvada y el suelo estaba lleno de virutas y cartones para encuadernar libros.

La procesión cruzó hacia el elegante octavo *Arrondissement,* aunque por un momento se parecía al noveno, todo sucio y pobre, poblado por gitanas adivinas, investigadores privados y tiendas que vendían ropa barata y utensilios de cocina. El mozo se detuvo a descansar junto al metro de la estación Saint Lazare y ellos lo convidaron a un cigarrillo y a un trago de *marc* de una petaca de latón. Reunidos en torno al carro, era más fácil oír el cuento.

Peskin es asesinado, y luego los hombres de la Checa vienen desde Moscú y matan a los asesinos, exceptuando a uno que huye y se refugia en la casa del bandido llamado Froim Grach.

Froim Grach se encontraba solo en su patio. Estaba sentado, sin moverse, mirando al espacio con su único ojo. Las mulas capturadas al Ejército Blanco comían heno en el establo y las yeguas bien alimentadas pacían en el prado con sus potros. Los cocheros jugaban a las cartas a la sombra de un nogal, bebiendo vino de tazas desportilladas. Las ráfagas de viento caliente barrían las paredes de piedra caliza y la luz del sol, azul e implacable, se derramaba sobre el patio.

A continuación, Froim Grach acude a la Checa y les pide que dejen de cazar a sus hombres. El jefe de la Checa moscovita está muy excitado y reúne a todos los encargados de los interrogatorios y a los comisarios para contarles quién ha ido a verlos, quién está dentro del edificio en ese mismo momento.

> Borovoi les contó que era Froim, el tuerto, y no Benya Krik el verdadero jefe de los cuarenta mil ladrones de Odessa. El viejo se mantenía bastante en segundo plano, pero era él quien había planeado todo, el saqueo de las fábricas y del tesoro municipal de Odessa, los ataques contra las tropas aliadas y el Ejército Blanco. Borovoi esperó a que el viejo saliera para conversar con él, pero descubrió que no quedaba ni rastro de él. Revisó todo el edificio y, finalmente, llegó al patio trasero. Froim Grach yacía ahí cuan largo era, tapado por una lona junto a un muro recubierto de hiedra. Dos soldados del Ejército Rojo se habían liado unos pitillos y ahora fumaban de pie junto a su cadáver.

El cuento terminaba poco después, con un dejo de desesperanza, cuando el agente de la Checa, de veintidós años, se veía obligado a reconocer que el viejo «no tenía ningún valor para la sociedad del futuro». El mozo acabó su cigarrillo, cogió las asas de su carreta y reanudó la marcha, caminando lentamente bajo la lluvia hacia la oficina de la *rue* Daru, en las proximidades de la catedral.

Serebin estaba cansado y empapado cuando volvió al Winchester al final de la tarde. La publicación de ese número de *Cosecha* había sido acogida con una fiesta improvisada. Compraron varias botellas de vino barato, brindaron abundantemente por la publicación y algunas personas se detuvieron para conseguir un ejemplar y se quedaron a conversar y reír y a tomar vino.

En el piso de arriba, Serebin comprobó que la puerta de su habitación no estaba cerrada con llave, que la luz estaba encendida y que había una pequeña maleta junto a la ventana. Marie-Galante estaba tendida en la cama y leía una revista de modas. Levantó la mirada de la revista y, al cabo de un momento, dijo:

—Hola, *ours.* —Lo dijo con ternura, y Serebin entendió que ella sabía de la existencia de Tamara—. Espero que no te importe. El portero me ha dejado entrar.

No, no le importaba. Aunque se sentía apesadumbrado, era agradable verla allí, el codo apoyado sobre su almohada, un poco inquieta por él. Por el motivo que fuera, oscuro o tierno, preocupada por su persona.

Se quitó el abrigo mojado y lo colgó en el armario para secarlo. Luego se inclinó y la besó en la mejilla. La revista estaba abierta en una página que mostraba una foto de tres modelos con sombreros excéntricos, con alas anchas, la respuesta del París *chic* a la ocupación.

—He estado en Estocolmo —dijo—. Así que he vivido en trenes durante... días. En todo caso, era lo que quería.

—¿En un *wagon lit*?

—En un vagón de segunda clase, *ours.* Lleno de gente por todas partes. Es una guerra con muchas multitudes.

—Bien, aquí te sentirás en casa.

—Eres una persona muy refinada —dijo—. Por lo visto, no tienes bañera.

—Hay una *salle* de *bain* para las habitaciones del piso de abajo, pero es preferible usarla los lunes, que es cuando la limpia la criada. Si no, hay una palangana bajo la pila, puedes usarla.

—Quizá más tarde. Tengo que hacer algo.

—Tienes un piso aquí en París, ¿no?

—Sí —dijo ella—. En Neuilly.

—Ya me lo parecía.

—Pero no puedo ir en este momento —dijo después de una pausa.

—Ya. —Desde luego. Él entendía. No hacía falta decir más.

—No, no —rió ella—. No es eso, ese tipo de cosas no le quitan a Marie-Galante su bañera. Son los pequeños hombres con mostachos, ¿sabes? Esperando en la esquina. Todo el día. Una tiende a ignorarlos, pero no en este momento. En este momento es preferible no encontrarse en dos lugares a la vez, así que no estoy en París. Estoy en Polanyiland.

—Ya.

—Donde te tienen en gran estima. El caballero en cuestión estaba satisfecho, más de lo que suele estar, con tu manera de abordar al terrible Kostyka, así que entre otras cosas, he venido para manifestarte su gratitud. —Lanzó las piernas fuera de la cama, se incorporó y se desperezó—. De acuerdo —dijo—. El baño de la puta.

Se dirigió al lavabo, se desvistió y comenzó a lavarse. Serebin se quitó la corbata y la chaqueta y se tendió en la cama.

—¿Sabes una cosa? —preguntó ella.

—¿Qué?

—Nos vamos a Bucarest.

—¿Nos vamos?

—Mañana por la mañana. Estación de Lyon.

Serebin esperó.

—¿No te parece emocionante?

—Mucho.

—Ya lo sabía yo —dijo ella, y dejó correr el agua un momento—. Está casi tibia, *ours*.

—¿Puedo preguntar por qué?

—Claro que puedes. Tú vas a comprar arte popular. Para tu pequeña tienda en la *rue* de Seine, en el elegante Faubourg Saint Germain. Y viajas con tu mujer. Es una mujer difícil. No le agrada la idea de que su marido ande suelto y despreocupado por la sexy Bucarest.

—¿Arte popular? —Serebin oía cómo salpicaba el agua, cómo estrujaba el paño.

—Animalitos de madera. Muñecas de barbas de maíz. Blusas gitanas de encaje. Quizá, si tienes suerte, un santo en un retablo.

—¿Existe realmente esa tienda?

—Claro que sí. ¿Quién te crees que somos?

—¿Y yo soy yo?

—Cielos, por descontado que no. —Vació la palangana en el lavabo—. ¿*Ours*?

—¿Sí?

—Me cambiaré de ropa interior y dormiré en tu cama. Espero que no te importe.

—No, no me importa. —Y, al cabo de un momento, añadió—:
No importa, pero me preguntaba...

—¿Qué?

—¿En el barco? ¿La primera vez?

Ella lo miró y rió.

—¡Oh, no! ¿Si me pidieron que lo hiciera? No, sólo que hablara contigo, el resto fue idea mía. No soy... He tenido amantes, *ours,*
pero no tantos. Sólo que, me gustaste y, si quieres que sea terriblemente sincera, también me gustó el barco, la noche en alta mar, quizás el tiempo. ¿Me entiendes?

—Sí.

—Ahora que hemos aclarado eso, ¿podrías, tal vez, salir y comprar algo para comer?

—Hay un restaurante cerca, no está mal.

—Será mejor que no. Hay una característica de Polanyiland, y es
que hay que pasar mucho tiempo en interiores.

—Entonces será pan y queso. ¿Vino?

Ella salió del baño envuelta en una toalla y con la ropa en la
mano.

—Lo que puedas conseguir. Y creo que vi una *pâtisserie* en el
bulevar y, a menos que haya sido un espejismo, creo haber visto unos
pastelitos de nata y chocolate.

La noche se congeló justo en las afueras de las instalaciones ferrovia-
rias de Trieste y, a oscuras y con un cielo sin estrellas, se convirtió en
1941. El maquinista hizo sonar el silbato del tren, más perdido y melancólico que de costumbre, o así le pareció a Serebin, que recibió un
beso de Marie-Galante, que esperaba atenta al reloj. Luego se abrazaron durante largo rato, en busca de esperanza y calor en un mundo
frío, porque al menos no estaban solos, y porque habría sido mala
suerte no hacerlo.

Viajaban juntos en un compartimiento de primera clase, en esa
parte inicial del trayecto, con un joven de rostro cetrino que leía un libro en italiano, denso y difícil, por lo que parecía, que esperó hasta
que ellos se separaran y dijo:

—Por favor —dijo en italiano— permítanme desearles a los dos un feliz y próspero Año Nuevo. —Ellos le devolvieron el saludo en francés y todos sonrieron como si las cosas de la vida estuvieran destinadas a mejorar.

Y quizás así sería, pero, por el momento, ellos viajaban de incógnito.

Un mes antes, en las horas que precedieron a su salida de Izmir, siguiendo las instrucciones que había encontrado en su habitación, Serebin hizo dos docenas de fotos de pasaporte, y luego las dejó en el estudio de fotografía para que las recogieran más tarde. Ahora entendía por qué. Marie-Galante le había comprado una nueva identidad, el pasaporte de Edouard Marchais, bastante usado, con diversas entradas y salidas aquí y allá, un permiso *Ausweis* para viajar a Rumania y otros tantos documentos que debería poseer un hombre como Marchais. Marie-Galante, como flamante *madame* Marchais, desempeñaba su papel vestida con un abrigo negro ajustado a la cintura, a la última moda parisina, y una boina marrón. Se desenvolvía con una excepcional tranquilidad en materia de nuevas identidades. Al fin y al cabo, los papeles eran papeles, podían fabricarse cuando eran necesarios. De manera que en aquel momento, cuando lo único a lo que él aspiraba era a ser invisible, podía adoptar la identidad que quisiera.

Tuvieron que cambiar de tren en Belgrado y esperaron horas en la estación, donde encontraron, abandonado sobre un banco, un ejemplar del *París Soir,* con los titulares «¿GUERRA CIVIL EN RUMANIA?». No parecía que la vida estuviera mejorando, a menos que uno creyera en los signos de interrogación.

No se percibían señales de la guerra en Bucarest, al menos no de inmediato. Amanecía cuando llegaron a la Gara de Nord y tomaron un taxi que los condujo por las calles vacías hasta el Athenée Palace, en la *strada* Episcopei. El hotel más grande de la ciudad, tristemente célebre por sus tarjetas en las mesas de su comedor que prohibían las discusiones políticas, era muy apreciado por los dibujantes de tebeos, cuyos espías miraban desde las palmeras plantadas en tiestos a seductoras y sensuales mujeres y a estafadores y magnates que se paseaban fumando cigarros habanos.

Sin embargo, era demasiado temprano para estar despiertos a esa hora. Sólo había criadas que limpiaban los interminables pasillos y un camarero de servicio que bostezaba mientras acudía con una bandeja de vasos y botellas de whisky a servir a algún cliente que se resistía a dar la noche por acabada. Serebin y Marie-Galante deshicieron las maletas, se tumbaron en la cama e hicieron el amor, como si fueran amantes, la versión lenta, tierna y cansada del amor, y luego durmieron como troncos hasta que el sol del invierno iluminó la habitación y los despertó.

—Ahora pediremos café —dijo ella—. Luego tendremos que ir a nuestro escondite. Un poco de aire fresco, tiempo libre para que la *Siguranza* revise las maletas.

Caminaron unas cuantas manzanas hasta la *strada* Lipscani, y luego bajaron por una calle hasta un pequeño edificio de estilo bizantino, con paredes de color verde lima y un empinado techo de tejas que parecían escamas. «Algún bey otomano tiene que haber vivido aquí», pensó Serebin. En el interior, olía a especias, a miel y a moho, y había un ascensor con un escudo de armas dorado en la parte superior de la reja tirado por unos cables que emitieron maullidos de gato mientras subía lentamente hasta el cuarto piso.

El apartamento estaba casi vacío. Sobre un gran suelo de parqué de teca había tres camas estrechas, y un baúl de marquetería con francos suizos, monedas de oro, leis rumanos, un mapa de Rumania, un mapa de Bucarest, dos pistolas automáticas Walther y dos cajas de munición, gotas de valeriana, rollos de gasa para vendas y un enorme cuchillo. También había una gran radio Emerson con una antena de cable que salía por un agujero en el marco de la ventana y desembocaba en la espesa enredadera que cubría el muro exterior por encima de un diminuto jardín.

—Éste es un lugar seguro para hablar —dijo ella—. No converses demasiado en la habitación del hotel, intenta hablar en susurros y, sobre todo, no digas nada en el vestíbulo del Athenée Palace. Tiene una de esas acústicas peculiares que permite que lo que digas en un rincón se oiga claramente en el otro extremo de la sala.

Se sentó al borde de la cama, sacó cinco hojas de papel de su bolso y se las entregó a Serebin. Era una lista escrita a máquina de nombres, numerados del 1 al 158, con unas cuantas palabras de descripción para cada nombre:

Alto funcionario, Ministerio de Defensa
Investigador privado
Amante de Sofrescu
Viceadministrador, filial Bucarest, del Lloyd's Bank, ex embajador
    de Hungría en Portugal, medias de seda
Siguranza, especialista financiero
Coronel del Estado Mayor, adquisición de material de guerra
Editor, amigo del dramaturgo Ionesco
Periodista, cotilleo y chantajes

Y así, ciento cincuenta y ocho veces.

Algunas entradas iban acompañadas de números, un precio en francos suizos.

—Los ingleses —dijo Marie-Galante—, le llaman a esto lista operativa de personalidades.

—Es una especie de poema —dijo Serebin—. Llena toda la página. —No podía dejar de leer.

La idea a ella le pareció divertida.

—¿Titulado?

—Bien, ¿qué te parece «Bucarest»?

Ahora Marie-Galante estaba francamente divertida.

—No te engañes —advirtió.

Tenían que saber, dijo Marie-Galante, quién trabajaría para ellos, lo cual equivalía a saber quién trabajaría contra los intereses alemanes en Rumania. Antes de la guerra, la operación se había desarrollado bajo la tapadera de una filial rumana de una compañía suiza —DeHass AG—, con un representante local que pagaba a las personas y aceptaba información, aunque era *vox populi* que DeHass AG era Ivan Kostyka.

—La red ha estado inactiva desde el año treinta y nueve —dijo—. A nosotros nos corresponde averiguar si todavía se puede trabajar con ella.

¿Se trataba de visitar a ciento cincuenta y ocho personas?

—Ni lo pienses —dijo ella—. Sabemos con quién queremos contactar. Y, por lo que más quieras, no hables de lo que estamos haciendo.

Hablaron durante un rato, pero no se quedaron mucho tiempo, no era un lugar cómodo para estar. Afuera en la calle observó a un hombre que caminaba hacia ellos con la mirada fija por un momento en Marie-Galante; luego la desvió. Tendría unos treinta años, la espalda erguida de los oficiales militares, pensó Serebin, tal vez un eslavo, quizá checo o polaco.

—¿Lo conoces?

Dejaron la *strada* Lipscani y se dirigieron al hotel.

—No estamos solos aquí —dijo ella—. Así no se hace. —Caminaron en silencio unos minutos y añadió—: Y si por casualidad ves a Capdevilla, actúa como si no lo conocieras.

—¿Alguien más?

—Ahora no, no que tú necesites saber. Quizá más tarde, ya veremos.

10:30 p.m. El club Tic Tac, situado en un sótano de la *strada* Rosetti. Junto al vigilante de la entrada (vestido con un uniforme que lo convertía al menos en un general de ese ejército) un cartel con una foto brillante de Momo Tsipler y sus Compañeros de Wienerwald, además de la estrella local de la canción, Valentina, «¡La voz de Bucarest!». También actuaba el cómico Mottel Motkevich, de quien el *Zagreb Telegraf* decía: «¡Ha conseguido que nos partamos de risa!». Y, «Especial todas las noches, ¡las traviesas chicas cebras!».

El *maitre* se inclinó ante el dinero que Serebin depositó en su mano y Marie-Galante, envuelta en nubes de Shalimar, con el pelo cogido en un moño francés y maquillaje de noche, respondió a cada mirada mientras eran conducidos a una gran mesa en el rincón con una tarjeta que decía *Rezervata*. Alguien exclamó «*Ravissante!*» al verlos pasar, mientras Serebin, que cerraba la procesión, lucía una sonrisa pública más bien forzada.

En el escenario, la orquesta de Momo Tsipler, compuesta por cinco integrantes: el violonchelista más viejo en cautividad; un diminuto violinista con sus mechas de pelo blanco revoloteando por encima de sus orejas; Rex, el batería; Hoffy en el clarinete, y el propio Momo, un húngaro vienés vestido con una chaqueta de noche de color verde metalizado. Momo se dio media vuelta sentado en su taburete frente al piano, saludó a la audiencia con una sonrisa y asintió en dirección a la cantante. La sensual Valentina dejó su cigarrillo en un cenicero sobre el piano y el humo se elevó en volutas atrapadas en el haz de luz roja. Cogió el micrófono con las dos manos y cantó, con una voz suave y ronca, *Noch einmal al Abscheid dein Handchen mir gib.* «Sólo una vez más, dame tu mano», las primeras líneas de la canción insignia de Viena, «Hay cosas que todos debemos olvidar».

Valentina ya había comenzado su tercera canción, *Let's do it, let's fall in love*, de Cole Porter, cuando el coronel Maniu, *Alto funcionario, Gendarmería Nacional*, y su mujer se unieron a la fiesta en la mesa del rincón. Ella, morena y estirada, llena de joyas; él, atractivo e imponente con su traje de noche. Él, arrugado y leonino, haría el papel de rey, no el de príncipe. Se acercaron a la mesa como lo hacían los «argentinos, sin medios», y su llegada se vio acompañada por una pequeña conmoción de murmullos.

—Estamos encantados...

—*Madame* Marchais, *madame* Maniu.

—*Enchantée.*

—Coronel, venga y siéntese aquí.

—*Madame* Maniu, si me permite.

—Muchas gracias.

—No hay de qué.

—¡Acabamos de salir de la ópera!

—¿Qué han ido a ver?

—*Rigoletto.*

—¿Y qué les ha parecido?

—Demasiado largo.

Serebin y Marie-Galante bebían Amalfi, lo que bebía el *tout Bucharest,* vermut y Tsuica, el licor nacional de higos. El coronel pidió un whisky caro y su mujer una copa de vino, que no volvió a tocar después del primer trago.

Durante un rato, fumaron y bebieron y escucharon a Valentina. Otra ronca canción de amor vienesa, y luego, como final, *L'accordéoniste*, de Piaf. Esto suscitó inmediatos y atronadores aplausos en el sótano repleto de gente. Lo cantó a todas luces como un himno político, por amor a aquella ciudad cruelmente ocupada y tan cerca del corazón de los rumanos. Serebin miró a Marie-Galante, que observaba fijamente el escenario, los ojos húmedos y al borde de las lágrimas. En la nota final, Valentina se llevó la mano al corazón, el batería acabó con un floreo militar y el público aplaudió a rabiar.

Serebin, el romántico, se emocionó. No sucedió lo mismo con Maniu, el policía.

—Patriotas de club nocturno —dijo.

—¿Y mañana?

Maniu se encogió de hombros.

Madame Maniu le lanzó una mirada.

—Bien, coronel —dijo Marie-Galante—, usted conoce a la gente aquí, pero creo que lo ha cantado de todo corazón.

—De eso no cabe duda —dijo *madame* Maniu.

—¿Puedo invitarla a nuestra mesa? —preguntó el coronel—. Seguro que le agradará, conoce a todo tipo de gente interesante —dijo, y cogió una tarjeta de un estuche de cuero, escribió algo en el anverso, llamó a un camarero y le dio instrucciones. Luego dijo:

—Y bien, ¿cómo está nuestro amigo?

—Como siempre. No cambia —respondió Serebin.

—¿Y él le dio mi nombre? ¿Personalmente?

—Así es.

—¿Por qué haría eso, si me permite la pregunta?

—Es un buen amigo, compartimos el interés por saber cómo transcurrirá la vida aquí en el futuro.

—Por lo visto, seguirá bastante mal. Los legionarios, es decir, los miembros de la Liga de San Miguel Arcángel, llamados los Guardias de Hierro, combatirán contra Antonescu y sus aliados alemanes. Hasta la muerte.

—Son unos dementes —concluyó *madame* Maniu.

—Para ellos —dijo el coronel—, Antonescu y Hitler no son lo bastante fascistas. La legión se ha emborrachado con una especie de mística nacional, y su posición recuerda a los Camisas Pardas en Alemania, en 1934, tan locos, tan, en fin, idealistas, que Hitler tuvo que destruirlos. Cuando Codreanu, el organizador de la Legión y conocido como «el verdugo de Dios», fue asesinado en el treinta y ocho junto a trece seguidores suyos, los legionarios adoptaron la costumbre de llevar una pequeña bolsa de tierra alrededor del cuello como símbolo de la tierra sagrada en que cayó su líder. Y algunos de los campesinos realmente creían que Codreanu era la reencarnación de Jesús.

Los Compañeros de Wienerwald comenzaron a tocar un tema que recordaba a un elefante borracho y, en efecto, marcaba la aparición de Mottel Motkevich, quien, tras un golpeteo en el aro de la batería y unas risotadas de gran expectación, se acercó tambaleándose hasta el centro del escenario. El foco de luz se volvió verde y, durante un momento, él permaneció ahí, oscilando, con su rostro fofo sudando en el ambiente sobrecalentado de la sala. Luego, cerró los ojos y sacudió la cabeza, a todas luces abrumado por lo que veía: «Acabo de despertarme en la cama de la camarera con la peor resaca del mundo y alguien me ha empujado para que salga al escenario de un club nocturno».

Se quedó un rato mirando al público y preguntó:

—¿Dónde estoy, en Praga?

—¡En Bucarest!

—Ajá. —Lanzó un suspiro y luego añadió—: De acuerdo, Bucarest. ¿Sabéis dónde estaba la semana pasada?

—¿Dónde? —preguntó otro voluntario.

—En Moscú. —Al recordarlo, puso los ojos en blanco—. *Oi vay.*

Risas.

—Sí, más os vale reír. ¿Sabíais, por cierto, y esto es absolutamente verdad, que en Moscú tienen una fábrica de perfumes y que venden una esencia llamada Aliento de Stalin?

Risas.

—¿Os lo imagináis? —preguntó, y esperó un momento para que el público se lo pensara—. Y luego, cuando vayáis a Moscú, podéis estar seguros de que siempre habrá un desfile. Eso es divertido, ¿no os parece? Cuando llegan al final, salen corriendo por la calle de atrás y vuelven a desfilar. En cualquier caso, ahí estoy, con mi viejo amigo Rabinovich. Rabinovich no tiene ni un pelo de tonto, sabe dónde encontrar la mantequilla para el pan, si tuviera pan, o si tuviera mantequilla, y ahora está ahí parado con una gran pancarta. «Gracias, camarada Stalin, por una infancia feliz.» Y pasa un rato y se acerca una pareja de policías y uno de ellos dice: «Camarada, es una bonita pancarta la que tienes ahí, pero, dime, ¿qué edad tienes?», «¿Yo»?, pregunta Rabinovich. «Tengo setenta y cinco años.» «Pues, entonces», dice el policía, «tengo que señalarte que cuando tú viviste tu feliz infancia, el camarada Stalin ni siquiera había nacido». «Claro», responde Rabinovich. «Sí, ya lo sé. Por eso que le doy las gracias.»

Y seguía. Chistes rusos, chistes polacos, chistes húngaros. Maniu se sirvió otro whisky. Pasó un coche de policía por la calle con la sirena ululando y Mottel Motkevitch hizo una pausa. Luego, hacia el final de su número, se quedó mirando hacia fuera del escenario, abrió la boca con fingido espanto y se llevó las manos a la cara: «¡Si pudierais ver lo que yo veo!».

—Ahora comienza la parte divertida —dijo el coronel.

—¡Gracias, Praga! —exclamó Mottel, y abandonó el escenario con el mismo tema del elefante borracho. Apareció Momo Tsipler aplaudiendo y pidió:

—¡Saludemos con un fuerte aplauso a Mottel Mot-ke-vich!

Cuando los aplausos se desvanecieron, el coronel Maniu dijo:

—Me parece que lo que está pasando aquí no es demasiado divertido.

Serebin pidió otro Amalfi.

—El consejo que yo le daría es que no se entrometiera —avisó el coronel.

—Oh —dijo Serebin—, sólo queremos hablar con la gente, personas a las que hemos ayudado en el pasado.

—Seguro que ahora no es lo mismo. Aquello eran sólo... negocios. Información comercial, un poco de dinero en las manos correctas. No creo que a nadie realmente le importara... Es una manera de vivir en este país.

—¿Qué ha cambiado tanto?

—Todo.

El viejo violonchelista encendió un cigarrillo, lo cogió entre el pulgar y el índice y fumó, encantado de la vida, inclinado hacia atrás en su silla y perdido en otro mundo. Serebin pensaba en lo que debía decir. «Hazlo lo mejor que puedas», le había dicho Marie-Galante en el tren. «Tendrás que saber mantener un equilibrio.»

—Somos realistas —dijo Serebin—. Sabemos que no es lo mismo, sabemos que algunas de las fuentes ya no sirven. Y tiene razón, coronel, no se trata de comercio sino de política, y eso siempre ha sido peligroso. Pero tenemos dinero, y cuidaremos bien de quienes nos ayuden. Como usted sabe, en tiempos como éstos, el dinero puede significar todo. De modo que si antes eran, digamos, cinco mil francos suizos, ahora serán quince o veinte.

Momo Tsipler pulsó una vibrante cuerda del piano y los Compañeros iniciaron un tema de Offenbach, la versión *Mitteleuropa,* con el clarinete llevando la batuta, aunque asomaba claramente el cancan. «*Animierdamen!*» anunció Momo... Las chicas del club. «*Die Zebras!*»

Una docena de mujeres saltó al escenario haciendo cabriolas y relinchando, y luego se dispersó entre el público. Estaban desnudas, con la excepción de las cabezas de cebra de cartón piedra y unos zapatos blancos y negros que parecían pezuñas. Se movían entre las mesas, jugaban con los clientes, un golpecito con un casco, un empujón con el hocico, relinchaban de vez en cuando y luego se fueron al galope.

La voz del coronel se oyó por encima de la hilaridad generalizada.

—Sí —dijo—, para algunos quizá sería suficiente.

Madame Maniu se inclinó hacia el coronel y dijo unas cuantas palabras en rumano.

Maniu asintió con un gesto de la cabeza, y agregó:

—Confío en que entenderá nuestra posición. Desde luego, haremos todo lo que sea necesario. —El tono de su voz se había vuelto rígido, como si estuviese defendiendo su honor.

—Y bien, sí, desde luego —afirmó Serebin.

Una de las cebras se acercó brincando hasta su mesa, se inclinó sobre el coronel y comenzó a deshacer su corbata. Serebin se encontró mirando unas posaderas excesivamente empolvadas que se agitaban violentamente y amenazaban con tirar su copa de Amalfi. Maniu sonrió con paciencia, puesto que sólo tenía la opción de guardar la compostura, mientras Serebin se apoderaba de la copa y la mantenía a salvo en el aire. No era consciente de la expresión de su cara, pero Marie-Galante lo observó un momento, y luego estalló en una risa incontenible. La cebra acabó por desanudar la corbata y se alejó agitándola en el aire y sosteniéndola en alto como un botín.

—Ay, Dios mío —dijo Marie-Galante, pasándose la mano por los ojos para secarse las lágrimas.

El coronel no cejó.

—Lo que iba a decir es que tenemos una gran deuda con Ivan Kostyka, pero no tiene absolutamente nada que ver con dinero.

En el centro de la sala se había producido una gran conmoción. Una cebra le había cogido las gafas a un hombre muy gordo con la cabeza afeitada, que se sonrojó e intentó desesperadamente fingir que se divertía. Y mientras el hombre quizá se sentía demasiado avergonzado para intentar recuperar sus gafas, su mujer se mostraba claramente decidida. Salió corriendo detrás de la chica, que se alejó bailando de ella, se subió a una mesa, se puso las gafas sobre la cabeza de cebra y realizó una alegre danza sobre el tema general de la miopía. Entretanto, los Compañeros tocaban a todo volumen y el clarinete alcanzaba su máximo registro mientras la multitud gritaba enfervorizada.

Maniu quiso decir algo, pero su mujer le puso una mano en el brazo y todos se relajaron y miraron el espectáculo. Al cabo de un rato, las cebras se alejaron y, pocos minutos después, apareció un camarero en la mesa con la corbata del coronel Maniu sobre una bandeja de plata.

—Nuestras diversiones locales —dijo *madame* Maniu.

—No es tan diferente en París —añadió Marie-Galante—. La gente se olvida de sus problemas. ¿Cree usted que ese hombre ha recuperado sus gafas?

—Espero que sí —respondió *madame* Maniu.

—Le aseguro que sí —sentenció el coronel—. Ese pobre hombre tiene un cargo en la misión diplomática alemana.

—Siempre la política —intervino Serebin.

—Por lo menos aquí —acotó *madame* Maniu.

—No, es en todas partes. —Serebin acabó su copa y miró a su alrededor en busca de un camarero—. Tal vez ha llegado el momento de irse a una isla desierta.

—Iré con usted —dijo el coronel—. Pero tendremos que aprender a hablar japonés.

—Nos estaba contando algo, coronel —dijo Marie-Galante.

—Sí —asintió Maniu, con un suspiro—. Supongo que deberían oírlo. Esto fue lo que nos sucedió. En la primavera del treinta y ocho, Codreanu y sus partidarios fueron detenidos. El propio Codreanu había asesinado al primer ministro en la estación ferroviaria de Sinaia, y él y sus matones conspiraban para derrocar al Rey y apoderarse del país. Entonces, varios oficiales de confianza, y yo era uno de ellos, uno de los líderes, conseguimos que se efectuara esa detención, practicada de tal manera que no hubo violencia. Pero los Guardias de Hierro no pensaban disolverse. Alentados por sus partidarios, profesores de filosofía en la universidad, funcionarios públicos, casi todo tipo de personas, asesinaron a Calinescu, el primer ministro que había ordenado la detención. Seis meses después, cuando la revuelta continuaba, alguien perdió la paciencia y Codreanu y sus hombres fueron ejecutados. «Muertos cuando intentaban fugarse.» Es el cuento más viejo del mundo, y por lo que sé, es posible que hayan intentado huir, pero no importa que sea verdad o no. Codreanu era una amenaza para el Estado, de modo que la alternativa era ésa o soportarlo como dictador...

«...Los Guardias de Hierro juraron venganza, como si alguien hubiese derribado un nido de avispas. Una de sus respuestas fue dar a conocer mi participación en la detención original. No vinieron a por mí, quizá porque no podían, no porque no quisieran, y porque yo me cuidaba mucho, pero nuestras dos hijas, que iban al colegio en Bucarest, fueron acosadas. Por parte de sus compañeros de clase y, mucho peor, incluso por parte de algunos profesores. Quiero decir, les *escupían,* cuando sólo eran *niñas.* Cuando Kostyka lo supo, se las arregló para que fueran a estudiar a un internado en Inglaterra, donde están ahora. Supongo que nosotros también podríamos haber ido, pero yo no pensaba dejarme expulsar de mi propio país, ya me entiende, no por esta gentuza. Y, ya ve, nuestro amigo nos ayudó cuando tuvimos dificultades, y pagó por ello. Ahora bien, si es necesario que volvamos a hacer este trabajo, lo haremos. Pero por favor, por lo que más quiera, tenga cuidado.

—Por ahora —dijo Serebin—, sólo tenemos que saber en quién podemos confiar.

—¿Por ahora? —El signo de interrogación apenas era perceptible, puesto que Maniu sabía ocultar su ironía con la cortesía.

—Tendremos que averiguarlo. Puede que... —dijo Serebin, y se detuvo en seco al ver que la cantante Valentina se acercaba a ellos entre la multitud.

Un camarero trajo dos sillas, y todos se acomodaron. La segunda silla era para el caballero amigo de la cantante, un hombre gris y cohibido, más viejo, quizá unos cincuenta años, comparado con los treinta de ella, de hombros caídos y sonrisa vacilante.

—Gulian —dijo, presentándose con un gesto de cabeza que parecía una reverencia, y expresando poca cosa más. Sentada al otro lado de la mesa, Valentina no era la típica *chanteuse*. Se adivinaba en ella, por debajo de la pintura de labios y el maquillaje, a una chica culta, amable y encantadora, probablemente judía, pensó Serebin, y formada en el conservatorio, que trabajaba de cantante de club nocturno porque necesitaba el dinero.

Serebin pidió champán y Marie-Galante propuso un brindis por Valentina.

—Gracias por su canción —dijo—. Yo soy parisiense.

—Piaf me inspira muchas cosas —dijo Valentina. Como la mayoría de los rumanos cultos, hablaba bastante bien el francés—. La he visto en París. Dos veces. Antes de la guerra.

—Estamos en el Athenée Palace —dijo Serebin—. Compramos arte popular para nuestra tienda en la *rue* de Seine.

—¿Ah, sí? Debe de ser interesante.

Consiguieron hablar de cualquier cosa, justo lo suficiente, gracias a la ayuda de Marie-Galante, que intervenía cada vez que la conversación decaía, hasta que Valentina se disculpó. Necesitaba unos cuantos minutos antes de que comenzara el siguiente espectáculo.

—¿Quién es él? —preguntó Serebin cuando se fueron.

—Es un hombre de negocios —dijo Maniu—. Muy rico, según dicen. Y muy reservado.

Siguieron conversando, pero el pensamiento de Serebin estaba en otra parte, aquí y allá. La noche comenzaba a agotarse y él lo presentía. *Madame* Maniu miró su reloj y el coronel dijo que tenía un coche con chófer y se ofreció a llevarlos hasta el hotel, pero Marie-Galante alcanzó a mirar a Serebin y él declinó la oferta. Poco después se despidieron y Serebin pidió la cuenta. Cuando se dirigían a la puerta, él miró hacia la mesa. El camarero había recogido la botella con el resto del champán y las copas a medio vaciar y se las llevaba diligentemente de vuelta a la cocina.

Era bien pasada la medianoche cuando salieron. La nieve había empezado a caer, copos suaves y pesados en el aire nocturno, y la calle dormía en el silencio lleno de quietud que viene con la nieve. Un *trasuri,* un taxi tirado por caballos, esperaba solitario frente al club Tic Tac.

Serebin ayudó a subir a Marie-Galante.

—Al Athenée Palace —dijo al conductor. Se sentaron juntos en el viejo y estrecho asiento tapizado de cuero, y Marie-Galante dejó descansar su cabeza en el hombro de Serebin. El conductor, un hombre de gruesos bigotes y abrigado con una gorra, hizo restallar las riendas y el coche siguió calle abajo.

El silencio era tan imponente que no cruzaron palabra. El aire de la noche fría olía bien después del sótano lleno de humo. Serebin cerró los ojos y, por un momento, sólo oyó el rechinar de las ruedas y el trote regular del caballo sobre el pavimento cubierto de nieve. Cuando el caballo disminuyó bruscamente la velocidad, Serebin alzó la mirada para saber dónde estaban. Habían llegado a un cruce, donde la *strada* Rosetti se encontraba con el bulevar Magheru. No estaban lejos del hotel, pensó. El caballo avanzó un trecho, se detuvo y puso tiesas las orejas un momento, y luego las aplastó contra la cabeza. «¿Y ahora qué?» El conductor emitió un chasquido con la lengua pero el caballo no se movió, de modo que su amo le habló, dulcemente, como si le preguntara algo. De pronto, la mano de Marie-Galante se cerró con rigidez sobre su brazo, con tanta fuerza que Serebin sintió las uñas, y entonces olió a quemado. En la distancia, un estallido ahogado, luego un segundo y un tercero.

El conductor se volvió y los miró. Con toda calma, Serebin le hizo señas para que siguiera.

—Usted siga —dijo en francés. El hombre llamó al caballo por su nombre y éste dio unos cuantos pasos y volvió a detenerse. Ahora el conductor les habló a ellos. No entendieron lo que les decía, pero veían que estaba asustado. De lo que había más adelante, pero también de desobedecer a personas elegantes que salían de clubes nocturnos.

—No pasa nada —dijo Marie-Galante—. No pasa nada.

El hombre volvió a intentarlo, esta vez haciendo restallar un látigo de cuero por encima del lomo del caballo. Éste agachó la cabeza y reanudó el trote. Pasó un minuto, y fuera lo que fuere lo que ocurría a pocas manzanas de distancia, había acabado. Pero no había acabado. En alguna parte de la siguiente bocacalle, un estallido agudo y el eco en la distancia, cortado por el rítmico tableteo de una ametralladora, seguido de órdenes gritadas a voz en cuello. El aire por encima del coche silbó un instante y el caballo se giró en su arnés y tiró hacia arriba, mientras el cochero luchaba con las riendas. Tenía los ojos desmesuradamente abiertos cuando se giró.

—*Va rog, domnul* —imploró. Serebin sabía al menos lo que aquello significaba en rumano: «Por favor, señor». Más adelante, divisó dos sombras que corrían agachadas entre los portales—. *Va rog, domnul* —repitió el cochero, señalando su caballo. Lo dijo una y otra vez hasta que Serebin vio que estaba llorando.

—Tenemos que bajar —dijo.

Bajó del coche y ayudó a Marie-Galante, que intentó caminar en la nieve, hasta que se quitó los zapatos y siguió rápidamente junto a él. A sus espaldas, el cochero hizo girar el *trasuri* en un amplio círculo y luego desapareció por donde había venido.

—Detesto Bucarest en esta época del año —dijo Marie-Galante con la respiración entrecortada.

—¿Estás bien? —preguntó Serebin.

—Por el momento.

—Allá —dijo él, dirigiéndose hacia los arcos de una entrada de un edificio de apartamentos. El arco cubría unas puertas cocheras a unos diez metros de una enorme puerta, con la cabeza de un grifo en el anillo de hierro que servía de tirador. Serebin intentó abrirlo y luego golpeó la puerta.

Al cabo de un rato se dio por vencido y se quedaron apoyados contra el muro que servía de base al arco, hundidos en la sombra.

—Será mejor que vuelva a ponerme los zapatos —dijo Marie-Galante, mientras se apoyaba en Serebin e introducía un pie mojado en el zapato de ante. Se produjo un breve silencio, al cabo del cual volvió a sonar la ametralladora, en series de tres breves rondas que no cesaban y a la que se unieron primero disparos aislados y luego una segunda ametralladora, más aguda y rápida que la primera.

El olor de los disparos aumentó hasta que los ojos de Serebin comenzaron a lagrimear y una nube de humo negro se acercó flotando a ras de la nieve. Al otro lado de la calle, una ventana abierta en uno de los pisos de arriba se abrió violentamente, y el sonido del metal oxidado se oyó con nitidez en medio de los disparos. Una silueta con los cabellos enredados se asomó por la ventana abierta, sacudió el puño y gritó airada. Una segunda voz, la voz de una mujer, gritó aún con más violencia. De pronto, la silueta desapareció y la ventana volvió a cerrarse de golpe.

Serebin rió.

—¡No quiero volver a sorprenderte nunca más en eso! —dijo Marie-Galante. Y luego añadió—: ¿Crees que será un golpe de Estado muy largo?

—Lo que queremos ahora es luz de día, eso es lo que importa, y miró su reloj—. Son casi las dos, así que...

—Tres horas. ¿Quieres volver a golpear la puerta?

—No.

—¿Cantar *Frère Jacques?*

Sobre la calle brilló un haz amarillento de luz. Se desplazó de un lado a otro, volvió y se apagó. Desde la misma dirección, hacia el barrio del club nocturno, llegó el ruido de un coche viejo.

—Mierda —dijo Marie-Galante—. Estamos metidos en el bando equivocado.

El coche se acercó traqueteando, y ellos se apretaron contra la gélida pared a sus espaldas, bajo el arco, intentando por todos los medios quedar en la sombra.

—No cruces —dijo Serebin.

—Shhh.

El foco estaba montado en el techo. Cuando el coche aminoró la marcha se encendió de golpe, buscó por la entrada, trepó por el lado del edificio y se apagó.

—Lo saben —murmuró Serebin. «La puerta. Una llamada por teléfono.»

La puerta del coche se abrió, el faro en el techo se apagó, alguien lanzó una imprecación y la puerta volvió a cerrarse de un golpe. Oyeron pisadas que crujían en la nieve fresca.

Tendría unos dieciséis años, pensó Serebin. Con un rostro extraño y alargado, como si tuviese algún defecto. Llevaba el pelo corto por encima de las orejas y un brazalete con un símbolo. También llevaba un rifle y cuando los vio, lo apuntó con desgana al corazón de Serebin y pronunció unas cuantas palabras con una voz aguda y nerviosa. Ellos alzaron las manos. El muchacho hizo un gesto con la cabeza y ellos avanzaron hacia él hasta que los tres estuvieron justo debajo del arco.

El muchacho los miró un momento y luego sacudió el rifle de un lado a otro, de Serebin a Marie-Galante. Luego accionó el cerrojo del arma.

—Adiós, *ours*.

El joven volvió a hablar, esta vez irritado.

—¿Qué es lo que quiere? —preguntó Marie-Galante.

Serebin no tenía ni idea.

El joven le apuntó a los ojos y desvió el rifle.

—Quiere decir —dijo Serebin—, no me mires a los ojos mientras hago lo que voy a hacer.

—Que lo follen.

De pronto, una voz desde el coche, una pregunta.

Una respuesta, rápida, marcada por la tensión.

Una vez más, la voz desde el coche.

Esta vez, el joven con el rifle respondió con un tono agresivo.

Se abrió la puerta del coche y se cerró de golpe. Alguien habló y el faro le dio a Serebin de lleno en el rostro. Tuvo que cerrar los ojos.

Pero había visto que el segundo hombre era mayor y que tenía una pistola en la mano. Aquello significaba mando.

—Lei —dijo el hombre—. Francos, libras.

Serebin pensó en decir «Reichsmarks», con lo cual salvarían sus vidas, pero no tenía. En su lugar, metió la mano lentamente en el bolsillo y tiró el dinero, en su mayoría leis, sobre la nieve. Marie-Galante se quitó el reloj y el collar y los dejó caer sobre el dinero. El hombre señaló su mano y ella añadió su sortija de matrimonio.

—*Passportul*.

Serebin enseñó su pasaporte y lo lanzó al suelo. Marie-Galante buscó en su propio bolso de noche, lanzando imprecaciones, murmurando algo acerca de la habitación de hotel, hasta que encontró el suyo. El hombre mayor los recogió junto con el dinero y las joyas. Hojeó los pasaportes, vio el *Ausweis* y otros documentos alemanes y dijo «*franculor*», franceses, y los lanzó a un lado.

Se dirigió al joven que sostenía el rifle. Sonaba como si le hablara a alguien de cuya demencia estaba seguro, con paciencia, pero también con firmeza. El muchacho apartó el rifle. El comandante se giró hacia Serebin y Marie-Galante, dijo «hotel» y señaló bruscamente con la cabeza en la dirección a la que se dirigían en el coche. Cuando vio que Serebin entendía, dijo «*La revedere*», buenas noches, y los dos volvieron al coche. El faro se apagó, el coche dio media vuelta y se alejó.

Serebin volvió a ver al muchacho unos días más tarde. O quizá no, no había manera de estar seguro. Lo habían colgado de una barra de hierro que sostenía el cartel de una tienda de paraguas, y observó que la cara era bastante diferente, aunque acabó pensando que era él.

El salón verde

5 de enero, 1941

Vieron cómo continuaba durante los siguientes días. A veces desde las enormes ventanas de su habitación, con las cortinas rojas y doradas cerradas con sus cintas, a veces a través de las puertas del vestíbulo, que daba a una plaza vacía y a la estatua de un monarca de bronce montado en un caballo de bronce.

El vestíbulo no tenía ventanas, sólo pilares de mármol amarillo, sofás de color morado, alfombras color burdeos, paredes recubiertas de espejos y, al otro lado de una doble arcada, un salón verde con periódicos extranjeros distribuidos sobre mesas de mármol y una foto retrato con marco dorado del rey Carol en un atril. En el salón verde se podía tomar café turco y escuchar los combates en las cercanías del Palacio Real, en el portal de al lado o en el cercano cuartel de policía. Era la vieja Europa reunida en el salón verde, olía a arabia, un perfume que recordaba las violetas y que llevaban los hombres rumanos, y también olía a cuero y a tabaco turco.

A veces, los combates cesaban, y en medio del silencio algunos de los clientes salían a respirar aire fresco y a caminar por las calles, aunque no demasiado lejos, para echar una mirada. Al atardecer del tercer día de combates, en la *strada* Stirbei Voda, Serebin encontró una mancha de sangre en la nieve y una vela encendida. Caminó una manzana más lejos y vio escrito en un muro *Homo homini lupus est.* La frase de Hobbes, «El hombre es un lobo para el hombre». ¿Quién sería el ciudadano desconsolado que se había atrevido, durante las horas de combates callejeros, a hacer algo así? Bien, desde ese momento era amigo de Serebin para toda la vida, quien quiera que fuese.

Cuando el ataque comenzó (la toma de rigor de la emisora de la radio nacional, seguida de una proclama llamando a restablecer el orden público y de la tradicional declaración que inauguraba un nuevo régimen), la policía de Bucarest, armada con pistolas y rifles, había respondido, aunque le era imposible medirse con la potencia de fuego de los legionarios. Entonces apareció el ejército. Había sido un tema de rumores recurrente en el vestíbulo del hotel: «El ejército se ha negado a dejar sus cuarteles, el ejército se ha pasado a la Guardia». Hasta que, muy tarde la segunda noche, Serebin se despertó con el estruendo de los cañones y vio a una Marie-Galante espectral, desnuda y pálida, mirando por la ventana con gesto pensativo.

—Finalmente ha intervenido el ejército —dijo.

Él bajó con ella. En la *strada* Episcopei, un grupo de soldados de los cuerpos de artillería, con los uniformes color arena del ejército rumano, disparaban un cañón. La boca del arma escupía una llamarada, un proyectil rasgaba el aire y, a continuación, una explosión distante. Y, en ambos lados de la calle, hasta donde Serebin alcanzaba a ver, la infantería, corriendo de portal en portal, uno o dos hombres a la vez, avanzando en la misma dirección que las bombas.

—Se ha acabado —dijo Serebin.

Y, un día más tarde, había acabado. Al menos en Bucarest. Por el momento.

En otros lugares, continuaba. Había mapas en los periódicos todos los días, y en pisos de todo el continente había mapas clavados a la pared de la cocina. Se trataba de seguir la guerra, estudiarla, día tras día, ir tras su huella, de un lado a otro. Desde Libia, donde las tropas inglesas combatían contra unidades italianas en Tobruk, hasta Albania, donde las tropas griegas, después de rechazar a las divisiones italianas al otro lado del río Shkurbi, se dirigían a Tirana. En el norte de Italia, donde los navíos ingleses habían penetrado desde Gibraltar hasta el Golfo de Génova y bombardeaban el puerto de la ciudad y la refinería de petróleo en Leghorn.

El reportaje lo publicaba el *Tribune de Genève,* que Serebin leyó en el salón verde mientras comía una magdalena grande rellena de pasas. En la mesa contigua, una mujer delgada con los labios pintados de rojo brillante y una estola de piel sobre los hombros, hablaba en alemán con un amigo.

—Querido, no puedo soportar a este mariscal Antonescu, el «Perro rojo», creo que así lo llaman. ¿Eso es porque es comunista?

—No, cariño, se refieren a su pelo, no a su afiliación política.

—Así que es eso. Bien, la verdad es que espero que la Guardia, digamos, dé cuenta de él.

Los dos rieron, bastante alegres, pero aquello no sucedería y, un día más tarde, mientras la nieve se fundía bajo el sol del invierno, los legionarios capturados fueron evacuados en camiones o ejecutados en las calles. Aun así, todavía no había acabado, no según el portero del vestíbulo del quinto piso, que sacudía la cabeza y se lamentaba por cómo la gente se portaba hoy en día.

Aquella tarde, Serebin y Marie-Galante se dirigieron a la casa de la *strada* Lipscani para llamar por teléfono. Tenían que ser más bien vagos y generales: «Un amigo en París sugirió... ¿Podía hablar con fulano o zutano?». Después, Serebin tomó un tranvía hacia un barrio de casas opulentas, donde un oficial retirado de la armada hizo que les sirvieran café en el invernadero y afirmó que jamás había oído hablar de DeHaas AG.

Serebin se escabulló tan pronto como pudo y encontró a Marie-Galante esperando en la casa de Lipscani, recién llegada de una visita de una hora a un importante abogado.

—¿Qué ha dicho? —preguntó Serebin.

—Dijo que algunas personas preferían hacer el amor sólo por la tarde.

—¿Y qué más?

—Que algunas mujeres necesitan una mano firme para sentir pasión.

—¿Y luego?

—Mencioné DeHaas. Él renunció a la mano firme por la tarde y explicó que el sistema legal rumano era dinámico, no estático, que seguía el modelo francés, no el inglés, especialmente en lo que se refie-

re a los contratos relacionados con la disposición de las tierras agrí-
colas.

—Qué bien. Era un asunto que me tenía preocupado.

—Y siguió. Y siguió. Finalmente, me acompañó hasta la puerta,
me dijo que era muy guapa e intentó besarme.

El doctor Latanescu, el economista, había muerto.

Y el empleado de banco húngaro había vuelto a Budapest. Pero
Troucelle, el ingeniero petroquímico francés, pareció contento con la
llamada telefónica en francés nativo de Marie-Galante, y los invitó a
comer al Jockey Club.

—Mañana tengo tiempo. ¿Podríamos encontrarnos, digamos,
a la una?

Los saludó desde lejos y les sonrió cuando cruzaron la puerta, a
todas luces entusiasmado con la perspectiva de la comida. Que era
bastante aceptable: puré de judías blancas, pollo cocido con crema
agria y rabanitos, con una botella de Cotnari blanco, de las viñas de
Moldavia, en el mar Negro.

—Los *négociants* de la Borgoña no tienen de qué preocuparse
—dijo, mientras probaba el vino—, pero aquí tampoco lo hacen tan
mal.

Era sumamente brillante, pensó Serebin. Joven, ágil y compe-
tente, un producto clásico de la Polytechnique de la Sorbonne que
viajaba por el extranjero, como tantos franceses, para hacer fortuna
en países remotos. A lo largo de la comida respetaron lo mejor que
pudieron la prohibición gala, *prohibidas las discusiones* de *trabajo y
política en la mesa,* y llegaron incluso a comer el pollo (un logro con-
siderable, dada la situación reinante en la ciudad). Después, Troucelle dijo:

—Tengo que confesar que no he parado de pensar en ello, pero
creo que realmente no conozco a este *monsieur* Richard del que ustedes me hablan.

—¿No? —dijo, sorprendida, Marie-Galante—. Estuvo aquí hace
dos o tres años, con una empresa llamada DeHaas.

—Ya. ¿Es posible que haya utilizado otro nombre?

—Es posible, pero ¿por qué haría algo así?

Troucelle no tenía ni idea.

—Desde luego, nunca se sabe con las personas, sobre todo en el extranjero.

—Sí, eso es verdad.

Y Marie-Galante lo dejó estar.

Un camarero se acercó a la mesa con el carro de los postres.

—Solo café, me parece —sugirió el civilizado Troucelle. Por parte de Marie-Galante, la Genghis Khan de los postres, un «de acuerdo» civilizado.

—Después de lo de Polonia —dijo Troucelle—, recuerdo que pensé: «Espero que alguien de DeHaas aparezca por aquí». Al parecer tenía razón, ¿no?

—En realidad, es lógico, si lo piensas.

—Disfruté de mi relación con Kostyka —dijo Troucelle—. Desde luego, uno siempre conocía a sus *hombres,* él nunca se mostraba en persona. Siempre los *fusées.* —Aquello significaba fusibles, en el argot político francés, secretarios y asistentes intermediarios que debían «quemarse» antes de que la ley llegara hasta una persona importante—. Al final —prosiguió Troucelle—, el asunto no era nada del otro mundo, unos cuantos informes sobre la industria del petróleo. Y eran bastante halagüeños.

—Incluso más ahora, diría yo.

—Sí, es lógico, como usted dice. ¿Qué tipo de información se imagina que querrían?

Marie-Galante no estaba segura.

—Quizás el tipo de información que les había dado antes, pero no somos nosotros quienes decidimos. La guerra ha sido un golpe duro para el comercio, aunque todos la veían venir; aun así, los negocios no pueden dejar de funcionar del todo. De modo que es básicamente una cuestión de flexibilidad... Creo que es así como lo habría visto DeHaas. Encontrar una manera de adaptarse, ajustarse, y luego, que la vida siga adelante.

El camarero trajo unas diminutas tazas de café, un plato con cáscaras de limón enroscadas y cucharillas.

—¿Piensan ir a Ploesti? —preguntó Troucelle.

—¿Cree que es una buena idea?

—No veo por qué no. Aún sigue ahí, ya sabe, era toda una ciudad petrolífera antes de la guerra, con sus mecánicos de Texas y todo. Celebraban concursos los sábados por la noche, se emborrachaban y apostaban a quién destrozaba más farolas a balazos. Un poco de sabor a Tulsa, al este del Oder.

—Tenemos negocios en Bucarest —dijo Serebin—, y el tiempo contado. Pero, quizá, si se nos presenta la oportunidad...

—Estaría encantado —dijo Troucelle—, sería un placer mostrárselo.

—Cabrón nazi —dijo Marie-Galante cuando estaban en la calle y caminaban de vuelta al hotel.

—¿Cómo lo sabes?

—Lo sé. —Y, un momento después, preguntó—: ¿Tú no?

Él sí lo sabía. No podía decir cómo, pero lo sabía, estaba en el aire. Y luego pensó: «Por eso lo han contratado». *I. A. Serebin: escritor ruso de segundo orden, emigrante.*

Después de medianoche, en la habitación del hotel, Serebin, con la mirada en el techo, se fumó un Sobranie.

—¿Estás despierta? —preguntó.

—Sí.

—¿Sólo un poco?

—No, estoy despierta.

—¿Quieres que encienda la luz?

—No, déjalo a oscuras.

—Hay algo que quiero preguntarte.

—¿Qué es?

—¿DeHaas hacía algo realmente? ¿O sólo, digamos, existía?

—Creo que tenían una empresa de construcción de molinos a vapor. De molinos de harina.

—¿Y los construían?

—Eso no lo sé. Es probable que la oficina haya funcionado, que hayan enviado cartas, telegramas, que hablaran por teléfono. Tal vez fabricaron unos cuantos molinos, ¿por qué no?

—Pero esta gente, Maniu, el abogado, ¿sabían lo que estaban haciendo?

—Ya lo creo que sí.

—Y Troucelle, seguro que lo sabía. Y sabe qué estamos haciendo ahora, y que tiene que ver con el petróleo rumano, con todo aquel asunto de Ploesti.

—Sí, el instinto del *agent provocateur.* «Además, piensan visitar los campos petrolíferos, ¿por qué no echarles el guante allí?»

—¿Y entonces?

—Entonces, es un problema, y tenemos que solucionarlo. Puede que sólo pretenda obtener algún beneficio y, si se trata de eso, lo sobornaremos. O puede que vaya a la Siguranza, aunque eso no significa el fin del mundo. Verás, Polanyi ya imaginaba que tarde o temprano hablaríamos con alguna persona equivocada. Pero contaba con dos cosas para mantenernos a salvo, dos formas de reticencia. Si Troucelle nos delata, como buen fascista de Vichy, también se está delatando a sí mismo. ¿Por qué tendría que ir esta gente, que se dedica al espionaje en Rumania, a verle a él? Porque él mismo era un espía en Rumania antes. ¿Ah, sí?, dirán, ¿eras un espía? ¿Cuándo? ¿Cuánto te pagaron? ¿Quién más estaba metido en este asunto? ¿No lo sabes? Seguro que lo sabes, ¿por qué no nos lo quieres contar? Es evidente que se pensará las cosas con mucha cautela antes de que decida dar el soplo a los rumanos?

—Y luego, el segundo tipo de reticencia es la propia Siguranza, al más alto nivel. Más les vale que se pongan a deliberar, porque les conviene hablar de lo que va a suceder aquí. El enemigo de hoy podría ser el aliado de mañana. ¿Y entonces qué? Hace siete meses, los alemanes no se habrían atrevido a atacar al poderoso ejército francés más allá de su infranqueable línea Maginot. Hace diecisiete meses, Alemania no se habría atrevido a atacar Polonia, porque el Ejército Rojo les declararía la guerra y en seis meses las hordas mongólicas estarían fornicando con las walkirias en la Ópera de Berlín. El mundo está hecho un lío, amor mío, y esto aún no ha acabado. Y cuando acabe, serán muchos los que descubran que se han metido en la cama equivocada.

—Ya. Pero ¿qué pasa si habla con los alemanes?

—Bien, depende en gran medida de quién sea su interlocutor alemán. Si es el mejor amigo del jefe de la contrainteligencia de la Gestapo en Rumania, estamos perdidos. Con los otros, el SD o el Abwehr, no es tan grave. Se limitarán a observar y escuchar y esperar. Querrán *más*, siempre hay *más*, tal como lo ha pensado Polanyi, tenemos una buena oportunidad para desaparecer mientras todo eso sigue su curso. Tal como están las cosas, estamos aquí sólo por unos pocos días, y luego nos vamos. Si no tenemos tiempo para hacerlo correctamente, pensó Polanyi, hay que hacerlo mal, hacerlo rápido y desagradable, saltarse todas las reglas y correr como endemoniados. Por eso te llamas Marchais, cariño, para que puedas volver como Serebin.

—Al menos suena bien —dijo éste—. A salvo en la cama, sí que suena bien.

—Polanyi es una especie de genio, *mon ours,* oscuro como la noche. Pero ¿qué más puedes pedir? Se ha dedicado a esto toda su vida, es lo *único* que ha hecho. En una ocasión me contó que lo habían llevado a una especie de fiesta de verano en la embajada italiana en Budapest. Logró llegar hasta un despacho y robar papeles de un cajón. Por aquel entonces, tenía once años.

—¿Fue a la fiesta con su padre?

—Fue con su abuelo.

—Dios mío.

—Los húngaros, querido, los húngaros. Han nadado en un mar de enemigos durante diez siglos. ¿Cómo diablos crees que siguen vivos?

La princesa Baltasar accedió sin poner dificultades a entrevistarse con el amigo de *monsieur* Richard en París. Llamadas como ésa, le dijo a Marie-Galante, no eran nada habituales. No resultó difícil encontrar la casa, una tarta helada de tres pisos con torretas y doble tejado que daba al Jardín Botánico. En una ocasión, jugando en una playa en Odessa, una pequeña amiga le había enseñado a Serebin a sacar arena mojada de la orilla y dejar que se escurriese entre los dedos para decorar la parte superior de un castillo. La casa de la princesa Baltasar le recordó aquel episodio.

Tenía algo más de cuarenta años, el pelo rizado y rubio, la tez rosada y cremosa, y llevaba un vestido púrpura con un generoso escote y lo bastante ajustado para sugerir la existencia de una carne elaborada y complicada por debajo.

—*Monsieur* Richard —dijo—. ¿El del *pince-nez?*

—¿Quién si no?

—Un hombre tan brillante. —¿*Monsieur* deseaba tomar una taza de café? ¿Algo de comer? Quedaba una porción de brazo de gitano, sugirió, ¿o quizá ya faltaba poco para comer?

—Un café —pidió él.

Ella salió de la sala, las caderas contoneándose arriba y abajo, y él la oyó preparar el café en alguna parte distante de la casa. ¿No tenía criada? Las mesas en el recibidor estaban llenas de pequeños objetos: gatos de porcelana, lecheras de porcelana, tacitas y platillos, delgados jarrones y ceniceros. Y fotos enmarcadas: la princesa Baltasar con el rey Carol, la princesa Baltasar con varios hombres eminentes, realeza menor, aristócratas venidos a menos, y dos o tres figuras del siglo XIX con espectaculares barbas y condecoraciones.

—Tantos amigos —dijo Serebin, cuando ella volvió con los cafés y unas gruesas tajadas de una pasta moldava de dudosa procedencia.

—¿Qué otros placeres hay en esta vida? —dijo ella, y se sentó junto a él en el sofá— ¿Quiere usted un poco de brazo de gitano, *monsieur?*

Serebin declinó la oferta con una sonrisa.

—¿Quién es éste? —preguntó, señalando una de las fotos.

—Ah, si usted fuera rumano no lo preguntaría —respondió ella.

—Un caballero bastante conocido, por lo visto.

—Nuestro querido Popadu, ministro de Economía, hace unos pocos meses, y un gran amigo de Elena. —Se refería a Elena Lopescu, la amante del antiguo rey—. He oído que se encuentra en Tánger. —Era una pena para él, a juzgar por la expresión de la princesa.

—¿Y éste? —Ahora Serebin señalaba a un hombre que parecía un ministro de Ruritania en una película de los hermanos Marx.

Aquél era el barón Struba, el conocido diplomático.

—Pobre hombre, se encontraba en el tren con Carol y Elena y le dispararon en el... Bien, no pudo sentarse durante un mes. —Serebin conocía la historia. Cuando Carol abdicó en septiembre, había ordenado cargar un tren con oro y cuadros, incluso con su colección de trenes eléctricos, y había intentado llegar a la frontera yugoslava. En el camino, unidades de la Guardia de Hierro habían disparado contra el tren, y mientras Lupescu, una verdadera leona, permaneció con decisión en su asiento, Carol llegó atemorizado al exilio encogido dentro de su bañera de hierro forjado.

—Al parecer conoce a todo el mundo —apuntó Serebin.

La princesa se mostró muy recatada con esa opinión, escondió la mirada y, con un modesto silencio, se guardó de decir muchas cosas. Cuando volvió a alzar la mirada, dejó descansar una mano en el sofá, junto a él.

—¿Y qué le trae a Bucarest? —preguntó. Su sonrisa era incitante, su mirada suave. Serebin supo que si daba entender que era rico o poderoso, sería seducido.

—He venido a comprar arte —dijo él.

—¡Arte! —La princesa estaba fascinada—. Seguro que en ese caso le puedo ayudar. Conozco a los mejores marchantes. —Serebin entendió que se arriesgaba a volver a París con un baúl lleno de renoirs y rembrandts falsos.

—Por otro lado, quería hacerle un favor a un amigo mío, que solía trabajar para una compañía suiza aquí. Se llamaba DeHaas, creo, o algo por el estilo.

Su mirada cambió y se produjo un silencio largo y espeso.

—¿Qué tipo de favor? —Su francés comenzaba a perder brillo.

—Ver a viejos amigos. Reanudar contactos.

—¿Quién es usted, *monsieur*? —preguntó ella, mordiéndose el labio.

—Soy sólo un parisiense —respondió él.

Por un momento, los ojos de la princesa brillaron y una lágrima rodó por su mejilla.

—Me detendrán —dijo. Comenzó a llorar con el rostro desencajado hasta que un gemido tenue pero regular escapó entre sus labios apretados.

—Por favor, no llore —dijo Serebin.

—Las supervisoras —dijo, con la voz convertida en un lamento breve y ahogado.

—No, princesa, no, nada de supervisoras, por favor, no.

Ella comenzó a tocarse la parte trasera del vestido, con el rostro de un color rojo subido.

—Lo complaceré —dijo—. Lo sorprenderé.

—Lo siento mucho, princesa —dijo Serebin, y se incorporó.

—¡No! ¡No se vaya!

—Por favor —protestó él—. Fue un error venir aquí.

Ella sollozaba con el rostro oculto entre las manos.

Serebin se despidió.

Afuera, mientras se alejaba rápidamente del Jardín Botánico, se percató de que las manos le temblaban. Se dirigió a un café en el Calea Victoriei, se sentó en una terraza cubierta, pensó en pedir un vodka, se decidió por un café y cogió un periódico de una estantería junto a la caja, un ejemplar del *Paris Soir,* el principal diario de París.

Leer el periódico no hizo que se sintiera mejor. La línea de propaganda de los alemanes no era evidente, pero estaba en todas partes: *Somos los cruzados, dispuestos a liberar a Europa de bolcheviques y judíos y, lamentablemente, hemos sido obligados a ocupar su país. Por favor, perdonen las molestias.* Veinte minutos del *Paris Soir* hicieron caer a Serebin en la profunda melancolía del viajero. Aquello que uno aprendía a no ver de cerca se volvía desgraciadamente claro desde la distancia. La vida en París, decía el periódico, siempre había sido divertida, y todavía lo era. Había reseñas de películas y obras teatrales, farsas románticas muy de acuerdo con los gustos modernos. Recetas de conejo estofado y nabos con vinagre, tal vez fuera todo lo que había para comer, pero ¿por qué no prepararlo como un plato delicioso? Entrevistas con el «hombre de la calle». ¿Qué ha sucedido con la vieja cortesía de antaño? Había noticias más o menos vagas sobre las campañas del norte de África y Grecia, con expresiones como «defensas móviles» y «reajustes estratégicos en los frentes de batalla». Y noticias de Roosevelt, que pedía al congreso la aprobación de préstamos en dinero y barcos a Inglaterra. Era lamentable ver lo crédulos que eran los ciudadanos de Estados Unidos.

Y así seguía. Desde los sucesos y homicidios, robos e incendios locales, hasta las competiciones ciclistas y, finalmente, la página de defunciones. Ésta incluía la siguiente nota:

La comunidad artística de París ha recibido con tristeza la noticia de la muerte del escultor polaco Stanislaus Mut. Los periódicos turcos informaron ayer de que su cuerpo ha sido encontrado flotando en el Bósforo y que se desconocen las causas de la muerte. La policía de Estambul ha iniciado una investigación. Nacido en Lodz en 1889, Stanislaus Mut vivió la mayor parte de su vida en París y emigró a Turquía en 1940. Dos de sus obras, *Mujer reclinada* y *Ballerina,* se encuentran expuestas en el Museo de Arte de la ciudad de Rouen.

Serebin recordó un encuentro con Stanislaus Mut, dedicado a cortejar a una rusa en el cóctel americano en el yate de Della Corvo. ¿Qué había sucedido? ¿Un accidente? ¿Un suicidio? ¿Un asesinato? ¿Acaso su presencia en aquella fiesta lo convertía en compañero de ruta de Polanyi? Serebin devolvió el periódico a su lugar y pagó el café. «Qué mierda de día, como si nada fuera a ir bien.»

Pero quizá sólo era él. Al volver al Athenée Palace, Marie-Galante tenía buenas noticias. Había ido a visitar a un profesor de botánica de la universidad.

—Está dispuesto a hacer cualquier cosa —dijo—. Sólo tenemos que pedírselo.

—¿Y qué puede hacer?

Marie-Galante no lo sabía.

Bien, entonces, ¿por qué lo habían reclutado antes?

—Me dijo que informaba a DeHaas sobre los desarrollos de ciencia y tecnología en Rumania.

—Ah.

—No me mires así. ¿Qué pasó con la princesa Baltasar? ¿Has sucumbido a sus encantos? ¿Te has portado mal?

Serebin le contó lo sucedido en su encuentro.

—Quizá debería haberte acompañado —dijo ella, con un dejo de desaliento.

—¿Crees que el resultado habría sido diferente?

—No, probablemente no —respondió ella después de un momento de vacilación.

Los dos días siguientes fueron una nebulosa. Las cosas se complicaron. Algunas llamadas nunca recibieron respuesta, y unas cuantas personas que sí respondieron sólo hablaban rumano, y conseguían pronunciar un par de palabras en inglés o alemán para disculparse y luego colgaban. El radiador se apagó en la casa de la *strada* Lipscani y Serebin y Marie-Galante tuvieron que trabajar con los abrigos puestos, envueltos en el vaho de su aliento. No llamaron a los ocho nombres alemanes de la lista. Un inspector de la policía amenazó con detenerlos si se acercaban a su casa, mientras otras tres personas no conocían a nadie en París ni en Francia, sí, estaban seguros.

La mujer de un funcionario público pensaba que vendían bonos, y dejó muy claro que no quería comprarlos. En el mostrador del hotel, ningún contacto de Troucelle, lo cual era bueno o malo, no estaban seguros. Un contable de una oficina que trabajaba con los libros de las empresas petrolíferas dijo:

—No puedo reunirme con ustedes. Espero que lo entenderán.

—Si la pregunta es ¿podemos devolver a la vida al *apparat* de inteligencia de Kostyka? —planteó Serebin a Marie-Galante—, puede que ya tengamos la respuesta.

—No te des por vencido —respondió ella—. Todavía no.

A través del conserje del Athenée Palace, alquilaron un coche con chófer para que los llevara a Brasov, a los pies de los Cárpatos, al norte de la ciudad.

—Tierras de Drácula —dijo Marie-Galante—. Vlad Tepes y todo eso, aunque hoy en día son sobre todo centros de esquí. —Y tiendas de antigüedades, donde vendían arte y artesanía campesina. Serebin entendió que *monsieur* y *madame* Marchais, que habían venido a Rumania a comprar arte popular, tarde o temprano tendrían que dedicarse a ello. Aun así, no miraba con buenos ojos la excursión.

El chófer les dijo que se llamaba Octavio. Un digno postulante al título de hombre más pringoso de Bucarest, pensó Serebin, lo cual no era pequeña distinción. Sus bigotes estaban impregnados en aceite para que los extremos acabaran en punta y unos rizos untuosos surgían de su cabellera. Octavio les dio la bienvenida a su humilde coche, un Citroën viejo pero sumamente lustroso que dejaba escapar un hilo de humo azul y denso por el tubo; se frotó las manos como un concertista de piano, cogió con fuerza el volante y, tras un momento de meditación, puso el coche en marcha.

El camino a Brasov los llevó a través de Ploesti, y ocurrió que oficiales del ejército habían establecido un control y pedían un pase especial para entrar en la ciudad, que ellos no tenían. Octavio se alejó para tener una conversación privada con el oficial al mando, volvió al coche y le dijo a Serebin cuánto costaba. ¿Era posible que fuera tanto? Marie-Galante se encogió de hombros. A los oficiales del ejército rumano se les pagaba un sueldo de treinta leis al día, unos seis centavos de dólar, de modo que el soborno era una manera de sobrevivir. Rumania siempre había sido un país pobre, conquistado demasiadas veces, saqueado demasiadas veces. El general ruso Kutuzov, que se preparaba a invadir Rumania en 1810, dijo que a los rumanos «sólo les dejaría los ojos para que pudieran llorar».

Al pasar por Ploesti divisaron, aquí y allá, yacimientos petrolíferos en una nebulosa distante: los extremos de las torres y las llamas del gas natural, que veían como aire agitándose contra un cielo pálido. Un kilómetro más allá llegaron al último control, en el límite norte de la ciudad, donde a la multitud habitual de soldados rumanos se añadían dos oficiales alemanes de las SS. Los alemanes eran curiosos, cogieron los pasaportes y los examinaron largo rato, tomaron notas en un libro, les preguntaron qué les traía por allí y por qué no tenían un pase. Era preferible no tenerlo, pensó Serebin. Era preferible ser unos marchantes de arte despistados, confundidos e inseguros cuando se trataba de papeles oficiales y de cosas difíciles como ésas. El más alto de los hombres de la SS era bastante amable, hasta que le preguntó a Serebin el apellido de soltera de su mujer. A él se le escapó una risa nerviosa, y luego les dio el nombre que Marie-Galante había insistido en que memorizara.

—Ahora lo entiendes —dijo ella cuando se alejaban.

El camino se estrechaba después de Ploesti y se internaba entre los bosques y los campos, con los Cárpatos alzándose majestuosamente en la distancia. El ánimo de Serebin mejoró, siempre le sorprendía comprobar cuánto necesitaba los campos y los árboles. Se veía a sí mismo como un habitante de la ciudad que ansiaba lugares donde tomar café y mantener una conversación, donde encontrar libros y aventuras amorosas. Pero no pensaba lo suficiente en su corazón de Odessa, que latía eternamente por una ciudad que, con sus calles de tierra, sus jardines salvajes y sus chozas destartaladas recubiertas de enredaderas tenía su propio corazón en el campo. Marie-Galante sintió que el ánimo de Serebin cambiaba y le envolvió la mano con las suyas. En ese momento, Octavio cruzó una mirada con Serebin por el espejo retrovisor y le ofreció una sonrisa inmensamente lustrosa y cómplice. «Las mujeres, siempre las mujeres, sólo las mujeres.»

Brasov era una ciudad pequeña y su centro permanecía más o menos como en el siglo XIII.

—Miren eso —dijo Octavio—. La Iglesia Negra. Muy famosa. —Era negra, de un negro ceniciento, como el carbón—. La quemaron los austriacos en 1689 —explicó Octavio, hablando un francés que por momentos le fallaba.

En una calle estrecha detrás de la iglesia encontraron una hilera de tiendas de antigüedades, y sus propietarios, aunque no esperaban grandes negocios en enero y en medio de la guerra civil, fueron convocados a gritos por Octavio. Serebin y Marie-Galante compraron un gran baúl de madera tapizado con etiquetas de barcos desaparecidos hacía tiempo, y luego buscaron arte popular con que llenarlo. A veces, cuando el precio era demasiado alto, Octavio les lanzaba miradas agónicas.

Serebin compró juguetes, una pelota de madera atada a un palo con una cuerda, aunque no entendía cómo un niño podía conseguir jugar con una cosa como ésa, y una variedad de peonzas. También compraron tallas de madera: una cabaña, ovejas, unos cuantos santos y varios mastines, algunos tendidos con las patas cruzadas, otros en actitud de saltar tras la presa. Marie-Galante añadió unas blusas de

encaje, cuencos de madera y de cerámica y un conjunto de herra-
mientas de carpintero que tendría varios siglos de antigüedad, y luego compró un gorro de lana persa para ella. Se lo probó y lo movió de
un lado a otro, mientras Octavio, el tendero y Serebin miraban, y ella
les preguntaba si quedaba mejor así. ¿O así?

Serebin había llamado al número antes, sin éxito, y había puesto una
raya sobre el nombre: *Gheorghe Musa, alto funcionario público*. En el
lado derecho de la hoja no había indicación de pagos. La mañana siguiente de su regreso de Brasov lo intentó una última vez. Marcó, se
quedó mirando por la ventana y esperó mientras el doble timbrazo,
un *vibrato* seco y susurrante, se repetía una y otra vez. Sabía que nunca contestarían.

Pero contestaron.

—¿Sí? ¿Quién llama, por favor? —Era la voz de un anciano.
Quizá, pensó Serebin, un anciano cuyo teléfono no había sonado en
mucho tiempo.

—Espero no molestarlo —dijo Serebin.

—No señor, no molesta.

—Me llamo Marchais, estoy en Bucarest estos días y lo llamo en
respuesta a la sugerencia de un amigo en París.

—Marchais.

—Sí, correcto.

En medio del silencio en el teléfono, Serebin oía el silencio del
apartamento del anciano. «Lo sabe», pensó. Sabe perfectamente qué
tipo de llamada es ésta, y se lo está pensando. Finalmente, oyó una
voz.

—¿En qué puedo ayudarle?

—¿Sería posible que habláramos en privado?

Nueva pausa.

—De acuerdo. ¿Le parecería venir a verme?

Serebin dijo que sí, y Musa le dio el número de un tranvía, una
parada y una dirección.

El apartamento ocupaba todo un piso, al que llegó tras subir seis
tramos de escaleras. El interior era oscuro, y estaba tan silencioso que

Serebin sentía cómo resonaban sus propios pasos. De inmediato pensó, aunque no podría haber dicho como lo sabía, que ninguna mujer jamás había vivido allí. Gheorghe Musa era un hombre pequeño, frágil, con unas cuantas mechas de pelo blanco y una sonrisa agradable.

—Es usted una de mis raras visitas —dijo. Para el visitante, aunque quizás era su costumbre, Musa se había vestido formalmente: un traje pesado de lana, de un estilo a la moda en los años veinte, una camisa blanca con cuello alto y una corbata gris.

El anciano se dirigió lentamente a una sala repleta de estanterías que llegaban hasta el techo. Cuando encendió una lámpara, Serebin vio junto a su silla ediciones antiguas de Balzac y Proust, un diccionario de latín, y un juego de enciclopedias alemanas.

—¿Y qué le trae por Bucarest?

Serebin mencionó el arte popular, Brasov y DeHaas.

—Ah, sí —dijo Musa—. Hace algunos años, solía ver a un caballero que trabajaba para esa organización. Era propiedad de... Ahora se llama barón Kostyka según creo. Solíamos pasarles informaciones de vez en cuando. Dependía de lo que queríamos que hicieran. —Su sonrisa se volvió más generosa con aquellos recuerdos—. Influencia —dijo—. Una palabra frecuente en los ministerios.

—¿Queríamos?

—Verá, yo trabajé para varios ministerios a lo largo de los años. Estuve en Interior mucho tiempo, luego, finalmente, en el de Asuntos Exteriores, con diversos cargos, hasta que me jubilé. Eso fue en 1932.

—¿Es tan antiguo?

—¿DeHaas? Sí, muy antiguo y respetable. En realidad, una institución local. ¿Y por qué no? Los negocios de Kostyka eran lo bastante amplios para tener un efecto aquí, en este país. Intentamos asegurarnos de que sus manipulaciones fueran favorables a Rumania. No siempre tuvimos éxito, pero así es el juego, como estoy seguro que usted sabe. Uno siempre debe intentarlo.

—Así que está jubilado. —Serebin se preparó para irse.

—Sí. Durante un tiempo permanecí activo, alguna tarea especial, de vez en cuando, pero todo eso terminó. Verá, soy judío, y eso está completamente pasado de moda en este país.

—Como en Alemania.

—No tan mal, todavía no. Pero ya hay restricciones. Tuve que entregar mi radio el mes pasado, y uno la echa de menos terriblemente. Pero nadie quiere que los judíos tengan radio, ¿no es así? También nos han prohibido los criados y, en los últimos tiempos, han hablado de la vivienda. No tengo ni idea de adónde iré si me quitan esta casa.

—¿Qué harían con ella?

—Dársela a sus amigos. Es la manera que han descubierto para mejorar su calidad de vida. ¿Le sorprende?

—Por desgracia, no. La influencia de Alemania está en todas partes.

—Sí, eso es, pero aquí tenemos nuestros propios entusiastas. La Legión organizó un acto el mes de noviembre pasado, lo llamaron el día de los mártires. Se supone que excavaron los restos de Codreanu y sus partidarios, dos años después de su ejecución, y los volvieron a enterrar aquí, en Bucarest. Cincuenta y cinco mil Guardias de Hierro desfilaron y cien mil simpatizantes los aclamaron. Cerraron las escuelas, Codreanu y sus trece secuaces fueron declarados «santos nacionales» por la iglesia ortodoxa, se imprimieron los periódicos con tinta verde. Asistieron a la ceremonia delegaciones oficiales de toda la Europa fascista, la juventud hitleriana de Alemania, los falangistas españoles, los italianos, incluso un grupo de japoneses. Cuando los ataúdes fueron depositados en sus nichos del mausoleo, los cazas alemanes volaron por el cielo y lanzaron coronas funerarias, una de las cuales le dio a un legionario en la cabeza y lo dejó fuera de combate. Después, la legión desfiló durante horas, cantando sus himnos mientras en la calle la gente lloraba apasionadamente.

Hizo una pausa en su relato y Serebin entendió que había sido testigo personal.

—Sí —dijo Musa—, yo estuve presente.

Serebin se lo imaginó en medio de la multitud, anciano, invisible.

—Tenía que hacer algo.

—¿Ocuparán Rumania? ¿Como Francia? —preguntó Serebin, al cabo de un rato.

—Ya estamos ocupados, señor. Los alemanes comenzaron a llegar en octubre, incluso antes de que el rey huyera. Al principio eran sólo unos veinte, y se instalaron en el Athenée Palace. Dejaban sus botas alineadas en el pasillo por la noche para que las limpiaran y lustraran. Y luego, fueron más y más. «La misión militar alemana en Rumania» fue el eufemismo adoptado del lenguaje de la diplomacia. Ahora eran unos cuantos miles, alojados en barracones, y seguían llegando. Pero nunca será una ocupación oficial, puesto que hemos pactado y somos aliados. La única pregunta que queda es ¿quién gobernará aquí? ¿La legión? ¿O el mariscal Antonescu? Es Hitler quien tiene que decidir, nosotros esperamos su voluntad.

—¿Habrá resistencia?

Musa sonrió, una sonrisa triste, y sacudió la cabeza lentamente.

—No —dijo con voz queda—. Aquí no.

Serebin no quería seguir, y pensaba que había llegado el momento de partir. Gheorghe Musa haría por ellos lo que pudiera, pero les correspondía a otros decidir qué podía hacer.

—Quizá me informará de algo —dijo Musa.

Serebin esperó.

—¿Qué le interesa *a usted* en concreto en este momento?

Serebin vaciló. «Es difícil saberlo, justo ahora. Desde luego, a medida que los acontecimientos se desarrollen...» Había marcado una línea de colaboración y Serebin sabía que era la correcta, pero tenía que desviar la cuestión. Entonces, por una razón que no podría explicar, dijo:

—Recursos naturales.

—Trigo y petróleo.

—Sí.

Musa se incorporó y se dirigió a las estanterías al otro lado de la sala, inspeccionó una hilera de archivadores rojos con etiquetas escritas a mano en el lomo.

—Si tengo que irme de aquí —dijo—, supongo que perderé mi biblioteca, no es el tipo de cosas que uno se lleve a... a donde sea que vaya.

Se acercó a una lámpara de pie, tiró de la cadena una y otra vez hasta que la luz se encendió y volvió a los archivadores.

—Hay una cosa acerca de los gobiernos —dijo—, puede pensar de ellos lo que quiera, pero redactan informes. —Deslizó el dedo por la hilera de archivadores—. Por ejemplo, la producción de trigo y centeno en la provincia de Wallachia en 1908. ¿Lo ha leído? Seguro que no. Hay una sequía en el último capítulo final que lo mantiene a uno despierto toda la noche. Desde luego, nos mantuvo a nosotros despiertos. O, veamos, *Censo étnico de Transilvania*. La fecha delata este informe, 1918, después de que expulsaron a los húngaros. O quizá le gustará este... *Producción y transporte de petróleo: Informe del Estado Mayor*. La fecha es, veamos, 1922. —Sacó el archivador, se lo llevó a Serebin y se lo entregó.

Serebin pasó unas cuantas páginas. No podía leer el texto en rumano, pero encontró un mapa, con las fronteras en líneas discontinuas y nombres subrayados. Astra Romano. Unirea Speranitza. Dacia Romana. Redeventa Xenia. Romana Americana. Steaua Romana. Concordia Vega.

—Son los yacimientos petrolíferos —explicó Musa—. Con los nombres de los concesionarios.

—¿De qué trata?

—Es un estudio de nuestras vulnerabilidades, emprendido por el Estado Mayor del Ejército. Después del ataque británico de 1916, teníamos que analizar lo que había sucedido, lo que nos habían hecho y qué podría pasar en el futuro. Para los ingleses, desde luego, la destrucción fue un gran éxito, un triunfo. Pero para nosotros fue una humillación nacional, tanto más cuanto nos lo hicimos a nosotros mismos, nos vimos obligados a hacerlo, y tuvimos que preguntarnos si esto sucedería cada vez que fuéramos a la guerra. ¿Podremos detenerlos? Al fin y al cabo, es nuestro petróleo. Es propiedad de los extranjeros, pero deben pagarnos por ello, y nos pertenece.

Serebin siguió leyendo. Largas columnas de números, porcentajes, párrafos explicativos, un mapa del Danubio, desde Giurgiu, en Rumania, hasta Alemania.

—Es la ruta de transporte —dijo Musa.

Serebin hojeó las páginas hasta que llegó al final y le devolvió el informe a Musa.

—Bien, más vale que se lo quede —añadió Musa—. A mí ya no me servirá.

◆ ◆ ◆

Esa noche volvió a nevar.

Serebin pidió al conserje que les reservara una mesa a las diez de la noche en el Capsa, el restaurante más popular de la ciudad, famoso por su orquesta gitana. El portero del hotel les consiguió un taxi y le dio al chófer la dirección. A medio camino, a dos manzanas de la casa de Lipscani, le dijeron al taxista que se detuviera y le pidieron que esperara unos minutos. Caminaban inclinados hacia delante, luchando contra las gélidas ráfagas de viento que soplaban desde los montes. Serebin llevaba el informe en un maletín que Marie-Galante le había pedido que comprara aquella tarde.

—Hace frío —dijo Marie-Galante.

Serebin asintió con un gesto de la cabeza.

—Háblame —insistió ella—. Somos amantes que salimos a cenar por la noche.

—¿Qué pedirás?

—Ubres al vino. —Era una especialidad rumana.

—¿Eso pedirás? ¿De verdad?

—Dios mío, no.

—No hay nadie por aquí —observó Serebin. La ciudad parecía desierta, con sus calles vacías cubiertas por la nieve.

—Da igual, háblame —insistió ella.

Él habló.

En la calle que daba a la casa de Lipscani, el joven oficial temblaba bajo un portal.

—Nuestro guardia. ¿Cómo sabe que tiene que estar aquí?

—Llame por teléfono. A un número que nunca contesta.

Entraron en la casa de Lipscani y subieron en un ascensor que rechinaba. Marie-Galante le cogió el maletín, verificó una última vez que el informe estuviera dentro y lo dejó junto a la mesa. Salieron y se dirigieron al taxi que esperaba. Desde la oscuridad, un hombre de impermeable se dirigió hacia ellos desde el otro lado de la calle. Llevaba la cabeza inclinada, las manos en los bolsillos y caminaba doblándose contra la nieve que arrastraba el viento. Al pasar rápidamente a su lado, Serebin descubrió que el hombre era Capdevilla.

◆ ◆ ◆

De nuevo en la cama, gracias a Dios. Una vez acabada la copiosa y larga cena, no quedaba trabajo pendiente hasta la mañana. Habían ido a ver una orquesta gitana ruidosa, con incontables gitanos cuyo número Serebin no había podido calcular porque no paraban de moverse. Saltaban por el escenario con sus holgados pantalones y botas altas, un coro de sonrisas traviesas y gritos, cantos y bailes y una guitarra salvaje e incansable. «¿Sabéis tocar *Callaos la boca y a quedarse quietos*, balada tradicional del clan Serebin?» No había nada peor que los gitanos de los bares nocturnos cuando uno no estaba de ánimo, y él no lo estaba. Se sentía extenuado, y punto.

Marie-Galante bostezó y acomodó la cabeza sobre la almohada.

—Gracias a Dios todo ha acabado —dijo.

—¿Qué pasará ahora?

—Capdevilla ha partido a Estambul. Con Lares, la línea aérea rumana, que los dioses se apiaden de él. Polanyi estará satisfecho. O quizá no, nunca se sabe. Quizá tenga una copia desde hace años, o la información es demasiado antigua, o quizás esté equivocada. Aun así, no puede quedarse aquí, y no podemos correr el riesgo de que nos atrapen con el informe en las manos. Lo importante es que Musa ha confiado en ti.

—Supongo que sí.

—Sí que ha confiado. Es parte de tu naturaleza.

—¿De qué hablas?

—El honor, la buena fe. Eres quien eres, *ours,* un hombre sin patria, un soldado del mundo.

—¿Todo eso?

—Bien, él vio algo.

—A él le daba igual, cariño, le habría dado el informe hasta a un gorila.

—Tal vez. Pero sucedió de esta manera, ¿no? Y podría tratarse de algo importante.

—O puede que no.

—Puede que no.

Marie-Galante volvió a bostezar, se colocó boca abajo y cerró los ojos.

Desde la sala de baile, muy por debajo de ellos, llegaron hasta Serebin los compases del vals que tocaba la orquesta.

14 de enero. Eran recién pasadas las once cuando cruzaron el vestíbulo de vuelta al trabajo. Por el rabillo del ojo, Serebin se percató de que uno de los administradores se acercaba con el índice en alto, intentando captar su atención. Era un hombre pequeño, serio y formal, vestía una corbata gris con un botón de perla y una flor en la solapa, aquella mañana una rosa de té rosada.

—¿*Monsieur* Marchais? Un momento por favor, *monsieur*, si me permite.

Su manera de hablar tenía un dejo especial, un aire de discreción que en la misteriosa alquimia protocolaria de los hoteles significaba que lo que tenía que decir era sólo para los oídos de Serebin. *Madame* Marchais, la obediente esposa francesa, siguió hacia la puerta mientras el subadministrador se inclinaba hacia Serebin, su voz infinitamente confidencial.

—*Monsieur*, su... amiga... no dejó su nombre. —Hizo una pausa para carraspear con delicadeza—. Llamó anoche. Era más bien tarde. La verdad es que parecía horriblemente agobiada, si me permite, y pidió que la llamara lo más pronto posible. Dejó un número de teléfono.

El hombre depositó con discreción un trozo de papel en la mano de Serebin.

—Parecía bastante urgente, señor. «Tienes a la fulana embarazada, venga, demuestra un poco de gratitud.»

Que fue lo que Serebin hizo con magnanimidad.

Bien, podría haber una fulana, pensó más tarde, podría haber un problema, *un pequeño problema*.

Fueron rápidamente hasta la casa de Lipscani y Serebin marcó el número. Contestó una mujer, una voz educada, pero muy asustada.

—Soy una amiga del coronel —dijo—. De la familia, ¿me entiende?

—Sí —dijo él, y vocalizó el nombre de Maniu a Marie-Galante.

—Han abandonado el país.

—¿Por qué?

—Se vieron obligados. A él lo traicionaron. Algo relacionado con personas con que había trabajado en el pasado.

—¿Le contó lo que había sucedido?

—Algo. Se acercó a la persona equivocada.

—¿Y?

—Casi los detuvieron. Pero consiguieron escapar. Con lo puesto.

—¿Sabe usted adónde han ido?

—Han cruzado la frontera. Me han pedido que les diga que él lamenta lo sucedido, que lo siente mucho. Además, quiere que lo sepa un viejo amigo suyo. ¿Lo entiende usted?

—Sí.

—Me ha dicho «un visado para Inglaterra».

—Haremos lo que podamos, pero tenemos que saber dónde está.

—Es todo lo que puedo decirles —respondió ella después de pensárselo.

—Claro. La entiendo.

—Iría más lejos, haría cualquier cosa, lo que me pidieran, pero no puedo. No debo. Otras personas podrían sufrir.

—Tiene que hacer lo que considere correcto.

—Puedo explicarle...

—No, no lo haga. Es mejor que no.

—De acuerdo, esto termina aquí.

—Jamás ha tenido lugar.

—Entonces, adiós.

—Adiós.

—Le deseo éxito. No sé nada, pero le deseo éxito.

—Gracias —respondió Serebin, y reprodujo la conversación para Marie-Galante.

—*Merde* —dijo ella—. Al menos han podido huir.

—¿Cómo conseguirá un visado?

—Se lo contamos a Polanyi, él se lo cuenta a las personas con que trabaja en Londres. Se informa a las embajadas inglesas y ellos, Lisboa, Madrid, esperan a que aparezca. Claro, siempre que los ingleses estén dispuestos a aceptarlo.

—¿Es posible que no lo quieran?

—Lamento decirlo, pero es una posibilidad.

—¿Cómo puede ser eso?

—Puede ser, y a menudo es así. Es la naturaleza del mundo —dijo ella—. De ese mundo.

Regresaron al Athenée Palace a las cuatro. Troucelle los llamó desde el vestíbulo. Pasaba por ahí por casualidad y se preguntaba cómo les había ido. Serebin dijo que bajarían en unos minutos.

Marie-Galante se sentó en una silla y ocultó el rostro entre las manos.

—¿Te encuentras bien?

—Cansada —dijo ella, y alzó la mirada hacia él—. Bien, ya podemos despedirnos del asunto. ¿Cuánto ha durado, catorce días? Tal vez esté bien, no lo sé. Estas cosas siempre se desmoronan. Si se construyen lentamente y con cuidado, pueden durar mucho tiempo. Si no, el techo se derrumba.

—¿Escapar por la cocina?

—Como Laurel y Hardy —dijo ella, sacudiendo la cabeza—. No, averiguaremos lo que quiere. Ojalá sea sólo dinero.

—¿Nos detendrán?

—Siempre hay una posibilidad, pero no de esta manera, esto es un sondeo. Creo que tomaremos un café. Muy civilizadamente. No se lo pongas fácil, pero dale a entender que estamos preparados para escuchar una propuesta.

—No tenemos tanto dinero, ¿o sí? —Aquello no preocupaba a Marie-Galante.

—Bastará un telegrama a Estambul.

—¿Qué le ofrecemos?

—Tal vez el sueldo de un año. No de toda una vida, eso nos haría demasiado importantes. En dólares, digamos, cinco mil dólares. Veinticinco mil francos suizos.

◆ ◆ ◆

Abajo, una mesa en el salón verde, café turco en tacitas sin asa, pasteles de crema, tostadas con mantequilla y brazo de gitano moldavo. Afuera, más allá de las paredes recubiertas de espejos, el crepúsculo de una tarde de invierno.

Troucelle se incorporó como un resorte cuando los vio llegar. Bajo presión, era una caricatura de sí mismo, demasiado brillante, demasiado listo, con su sonrisa radiante.

—Permítanme que les presente a *domnul* Petrescu —dijo. El nombre Petrescu era la versión rumana de Smith y Jones, el hombre junto a Troucelle era alguien que jamás habría conocido. Una franja de bigote, dientes cariados, chaqueta de lana gruesa de color verde oliva.

—Es un placer conocer a los amigos de Jean Paul —dijo. Serebin pensó que había visto al menos a uno más, sentado en una butaca de orejas en el otro extremo del salón, leyendo un periódico.

—*Domnul* Petrescu es un amante del arte popular —dijo Troucelle. Ya se estaba arrepintiendo de lo que había hecho, pensó Serebin. Apareció una gota de sudor sobre su frente y él se la limpió con el pulgar.

—¿Le interesa? —preguntó Petrescu.

—Es nuestro negocio —dijo Marie-Galante.

Petrescu le lanzó una mirada rara, como de anticipación. Si las cosas iban bien... A pesar de sí mismo, volvió su atención a Serebin.

—¿Ha nacido uested en Francia... —y luego, como pensándoselo dos veces—: ... *monsieur*?

—En Rusia.

Marie-Galante se sirvió una cuchara de azúcar en el café, lo revolvió y bebió un trago.

—¿Dónde?

—En San Petersburgo. Emigramos cuando yo era niño.

—De modo que es usted ruso.

—He vivido en París mucho tiempo —dijo Serebin.

—¿Marchais es un apellido ruso?

—Markov, *domnul*. Mi padre lo cambió.

—Su padre.

—Un noble anciano —dijo Marie-Galante—. Un poeta —añadió, con un dejo de admiración en la voz.

—Eso sí, cuando llegó a Francia tuvo que trabajar en una fábrica —acotó Serebin—. En un torno.

—¿Y usted, *domnul*? —inquirió Marie-Galante.

—¿Yo? —El descaro de la mujer lo había tomado por sorpresa.

—Sí. Su padre, ¿qué hacía?

Petrescu se la quedó mirando y empezó a mover la boca como si tuviese algo enganchado entre los dientes.

—Mi familia viene del campo.

—Ah —dijo Marie-Galante, con gesto de gran ternura por la tierra. Troucelle soltó una risa, ¡que agradable era tener una buena conversación! Petrescu necesitaba tiempo para pensar. Se sirvió una tostada con mantequilla. Serebin oía el ruido de su masticación.

—Deliciosos, ¿no le parece? —dijo Marie-Galante.

—Dígame, *domnul* —siguió Serebin—, ¿le interesa algún aspecto específico del arte popular?

Petrescu dejó el resto de la tostada en el plato y se dio unos golpecitos en los labios con una servilleta.

—Las tallas de madera —dijo.

—Creo recordar —dijo Troucelle— que ustedes pensaban visitar Ploesti.

Serebin y Marie-Galante intercambiaron una mirada.

—¿Nosotros? ¿Eso pensábamos?

—Creo que fue usted quien lo mencionó —dijo Serebin—. ¿No?

—Se necesita un permiso para ir allí, ¿verdad? —preguntó Marie-Galante.

—Así es —confirmó Troucelle.

—¿No nos lo contó alguien esto? —preguntó Marie-Galante a Serebin—. No hay problema —dijo Petrescu—. Realmente, deberían ir. Los artesanos tienen obras excelentes y les puedo ayudar a conseguir un permiso, si quieren.

—Nos lo podríamos pensar —dijo Marie-Galante a Serebin.

—Es una ciudad interesante —asintió Troucelle.

—Tal vez en nuestro próximo viaje —aventuró Serebin.

—En cualquier caso, ha sido muy amable al ofrecernos su ayuda —dijo Marie-Galante. Miró su reloj y luego a Serebin—. ¿Cariño?

—Sí, tienes razón —dijo Serebin. También se incorporó, al igual que Troucelle y Petrescu—. Lamento que nuestra visita tenga que ser tan breve, pero tenemos que irnos.

—Espero que tendré el placer de volver a verlos —dijo Petrescu.

—Bien, lo ha hecho —dijo Marie-Galante de vuelta en la habitación.

—¿Por qué?

—¿Para mejorar su posición aquí? No lo sé. *Il faut se défendre...* para algunos es un artículo de fe. «Antes que nada, cuida de ti mismo.»

—¿A qué venía todo esto de los rusos?

—Es tu acento. Troucelle lo ha contado.

—¿Creen que somos espías rusos? —Serebin se sentó en el borde de la cama y comenzó a quitarse los zapatos.

—Puede que sí.

Serebin se desabrochó la camisa.

—Tienen miedo a los rusos —dijo ella—. Si creen que están tratando con Moscú, serán muy cautelosos.

—Éste no parecía demasiado cauteloso.

Ella abrió el armario, sacó un vestido de día de un colgador y luego lo devolvió a su lugar.

—Cuando te vistas —dijo—, ponte todo lo que te gustaría conservar.

Enviado por radiotelegrama:

18:10 14 DE ENERO, 1941
BURO DI POSTA E TELEGRAMMA/STRADA TRAIAN/BUCURESTI /
    ROMANIA
SAPHIR/HELIKON TRADING/AKDENIZ 9/ISTANBUL/TURKIYE

CONFIRMO RECIBO DE SU ORDEN #188

CARLSEN

El hotel Luna.

En un cartel por encima de la puerta, una mujerzuela desnuda sentada de piernas cruzadas en la curva de una luna creciente sonreía mirando hacia una calle de bares, llena de mujeres en los portales. El hotel Luna. Serebin se detuvo en la puerta y miró a la mujerzuela. Como una sirena con piernas, pensó. Rosada, trasero prominente, una cascada de pelo rubio que le cubría los pechos, y una cierta sonrisa, implorante y compasiva, sí, ambas a la vez, y misteriosa. La modelo era probablemente la novia del artista, pero Serebin sabía reconocer una musa cuando la veía.

Marie-Galante, que esperaba en la puerta, preguntó:

—¿La conoces?

El mostrador estaba en el vestíbulo. Para el recepcionista sólo eran una pareja más que salía por la noche. Marie-Galante con su gorro de lana persa; Serebin, oscuro y formal, con sus gafas de montura metálica, quizá de mundos diferentes, aunque a Eros eso le importaba un comino. Y, por unos cientos de leis, tampoco le importaba al recepcionista del hotel Luna. No había maletas para llevar, la llave de la habitación treinta y ocho, la escalera está ahí, hay alfombra hasta el primer piso.

Resultó ser una placentera huida del Athénée Palace. En la habitación, Marie-Galante hizo dos llamadas al número que nunca contestaba, contando los timbrazos con los dedos. Una última mirada alrededor, un viaje en ascensor y una tranquila salida a través del vestíbulo. Se detuvieron en la recepción, cogieron una carta y cruzaron la entrada. Tomaron tranvías y taxis, aquí y allá, hacia tranquilos barrios de calles vacías. Cuando estuvieron seguros de que no los seguían, entraron en un café donde, en los lavabos, Serebin recogió un sobre del joven oficial. En el interior, una nueva identidad: Carlsen, un pasaporte danés con autorización de viaje de la oficina de la Gestapo en Copenhague. Finalmente, una visita a una oficina de correos en la *strada* Traian para enviar el telegrama a Polanyi (Marie-Galante le explicó que el número 188 significaba que había llegado el momento de abandonar). Desde allí caminaron hasta el hotel Luna.

Pequeña habitación, cama hundida, un lavabo manchado de óxido y una hilera de colgadores detrás de la puerta, donde dejaron la ropa. Por debajo de la ventana, un viejo radiador silbaba y tronaba, y llegó a calentar tanto la habitación que podían pasearse en ropa interior.

—¿Son tus mejores prendas? —preguntó Serebin. Su sujetador y sus bragas eran de seda color marfil, ceñidas y con aspecto de caras, y favorecían el color cálido de su piel.

—De París, creo. ¿Podrías mirarlo?

Giró el borde del tejido por atrás y miró la etiqueta.

—Dice Suzi.

—*Rue* Saint Honoré.

Se tumbó en la cama con las manos detrás de la cabeza.

—¿Cuánto tiempo nos quedaremos aquí?

—Lo sabremos cuando llegue el telegrama.

—¿Y qué pasa si no llega?

—Esperaremos —dijo ella, acomodándose a su lado.

—Ya.

—Para siempre, *ours*. Una nueva vida, sólo tú y yo.

Serebin se sintió embargado por una repentina emoción. Observó el techo amarillento, la bombilla que colgaba de un cable, las grietas en la pared, la telaraña en el rincón. Nadie en el mundo sabía dónde estaban.

—Estás pensando en algo —dijo ella.

Era verdad.

Con la luz apagada y la persiana abierta, la habitación treinta y ocho se iluminó de azul con las luces de neón del bar de enfrente. Una orquesta de jazz tocaba en el bar, guitarra y violín, quizás el Django y el Stéphane locales, los que nunca llegaron a París.

—¿Conoces esa canción? —preguntó ella.

Él esperó un momento el estribillo.

—Sí —dijo—, *I don't stand, a ghost of a chance, with you.* —Canturreó las palabras en inglés, que sonaban toscas con su acento ruso.

—¿Un fantasma? ¿Un espectro?

—Es una expresión, como decir que casi no hay ninguna posibilidad. —La orquesta siguió tocando un rato largo la misma canción, la guitarra improvisaba, y el violín la seguía.

—¿Cómo es tu vida? —preguntó Serebin—, allá en Neuilly?

Ella se quedó pensando un rato.

—El apartamento está bien. Muy bien puesto, cada cosa en su sitio. A mí me parece frío, *haute bourgeoisie,* sofocante, pero así tiene que ser. Labonnière tiene que dar fiestas ahí, cenas para diplomáticos, cosas por el estilo.

—¿Es aburrido?

Ella asintió.

—No se habla de nada, pero hay que hacerlo con inteligencia.

—¿Y los alemanes?

—Desde luego, se los incluye, pero no es tan horrible. Han desarrollado una especie de cortesía sin palabras para hablar de la ocupación, una especie de lamento melancólico. De vez en cuando, desde luego, viene un nazi de verdad, y la velada larga está asegurada, sobre todo cuando beben.

La canción acabó, se oyeron los aplausos y uno o dos gritos de borrachos al otro lado de la calle.

—No está tan mal el hotel Luna —dijo ella—. El club nocturno y la música van incluidos.

Él se acercó hasta rozar sus hombros con los labios. Ella le puso la mano en la nuca y, muy suavemente, comenzó a peinarle el pelo con los dedos.

Enviado por radiotelegrama:

09:40 15 DE ENERO, 1941
HELIKON TRADING / AKDENIZ 9 / ISTANBUL / TURKIYE
CARLSEN / POSTE RESTANTE / BURO DI POSTA E TELEGRAMMA /
STRADA TRAIAN / BUCURESTI / ROMANIA

CARGAMENTO LLEGA EL 18 DE ENERO/MUELLE 5
PUERTO DE CONSTANZA

SAPHIR

El dueño del hotel Luna tenía un cuñado que, según supieron, conducía un taxi y, por un buen puñado de leis, los llevó hasta Branisti, a
unos quince kilómetros al este de la ciudad, donde podían coger el
8:22, el último tren a Constanza.

—Si hay un lugar al que no podemos ir en Bucarest es la Gara de
Nord —explicó Marie-Galante—. Puedes estar seguro de que, desde
anoche, cuando no volvimos al hotel, Petrescu y todos los pequeños
Petrescus nos están buscando y que *ése* es el primer lugar donde sin
duda mirarán.

En Branisti se quedaron sentados en el taxi frente a la estación
hasta las 9:50, cuando el 8:22 finalmente llegó, y corrieron para coger
el tren. Un pequeño soborno al revisor del vagón de primera clase les
proporcionó billetes y un compartimiento reservado que ocuparon
junto a una mujer bien vestida y un gato viejo en su cesta de mimbre.
La mujer era excepcionalmente cortés y les hablaba a ellos y al gato
en una lengua que ni Serebin ni Marie-Galante pudieron identificar.
Sin embargo, aquello no la detuvo, y siguió conversando durante un
buen rato. Finalmente, escribió el número tres y una palabra que podría haber sido enero con el dedo en la pátina de suciedad que cubría
la ventanilla. Al parecer, llevaba dos semanas viajando, y Serebin y
Marie-Galante se sintieron aliviados cuando bajó del tren en la siguiente estación y los dejó solos en el compartimiento en su viaje de
cinco horas hasta Constanza.

El tren avanzó con lentitud por las llanuras de Dobrudja, mientras la luna menguante se ocultaba tras las nubes, los campos espol-
voreados de nieve, lejos de cualquier parte. Cuando pidieron algo de
comer, el revisor llamó a un camarero del vagón comedor, que les trajo café, vino y bocadillos calientes de carne en panes untados con una
gruesa capa de mantequilla. El hombre parecía disculparse, quizá
porque deseaba servirles una gran cena rumana, pero Serebin y Marie-Galante comieron como lobos hambrientos y tuvieron que hacer
un gran esfuerzo para no dormirse cuando les retiraron los platos.

Durante un rato hablaron despreocupadamente, hasta que Serebin dijo:

—Por cierto, creo que nunca me contaste qué decía la carta.

—¿Qué carta?

—La que llegó al hotel.

Marie-Galante lanzó una imprecación, horrorizada por su lapsus.

—Estaban pasando muchas cosas —dijo Serebin.

—No hay ninguna excusa —dijo ella, mientras buscaba en su bolso. Sacó un grueso sobre que hacía pensar en invitaciones para una cena o una boda formal, lo abrió y encendió la lámpara junto a la ventana para leerlo.

—Es de Valentina —dijo—. Mañana actúa en el club Tic Tac y había reservado una mesa para nosotros.

—¿Nada más?

Ella giró la carta para mostrar el papel en blanco.

—Nada más.

—¿Qué podría querer?

—No puedo ni imaginarlo. Quizá le has gustado. En todo caso, nunca lo sabremos. —Deliberadamente, rompió la carta y el sobre en trozos cada vez más pequeños—. Será mejor deshacerse de esto.

—Serebin cogió el puñado de trozos de papel, salió al pasillo, pasó silenciosamente junto al revisor que roncaba, abrió la puerta al final del vagón y se detuvo sobre el paso del enganche. El martilleo regular de la locomotora se oía con todo su fragor en el espacio abierto entre ambos vagones y el aire helado, que traía el olor de carbón quemado, le dio en la cara y lo despertó. Pasaron un pueblo, un puñado de sombras junto a un camino de tierra que desapareció en un instante. Luego estiró el brazo, abrió la mano y los trozos de papel volaron con el viento y flotaron hacia la oscuridad.

18 de enero.

Al amanecer, en el puerto de Constanza, las gaviotas dibujaban círculos en el cielo invernal y sus graznidos sonaban estridentes en el silencio de la mañana. El mar estaba encrespado más allá del malecón y el yate *Néréide* se mecía suavemente en el oleaje del puerto. En el camarote de proa, el escritor I. A. Serebin abrió los ojos, tardó un momento en saber dónde estaba y se sentó en la cama para encender un Sobranie.

Pensó que su vida había completado un giro, dibujando un círculo por el horizonte frente a Constanza, donde había abordado un carguero búlgaro unos dos meses atrás, y ahora se encontraba una vez más en la cabina de un barco con la mujer que dormía a su lado. Con cuidado, se deslizó fuera de la cama, recogió sus gafas de la mesita de noche, se puso la camisa, los pantalones y los zapatos y subió por una escalerilla a la cubierta superior.

Para Serebin, el día tenía algo de familiar. Las nubes pasaban bajo la luz gris, los fuertes vientos, el mar que rompía espumoso contra las rocas del malecón. Conocía este tiempo, significaba que había vuelto a casa. O, al menos, lo más cerca que podía llegar de casa. Cargueros manchados de óxido, botes de pesca de ancha popa, con redes que colgaban por encima de la proa, remolcadores, *dhows* árabes, petroleros. Un puerto del mar Negro, un puerto parecido a Odessa. Desde luego, no era lo mismo. Cruzaron dos lanchas patrulleras, de color gris metal arma, y en ellas ondeaba la cruz gamada. También era diferente aquella figura solitaria apoyada sobre la barandilla del *Néréide*. De alguna manera, le pareció raro, un conde húngaro envuelto en ese abrigo de trenca de marinero, con el pelo revuelto por la brisa. Polanyi se giró hacia él y asintió con la cabeza. Serebin se acercó y se estrecharon las manos.

Las gaviotas pescaban. Una de ellas aterrizó sobre las rocas con un arenque y tuvo compañía de inmediato.

—¿Qué tal ha ido todo? —preguntó Polanyi.

—*Le bordel*. —Un caos

—Así es la guerra.

—Ya lo veo.

—Dedicarte a este trabajo no favorece en nada a mejorar tu perspectiva de la naturaleza humana —comentó Polanyi, abriendo las manos.

—Ha habido excepciones.

—Bien, al menos una.

—Más de una.

Polanyi metió la mano en un bolsillo de su abrigo y le entregó a Serebin un telegrama, a nombre de André Bastien, con una dirección de Estambul. Se lo habían enviado a Marie-Galante hacía una semana y era de Labonnière. Era breve e iba al grano. Lo habían nombrado segundo secretario de la misión francesa en Trieste, y quería que ella estuviese junto a él.

Serebin le devolvió el telegrama a Polanyi.

—Oficialmente, tú no has visto esto —advirtió Polanyi—. Pero pensé que deberías verlo.

—¿Cuándo se lo darás?

—Ahora mismo.

Serebin miró hacia un bote de pesca en el canal, acompañado por el traqueteo de su motor en la lucha contra la marea que subía.

—Trabajar juntos de esta manera... —dijo Polanyi. Le lanzó una mirada a Serebin, preguntándose si tenía que decir algo más y vio que no era necesario—. Tendrás que volver con nosotros a Estambul.

—¿Cuándo?

—Tarde esta noche, creo. Tenemos planes para que salgas de Constanza mañana, en tren.

—¿Sí?

—De vuelta a Bucarest.

Serebin asintió con un gesto de la cabeza.

—Desde luego, puedes decir que no.

No se molestó en contestar.

—Deberías comprarte ropa, lo que necesites, en Constanza. Le pediremos a alguien que te acompañe a las tiendas. Pero, antes de eso, hablaremos de todo lo que sucedió. Lo encontrarás tedioso, a todo el mundo le pasa lo mismo, pero no hay nada que hacer. ¿Te parece bien a las once?

—A las once —convino Serebin.

Polanyi dejó descansar ambas manos en la barandilla, por un momento tuvo un gesto de vacilación y luego se alejó hacia la escalerilla que conducía a los camarotes de abajo.

Serebin pasó media hora sobre cubierta y luego volvió al camarote. Marie-Galante estaba sentada ante el tocador, pintándose los labios. Tenía puestas las bragas y las medias y el pelo envuelto en una toalla.

Serebin vio que había hecho la cama, vaciado los ceniceros y ordenado lo mejor posible.

—Hola, *ours.* —Quería decir adiós, y su voz era más profunda que de costumbre, cansada, resignada.

Él se sentó en una silla en un rincón.

—Tengo que irme —dijo ella, y juntó los labios, los encogió hacia dentro un momento y se miró en el espejo. No estaba demasiado bien, pero no le importaba—. He recibido un telegrama de Labonnière. Lo han ascendido y lo han destinado a la misión de Trieste. ¿Has estado alguna vez?

—Un par de veces.

—¿Qué tal es?

—Italiana, eslovena, croata... En realidad, de todo. Hay mucho sol y mucha luz, al menos las veces que yo he estado.

—Sol y luz.

—Sí.

—Eso siempre está bien, suena alegre —dijo ella, y sus miradas se cruzaron en el espejo.

—Tengo que irme —dijo. Se quitó la toalla y comenzó a frotarse el pelo mojado.

—Lo sé.

Serebin se acercó, ella se incorporó y lo abrazó, su pelo húmedo contra sus mejillas. Permanecieron así un buen rato, hasta que ella lo soltó.

Estaban sentados alrededor de una mesa en el salón: Polanyi, Capdevilla, Serebin, Marie-Galante y un hombre joven vestido con un traje gris plateado y un jersey negro. Tenía un rostro anguloso, iba peinado sin gomina y fue presentado como Ibrahim. Cuando Capdevilla comenzó su informe sobre Bucarest, él y Polanyi tomaron notas.

Serebin observaba a Capdevilla mientras hablaba. *El asesino renacentista.* Ojos oscuros, rostro picado de viruela, con una fina barba que seguía el perfil de su mandíbula. Su crónica no parecía muy diferente de la de ellos. Una mujer que se acostaba con hombres importantes, en los últimos tiempos, dijo Capdevilla, un general alemán. El administrador de una oficina de telégrafos. Un columnista de cotilleo social. Un oficial de la Siguranza. Este último, después de acceder a encontrarse con Capdevilla, había desaparecido. Capdevilla había llamado tarde por la noche y hablado con la hermana del oficial, que estaba muy agitada y le dijo que nadie sabía de su paradero.

—Conseguí ver a un ayudante de Kobas, que fue ministro del petróleo hasta que llegó al poder Antonescu. Estaba aterrorizado, pero se portó como un valiente. Nos encontramos después de medianoche en un edificio abandonado. Adivinó de inmediato qué tramábamos. «No intentéis nada», me dijo. «Los yacimientos están estrechamente vigilados. Están a la espera de que aparezca el enemigo.»

Polanyi asintió con un gesto de la cabeza, ya lo sabía.

Capdevilla siguió. Un director de periódico, que decía que sólo la Legión podía salvar a Rumania de los judíos. Un comerciante de diamantes jubilado y postrado en una silla de ruedas. Una mujer misteriosa, contactada a través de un vendedor gitano en un mercado callejero.

—Se llama Ilona, es lo único que sé. Tuve que reservar todo un compartimiento en el tren para Ruse, en Bulgaria. Ella apareció después de la primera estación, hablamos unos cinco minutos y luego se fue. Era una mujer muy curiosa, pelo negro largo, suelto, vestida entera de negro, una cicatriz al lado de un ojo y una alianza de oro en el anular derecho. Llevaba un bolso con correa al hombro, aunque por la manera en que colgaba pensé: Hay algo ahí dentro, ¿habrá venido a matarme? Creo que si hubiera dicho algo indebido, podría haber ocurrido. Estaba muy decidida.

Polanyi frunció el entrecejo.

—Se le pagaba mucho dinero —dijo Capdevilla—, según la lista. Y no tiene apellido, ni siquiera figura. Creo que DeHaas quizá no sabía quién era.

—¿Política?

—«Si el trabajo se lo merece» —dijo Capdevilla, sacudiendo lentamente la cabeza—, «lo haré».

Polanyi miró a Serebin.

—No dijo gran cosa. Sobre todo, me hizo hablar, como si leyera en mi alma. Luego se bajó en la estación de Daia, de repente, justo cuando el tren partía. Y yo me bajé en la última estación en Rumania, en Giurgiu.

—El oleoducto desde Ploesti acaba en Giurgiu —dijo Polanyi.

—Eso lo sabía, de modo que decidí dar un pequeño paseo, sólo para ver qué podía averiguar. Lo único que vi fue el interior de un cuartel de policía. Durante una larga hora, hasta que se presentó un hombre vestido de traje. Un tipo que hablaba francés. ¿Quién era yo? ¿Qué estaba haciendo ahí? ¿A quién conocía?

—¿Qué les contaste?

—Una mujer.

—¿Te creyeron?

—Ya me ves, aquí estoy.

Polanyi se volvió hacia Serebin y Marie-Galante.

—*Mes enfants* —dijo.

Comenzó Marie-Galante, y Serebin se sumó al relato. El coronel Maniu. El abogado, Troucelle, la princesa Baltazar. Gheorghe Musa. El estudio sobre los yacimientos petrolíferos.

—Hemos conseguido traducirlo casi todo —informó Polanyi—. En realidad, es deprimente. Los puntos vulnerables que el Estado Mayor detectó en 1922 fueron aprovechados por los franceses en 1938, y por los ingleses un año más tarde. Fracasaron. Los franceses intentaron alquilar la flota de barcazas de petróleo, los ingleses minaron los yacimientos, pero no llegaron a activar los detonadores. Lo que intentaron, en cambio, fue pagar más que los alemanes por el petróleo, y eso funcionó perfectamente. Demasiado, de hecho. El precio del petróleo rumano subió por las nubes, hasta que los alemanes ya no podían pagarlo. Por eso amenazaron con invadir el país. Los rumanos cedieron y les otorgaron un acuerdo de venta exclusiva.

—¿Dónde nos sitúa eso? —preguntó Capdevilla.

—En el río, supongo —dijo Polanyi.

—Ancho y llano.

—Sí. Estamos del lado equivocado, joder —dijo Polanyi—. Quizás hacia arriba, hacia las Puertas de Hierro.

—Yo diría —acotó Capdevilla— que los ingleses ya lo han intentado.

—Sí que lo han intentado. Pero, amigo mío, debes entender que nos toca a nosotros.

—Sea lo que sea, no será para siempre.

Polanyi no estaba dispuesto a reconocerlo.

—La catástrofe indicada... Pero no te equivocas. Es más probable que les ofrezca tiempo, semanas, y al menos la posibilidad de una repetición. Desde luego, todos soñamos con el gran golpe... Es lo que tenemos que hacer, ¿no?

Justo después de medianoche, Serebin observaba cómo zarpaba el *Néréide* desde el muelle. Vio cómo el motor lo propulsaba hasta que salió del canal hacia el mar Negro, donde, pocos minutos después, la luz de la popa se difuminó en la niebla hasta desaparecer. Marie-Galante había dicho un último adiós a bordo. Reservada, sobria, un adiós en tiempos de guerra, las lágrimas prohibidas para excluir el recuerdo de las lágrimas.

En el hotel Tomis, en la costa de Constanza, Serebin bebió, sin conseguir embriagarse, y se ocupó en poner orden en sus cosas. Recordar nombres de memoria, convertir números de teléfono en un código oculto entre sus notas de periodista. Ésa era su nueva identidad. Periodista francés con la tarea hipotética de un reportaje sobre un circo ambulante francés que actuaba en Bucarest. «Enjambres de niños aplaudían felices mientras seguían al elefante Caca en el desfile del circo.»

Quemó sus notas después de acabar, tiró las cenizas por el lavabo, apagó la luz y se quedó mirando el cielo. Se había encontrado en privado con Polanyi durante casi una hora y, hacia el final, éste le había dicho:

—Labonnière es uno más del equipo, Ilya. Por favor, entiéndelo. Siempre es preferible que un diplomático esté acompañado por su mujer, más aún para un diplomático que se ocupa de cuestiones de inteligencia. Es fundamental. En cualquier caso, es fundamental para este diplomático y, especialmente, esta mujer.

El hotel Tomis. En Portul Tomis, el antiguo nombre latino de Constanza, tristemente célebre como la ciudad de exilio del poeta latino Ovidio. Que escribió un poema de amor que le desagradó a un emperador. Pensar en ello no hacía que Serebin se sintiera mejor, ni tampoco le dio sueño. Pero con el tiempo y la perseverancia, el vodka sí.

En Bucarest, lejos del Athenée Palace y del centro de la ciudad, le consiguieron una habitación en un apartamento que pertenecía a una mujer refinada y distante, de unos sesenta años, dueña de una joyería. Le informaron que la casa de la calle Lipscani estaba prohibida y que el contacto húngaro, que resultó no ser eslavo, había sido enviado al otro lado de la frontera. Serebin tenía dos o tres días de trabajo y luego *la revedere, Bucuresti.* Se sentó en la cama de su habitación, sacó dos camisas recién compradas y las aplastó aquí y allá para borrar los pliegues nuevos, lo cual dio como resultado camisas nuevas arrugadas.

Entrevistarse con el corresponsal extranjero inglés James Carr no fue difícil. Serebin llamó a la oficina de Reuters, dijo que era un emigrante y que tenía una historia que contar, dejó como referencia un apellido ruso bastante común y se presentó allí una hora más tarde. Podría haber hecho el mismo truco en Associated Press o en Havas, ya que Carr era un periodista independiente y firmaría para cualquier periódico que le pidiera una noticia fechada en Bucarest.

Cuando Serebin llegó, Carr estaba medio sentado en la barandilla de madera de la zona de recepción y le contaba a una secretaria alguna cosa que la hacía sonreír. A primera vista, parecía una persona normal de la profesión: alto y encorvado, una cara atractiva con un toque de decadencia anglosajona, pelo lacio color rubio oscuro y demasiado tiempo sin pasar por el barbero, una sonrisa inteligente y un jersey de buena calidad. Seguro que el abrigo lanzado descuidadamente sobre el colgador del rincón era suyo.

—James Carr —dijo, y le tendió una mano de dedos amarillentos de nicotina. Condujo a Serebin hasta una habitación en la parte trasera—. Todo para nosotros —dijo en son de broma. Había demasiado silencio, ni máquinas de escribir ni teléfonos—. Parece que seré el último en irme.

—¿Piensa irse? —Serebin hablaba en francés. Carr contestaba en inglés, pero pausadamente, para que le entendiera.

—Más me vale —dijo—. Sólo estoy aquí gracias a un pasaporte irlandés. Como sabe, son neutrales. Oficialmente. Pero eso no es verdad, y la Legión lo sabe. —Se acomodó en una silla giratoria y Serebin se sentó al otro lado de la mesa—. ¿Me creería si le digo que alguien disparó a mi cama? Desde el piso de abajo. Llegué a casa por la mañana y había un agujero en el maldito suelo.

Le ofreció a Serebín un cigarrillo rumano achaparrado, encendió uno para él y sacó papel y lápiz.

—Y bien, cuénteme, ¿qué tiene que decirme?

Serebin dijo que había ido a Bucarest para hablar con personas que habían hecho negocios con una empresa llamada DeHaas.

—¡No! ¿Esa mierda de empresa? ¿Qué ha hecho, ha puesto mi nombre en una lista?

Serebin asintió con un gesto de la cabeza.

Carr abrió un cajón, miró en el interior y encontró un cenicero de latón.

—Debe de ser una lista interesante. ¿Ha pensado en venderla?

No tenía sentido contestar a esa pregunta.

Carr hizo una mueca de terror fingido ante tanta perfidia.

—Un *quid pro quo,* eso es lo que era. Un agente de investigación privado, por así decir, que me contó a mí mucho más de lo que yo le conté a él. Pero, ya lo dice el refrán, acuéstate con perros y te despertarás con sarna. Es probable que se haya dedicado a chantajear a la mitad de los pecadores de Bucarest. Lo cual significa la mitad de la ciudad —dijo, y sonrió—. Dios, sólo bastaba con mirarlo.

—¿Era Zarrea? —El nombre estaba en la lista.

Carr golpeó la libreta con la goma del lápiz.

—¡Vaya! Por lo visto, sabe bastante.

—No demasiado, sólo el *apparat* de Kostyka. A algunos, al menos.

—Y entonces, ¿qué es lo que quiere de mí?

—Puede que necesitemos su ayuda más adelante.

—Ya. ¿Y a quién estaría ayudando en ese caso?

—A sus amigos ingleses.

Carr lanzó una risotada.

—¡Dios mío, espero que no! —exclamó, y se quedó mirando a Serebin un momento. Intrigado. Por algo que no podía entender.

—Me está hablando de la auténtica historia, ¿no? De un pequeño despacho en Londres.

—Sí.

Carr dibujó un rostro en su libreta.

—Bien, puede que me lo crea, pero no tiene importancia, es un punto discutible. No me quedaré aquí el tiempo suficiente para ayudar a nadie.

Serebin hizo ademán de levantarse, como si la conversación hubiese acabado. Pero Carr lo devolvió a su lugar con un gesto de la mano.

—Espero que no se trate de petróleo. No puede ser eso.

—¿Por qué no?

—Ya lo han intentado. Y no funciona. Mandaron a unos cuantos de la caballería por aquí en el treinta y nueve y tuvieron que volver a casa en calzoncillos. —Quiso decir algo más, se lo pensó dos veces, y decidió continuar—. ¿Sabe? —dijo—, pueden hacerlo volar cuando quieran.

—¿Sí?

—Ya lo creo que sí. Pero no lo han hecho, y eso significa que no quieren. Porque la verdad es que los campos de aviación de Grecia están llenos de bombarderos de la RAF, pueden ir hasta Ploesti y bombardear los yacimientos esta misma noche. ¿Cuántos kilómetros son, unos ochocientos o novecientos? Tienen la autonomía para ir y volver sin problemas. Pero por algún motivo no lo hacen. Y bien, ¿qué significa eso, según usted? Para mí significa que alguien importante dice que no. Hay que detener el flujo de petróleo, claro, que no llegue a Alemania, pero que no bombardeen los pozos. Así que lo envían a usted a mirar en el interior del prostíbulo rumano, y lo único que conseguirá es contagiarse la gonorrea.

—Gran Bretaña y Rumania no se han declarado la guerra —dijo Serebin—. Todavía no.

—Pamplinas —dijo Carr—. Cuestión de semanas, una cuestión técnica. No, lo que está pasando aquí no tiene nada que ver con la diplomacia, sino con el dinero y el poder. Son negocios, y siempre ha sido así. Por ejemplo, en 1916, los aliados se encontraban a tiro de cañón de los altos hornos de Thionville, en Lorena. Los altos hornos estaban por detrás de las líneas alemanas y, en ese momento, los alemanes los utilizaban para fabricar bombas para la artillería, y nosotros lo sabíamos. Pero no sucedió nada. Y eso se debió a la intervención del barón de Wendel y de sus amigos en el *Comité des Forges*, lo cual significaba Zaharoff y el resto de los fabricantes de armas. Eran sus altos hornos, y querían que se los devolvieran en buenas condiciones cuando la guerra acabara...

»... Desde luego, después del armisticio había que pagar enormes cantidades. Preguntas del parlamento, los periódicos que publicaban cosas muy atrevidas. Y viene Lloyd George y afirma que el gobierno no quería que la guerra acabara con una base industrial destruida en Francia y con un desempleo masivo. Eso lleva al Co-mu-nis-mo. Lo cual era una tontería como una casa, ¿sabe? Porque lo verdaderamente importante era el dinero, que, como siempre, consiguió lo que quería. Supongo que no sorprenderá a nadie que tenga más de cinco años, pero los soldados ingleses murieron por esas bombas, así como morirán por los tanques Panzer que funcionan con petróleo rumano.

Se produjo un breve silencio en honor a la verdad, y luego Serebin dijo:

—Estoy seguro de que tiene razón. «Aunque eso no importa.»

Carr lo entendió perfectamente.

—Por lo visto, no cambia nada.

—No.

Tal como lo dijo significaba «por supuesto que no», y Carr también lo entendió perfectamente, porque de alguna manera muy especial eran muy semejantes.

—¿Quién es usted? —preguntó Carr—. Quiero decir, lo que se pueda revelar.

—Soy emigrante ruso. Escritor, a veces.

—Me gustaría poder ayudarlo —dijo Carr.

—¿Pero?

—Pero... —Vaciló, como si quisiera decir algo que sabía que no debía decir. Finalmente, movió la silla giratoria hacia delante y se inclinó sobre la mesa—. No es ningún secreto —dijo, bajando la voz—, podría preguntarle a la gente indicada y ellos se lo dirían, porque en esta ciudad no hay secretos, y es que ya estoy haciendo lo que quiere que haga.

—¿La misma gente? —preguntó Serebin, divertido por la idea.

—Quizá diferentes despachos en el mismo edificio —añadió Carr—. Diablos, no tengo ni idea.

—Así es la guerra.

Serebin apagó el cigarrillo y se incorporó para irse.

—¿Quiere un consejo? —Carr se levantó y le acompañó hasta la puerta—. Cuídese, ¿de acuerdo?

—Siempre —dijo Serebin—. Es la historia de mi vida.

—No, quiero decir ahora, esta noche. Todo este asunto, Antonescu, la Legión, está a punto de estallar.

—¿Está seguro?

—Tenga cuidado allí donde vaya —dijo Carr, encogiéndose de hombros—, y con quién va.

Volvieron a darse la mano en la zona de recepción. La secretaria hablaba por teléfono, rápidamente, en rumano. Alzó la mirada hacia ellos, y volvió a su conversación.

—Bien, buena suerte.

—Gracias —respondió Serebin—. Para los dos, me parece.

Serebin sentía que la ciudad estaba intranquila, si bien no veía ni oía nada que lo explicara. «Raza de hormigas. Telepatía, lo sabemos, simplemente lo sabemos.» Hacía frío y se levantó de inmediato el cuello del abrigo. Las personas pasaban deprisa con la mirada fija en el suelo. Un policía en la esquina se tomó un momento para mirarse en un espejo de bolsillo. No era nada raro en Bucarest, de hecho, lo había visto a menudo.

Polanyi le había aconsejado que no anduviera por la calle, que trabajara de noche, si podía. Llegó a las puertas de un cine, pagó y entró. Estaba prácticamente vacío, y pasaban una comedia romántica. Se adormeció y de pronto se despertó con el ruido de las noticias, una música sombría y una voz tensa de melodrama. Imagen de un destructor con la proa que apuntaba hacia lo alto y un humo negro que invadía la cubierta. Después, una carrera de coches y un hombre en la línea de meta que agitaba una bandera a cuadros. Valentina. ¿A qué hora llegaba al club? ¿A las ocho? ¿A las nueve? Pensó que llegaría temprano. «Quizá le has gustado», había dicho Marie-Galante en son de broma. Pero las mujeres nunca bromeaban acerca de ese tipo de cosas.

Pensó en ello despreocupadamente. Aquella mujer era oscura y seria, una artista, y era probable que fuera capaz de grandes emociones si se liberaba de sí misma. Pero no lo haría en sus manos. Porque ella nunca iría tras un hombre de esa manera. Nunca. No, eso era otra cosa. ¿Qué era? Ella no sabía prácticamente nada de él, excepto que venía de París y que, en principio, pensaba volver. ¿Era eso lo que había dicho?

Miró su reloj. En la pantalla, dos mujeres hablaban íntimamente en un salón, una de ellas se enjugaba las lágrimas con un pañuelo. Un hombre a punto de entrar, con la mano en el pomo de la puerta, las oía y se quedaba escuchando. ¿Qué oía? Serebin no entendía ni una palabra. Una vez más, miró el reloj. Lo volvería a intentar en una hora; siempre podía ocuparse en algo durante una hora. ¿Y luego qué? ¿Ir al club nocturno? ¿Solo? ¿Para que una cebra lo despeinara? No. Era una tontería y peligroso. Por lo tanto, optaría por la entrada de los actores. Siempre había una entrada para actores, incluso en el Club Tic Tac.

Salió del cine y se encontró con la nieve que cubría de blanco las calles. Dos mujeres se sujetaban mutuamente, dando tímidos pasos en el pavimento resbaladizo. Por lo general, limpiaban las aceras de inmediato. Pero esa noche no. En el otro lado de la calle, Floristi Stefan, una luz en la ventana proyectada sobre las flores. Esperó mientras pasaba un camión del ejército, cruzó la calle y entró en la tienda.

El interior era cálido y fragante, y dos chicas jóvenes vestidas con traje azul dijeron «*Buna seara, domnul*». Una radio sonaba suavemente al otro extremo del mostrador, un cuarteto de cuerdas de Mozart, o quizá de Haydn, nunca podía distinguirlos. Se acercó una de las dependientas para atenderlo y le señaló un cubo alto de rosas rojas de tallo largo. Él le enseñó diez dedos, luego dos, ella convino con un gesto de la cabeza y dijo algo como «Ah, tiene mucha suerte su amiga».

Cortó un trozo de papel dorado de un rollo grande, lo extendió sobre el mostrador y comenzó a hacer un *bouquet*, agregando aquí y allá ramas de pequeñas hojas verdes. De pronto, la música cesó. La segunda dependienta se acercó a la radio y comenzó a mover el dial, pero ahí donde se detenía sólo se oía un zumbido suave y regular. Lo siguió intentando hasta que decidió que el problema era el aparato de radio y dio un fuerte golpe en un lado de la caja. Aquello tampoco funcionó y la chica que preparaba el *bouquet* le habló con tono duro, de modo que la otra dependienta renunció a la radio y volvió al mostrador. Cuando las rosas estuvieron adecuadamente envueltas, el papel doblado con primor sobre sí mismo, Serebin pagó y salió de la tienda.

¿Dónde estaba? La siguiente bocacalle era la *strada* Roma, y pensó que el club quedaría en alguna parte hacia su izquierda, quizá no demasiado lejos. Caminó un rato y de pronto divisó una esquina del Athenée Palace. Inmediatamente cambió de dirección, pero al menos sabía dónde estaba y, un minuto después, encaminaba sus pasos al Club Tic Tac.

Entró en una calle sin farolas y curiosamente silenciosa, como si los sonidos se perdieran en el roce sibilante de la nieve. Sólo había unas pocas tiendas y ya habían cerrado, las contraventanas de madera bajadas y cerradas con candado. En algunos casos, los propietarios habían clavado carteles pintados a mano. Se detuvo a echar una mirada y descubrió que las palabras se parecían al francés. La primera decía *Tienda rumana*. Luego, el portal siguiente, *Propiedad cristiana*.

Llegó al club quince minutos más tarde. No había taxis ni clientes a la vista, sólo el portero generalísimo, las manos juntas por detrás, meciéndose mientras esperaba que la noche comenzara. Serebin pasó junto al club, luego giró a la derecha en la calle siguiente hasta que encontró el callejón que buscaba. A medio camino por el callejón, un triángulo de luz amarilla iluminaba la nieve que caía y una puerta de hierro. La puerta se encontraba en el interior de un pequeño portal y

Serebin lo aprovechó para quitar la nieve de las rosas.

Pocos minutos después vio que un hombre se acercaba deprisa por el callejón, con una mano se sostenía el sombrero por el fuerte viento. Llegó hasta la entrada, suspiró un suave *«Ach»*, como expresión de disgusto por el tiempo, vio las flores y le lanzó a Serebin un guiño de ojo cómplice. Abrió la puerta y dejó salir un penetrante olor a carne asada y ajo. Un instante después, desapareció en el interior.

El siguiente en llegar fue Momo Tsipler y uno de los compañeros de Wienerwald, con un violín enfundado bajo el brazo. Al ver a Serebin con su ramo de flores, Tsipler dijo, en alemán:

—Esta noche será suya. —El violinista rió. Lanzó el cigarrillo al callejón y Tsipler abrió la puerta, manteniéndola así para que Serebin entrara.

—Ahí fuera se congelarán —dijo.

Serebin sacudió la cabeza y sonrió.

Cuando la puerta se cerró a sus espaldas, Valentina apareció hacia el final del callejón. Él dejó la entrada y se encontró con ella a medio camino. Vestía un viejo abrigo de piel y una bufanda de lana a modo de gorro.

—Valentina —la llamó.

Ella le echó un vistazo, y pareció sorprendida cuando se dio cuenta de quién era.

—Oh, es usted.

Serebin le ofreció el ramo de flores.

—¿Qué es esto?

—¿Podemos refugiarnos de la nieve?

El edificio al otro lado del callejón del club tenía una entrada cubierta similar y había justo el espacio suficiente para que se guarecieran los dos.

—Tenía que tener una coartada para esperar aquí —dijo Serebin.

—Oh —dijo Valentina, aliviada, y le cogió las flores—. Me ha sorprendido —añadió—. De todos modos, gracias. Son muy bonitas. —Y continuó—: ¿Qué hace aquí? El recepcionista del hotel me dijo que se habían marchado.

—Así es, pero recibimos su nota.

—Es Gulian —dijo—. Quería verlo.

—¿Para qué?

—Bien, para ofrecer sus servicios.

—¿Para hacer qué?

—Maniu habló con él antes de que tuviera que irse. Cree que usted ha venido para trabajar contra los fascistas. ¿Se equivoca?

—No. ¿Dónde está ahora?

—En casa. Vendrá más tarde, pero usted no debería esperar.

—Puedo esperar.

—No, no lo haga. Algo está pasando. Ha habido un asesinato, hoy, más temprano. Un mayor alemán estaba sentado en un café y un hombre se le ha acercado y le ha disparado. Al hombre lo han detenido, es un ex campeón de boxeo llamado Axiotti.

—¿Por qué lo ha hecho?

—Tal vez una provocación. Es la Legión... No intente entenderlo, pero no se quede en la calle.

—¿Y usted qué hará?

—Tengo que estar aquí. —Lo miró un momento y luego añadió—: Bien, así son las cosas.

—¿Puedo ponerme en contacto con Gulian?

—¿Tiene algo con que escribir?

Serebin le pasó un lápiz. Ella rasgó un trozo de papel dorado del ramo de flores y escribió.

—Le daré los datos de su casa y de su despacho. Pero, por favor, vaya con cuidado.

—¿Por qué hace esto?

—Porque los odia. Desde el treinta y tres, cuando llegó Hitler. Odia lo que le han hecho a los judíos, lo que le han hecho a Europa. Él es así.

Le entregó el trozo de papel. Había escrito dos direcciones y dos números de teléfono. Ningún nombre.

—¿Puede leerlo?

—Sí, creo que sí.

—De acuerdo, muy bien. Vaya con Dios. —Le dio un beso en la mejilla y cruzó el callejón hasta la puerta del club.

◆ ◆ ◆

Serebin tenía que tomar el tranvía número 6 para llegar a su piso. Caminó hacia el norte hasta que encontró un bulevar, luego al este hasta una parada del tranvía, un banco en una isla de cemento en medio de la ancha avenida. Una pequeña muchedumbre de hombres esperaba, impaciente, golpeando el suelo con los pies para mantenerse en calor, mirando hacia el camino a través de la nieve. Se quedó junto a un hombre alto y delgado que sostenía un maletín en una mano y un paraguas en la otra. Un rostro estrecho, ascético y magro. «El profesor», pensó. Tal conjetura quizá se inspiraba en el hecho de que hablaba francés razonablemente bien.

—¿Hace mucho que espera? —preguntó Serebin.

—Casi una hora —contestó el hombre—. Esta noche es más tarde que de costumbre. —Sacó una manzana de su maletín y empezó a comérsela. En alguna parte en la distancia sonó una campana. Una sola vez. Una campana de iglesia, pensó Serebin, un tañido profundo y pesado en el eco que se desvanecía.

—¿Ha oído eso? —le preguntó.

El profesor masticó un rato su manzana, luego tragó, y entonces dijo:

—Perdón. Se llama la Gran Campana Negra.

¿Una campana de iglesia?

—Sí. La Legión ha tomado la iglesia, y cada campanada significa que un legionario ha muerto en combate. —Dio otro mordisco a su manzana—. Es una campana enorme —añadió—, se necesitan veintinueve hombres para tocarla.

Un hombre que esperaba cerca de ellos intervino:

—Seguro que están combatiendo.

—Alguien ha dicho que sí. Esta tarde, en Vacaresti.

—Ya.

—¿Dónde está eso? —preguntó Serebin.

—En el extremo sur de la ciudad —contestó el profesor.

Serebin observó el trazado de las vías y creyó ver un leve destello.

—Ahí viene —dijo alguien.

La luz se volvió más intensa y Serebin oyó el motor.

—Ya era hora.

Al otro lado del bulevar apareció una figura de entre las sombras de los edificios; caminaba rápidamente, casi corría hacia la parada del tranvía. Se detuvo para dejar pasar a un coche, cuyas ruedas se deslizaban patinando sobre la nieve, y luego cruzó la calle. Un hombre de edad, con una espesa barba, con el sombrero de alas anchas y los pantalones ajustados de los judíos ortodoxos. Respiraba con dificultad y tenía la cara blanca. Se detuvo al final de la parada, se llevó la mano al pecho, luego se la miró entrecerrando los ojos, como si hubiera perdido las gafas.

El tranvía se acercó a toda velocidad girando por una curva y haciendo sonar su campana estrepitosamente. Serebin dio un paso atrás para alejarse de las vías cuando pasó a su lado, casi vacío, a pesar de los gritos de indignación y las imprecaciones de la multitud. Y así lo vio desaparecer.

—Quizá venga otro.

Algunos de los hombres comenzaron a irse.

—Lo dudo —dijo el profesor.

—¿Está lejos de su casa?

—Bastante.

Serebin buscó con la mirada al hombre de la barba, pero había desaparecido.

—Supongo que tendremos que caminar —dijo.

Emprendieron juntos la marcha, siguiendo los rieles del tranvía en medio del bulevar.

—¿Dónde vive? —inquirió el profesor.

—Siguiendo esta calle. Más o menos a un kilómetro y medio.

—Mi mujer debe de estar hecha un manojo de nervios —dijo el profesor.

—¿No puede llamarla por teléfono? Quizá, desde un café.

—Ya lo he intentado antes, pero los teléfonos no funcionan.

Siguieron a paso lento y en silencio. La nieve le cubría ya los zapatos y sentía los calcetines mojados y fríos contra la piel. A lo largo de todo el bulevar, la gente volvía caminando a sus casas, ya que, al parecer, los autobuses y tranvías de la ciudad habían dejado de circular. A veces pasaba un coche, lentamente, con el capó y el techo lleno de nieve. La luz ámbar de un café brilló en la oscuridad, pero el dueño estaba cerrando.

—Lo siento, señores —se disculpó.

Una manzana más allá, Serebin se detuvo.

—¿Qué es eso, alguien canta? —Eran voces masculinas, multitud de voces, fuertes y seguras.

El profesor dijo algo que él no oyó, y aceleró el paso y enseguida empezó a correr. Serebin corrió trás él, vio que se dirigía al alero de los edificios. «Dios, qué rápido es.» El profesor corría con pasos largos y la espalda rígida, la nieve le daba en la cara. Llevaba los brazos doblados, sujetando con uno el maletín y con el otro el paraguas, mientras el sombrero se le balanceaba precariamente sobre la cabeza hasta que al fin cayó. Ambos respiraban con dificultad cuando llegaron al muro de ladrillos de un edificio de apartamentos.

—Mi sombrero.

—Déjelo.

Estaba furioso, alcanzaba a ver el sombrero tirado en la calle y apenas consiguió reprimir el impulso de recogerlo.

Al otro lado del bulevar, unos cincuenta o sesenta hombres marchaban en formación con los fusiles en bandolera. Cantaban bien, pensó Serebin, les gustaba cantar y no eran malos.

La canción se apagó. La reemplazó el ruido de un motor pesado y de cadenas que chocaban contra el pavimento. La reacción fue inmediata, frenética, y el pánico se transformó en caos. «Los hombres del Coro de los Guardias de Hierro corren por sus vidas», pensó, divertido, Serebin. Los soldados rompieron filas y huyeron hacia una calle estrecha que daba al bulevar. Pero no lo bastante rápido. El tanque se detuvo de golpe y la torreta giró mientras el cañón seguía las sombras que corrían en la oscuridad.

—Dios mío —murmuró el profesor. Serebin se aplastó contra la nieve. Una llamarada iluminó la calle y el sonido apagado se volvió más sordo cuando reverberó hacia ellos por los lados de los edificios.

—¡Agáchese! —gritó Serebin.

El profesor no estaba tan seguro. Llevaba un abrigo de tweed de buena calidad. Sería una catástrofe estropearlo. Como concesión, descansó con una rodilla en el suelo y dejó el maletín junto a él.

Vieron a contraluz que la puerta de la parte superior de la torreta se abría de golpe; un hombre detrás de una ametralladora comenzó entonces a barrer la calle con ráfagas, mientras el cañón lanzaba llamaradas intermitentes con cada descarga. La bala de cañón había hecho poco, sólo destrozar una pared poco afortunada, pero ahora los legionarios sí que tenían problemas y los fogonazos de los fusiles lanzaron destellos desde los portales. Serebin lo oyó al tiempo que sentía cómo el aire se rasgaba como una tela por encima de su cabeza, y tuvo que hundirse en la nieve cuando una astilla de ladrillo le dio en el cuello y rebotó.

De pronto la ametralladora calló. Serebin miró y sólo vio oscuridad por encima de la puerta abierta de la torreta. El cañón volvió a disparar una y otra vez a la derecha y a la izquierda, y los vidrios rotos cayeron en cascada desde las ventanas, hasta que en una tienda comenzó a brillar un fulgor anaranjado.

El fuego de los fusiles de los legionarios menguó y luego cesó del todo. Serebin consiguió girarse para mirar al profesor. Estaba tendido de espaldas, una pierna doblada sobre sí misma. Se deslizó para acercarse, pero no había nada que hacer. El hombre tenía un agujero sanguinolento por debajo de un ojo, mientras el otro miraba fijo hacia la nieve arrastrada por el viento.

«¿Por qué no te has tirado al suelo?»

Serebin oyó que el tanque bajaba por el bulevar y, muy despacio, se incorporó. El brazo del hombre se había sacudido violentamente al recibir el impacto y el maletín, abierto, yacía ahora tirado en el suelo. En el interior, sólo había un periódico.

Durante toda la noche la campana negra tañó mientras Serebin cruzaba la ciudad y el olor del fuego se volvía cada vez más intenso con el paso de las horas. En algún momento las sirenas antiaéreas se apagaron, y luego sonaron intermitentes durante una hora. Caminó la mayor parte del tiempo, a veces corrió y se arrastró cuando se vio obligado a hacerlo. Entonces, llegó hasta una calle y vio la compañía de teléfonos de doce plantas, situada frente a un edificio de apartamentos de ocho pisos, el primero ocupado por la Legión, el segundo por el ejército y la policía. En medio, los cuerpos de tres legionarios que habían intentado tomar las posiciones del ejército. Esperó mientras ellos combatían, intercambiando el fuego de ventana a ventana, y las balas rebotaban y salían silbando hacia la noche. Luego dio la vuelta por un parque donde dos soldados llevaban a un tercero a un taxi con una cruz roja pintada en un lado. No estaba solo, vio a otras personas atrapadas en medio de la tormenta, agachadas, corriendo de un refugio a otro e intentando llegar a casa.

No hubo amanecer. La calle simplemente se volvió gris, bajo el cielo cargado con nubes de invierno. Se encontró en una gran plaza, la *piata* Obor, no lejos de su apartamento. Pensó en cruzar, y luego lo pensó mejor y se deslizó por debajo de un coche. La plaza estaba tomada por hombres que llevaban los brazaletes verdes de la Legión. Tenían un Ford modelo A con una ametralladora montada sobre un trípode y habían construido una barricada con los coches y autobuses volcados, con armarios, mesas y camas, en un lado de la plaza. Dos hombres estaban sentados en un sofá rojo.

¿Por dónde intentarlo? «Da la vuelta, prueba otra calle.» Estaba al borde de sus fuerzas, tenso, agotado, empapado y congelado. Tuvo que esperar un minuto para recuperar energías.

Antes de que saliera, la barricada fue arrasada por un enorme tanque con una cruz gamada en el lado. Al tanque le seguía un vehículo blindado, con el comandante de pie detrás del chófer, con los binoculares colgándole por encima del abrigo de cuero. Levantó el brazo y lo agitó hacia delante, hasta que una unidad motorizada de la Wehrmacht tomó la plaza y bloqueó todas las calles excepto una.

Los legionarios pensaron que los alemanes habían venido a ayudarlos y gritaban «¡*Sieg Heil*!», «¡*Heil Hitler*!» y «¡*Duce, Duce*!», pero los alemanes no respondieron. Cuando la plaza estuvo totalmente controlada, el comandante gritó una orden y, después de unos momentos de pesado silencio, la Legión comenzó a abandonar el lugar, caminando a paso lento por la calle libre.

Cuando Serebin finalmente abrió la puerta de su apartamento encontró a la propietaria sentada y vestida con una bata. La mujer se levantó de un salto, se llevó una mano al corazón, le abrazó y lloró. En cuanto se puso ropa seca, ella le contó las noticias. Los de la Legión se habían apoderado de la ciudad durante la noche, habían asesinado a cientos de judíos en el matadero de Straulesti y en el bosque de Jilava y saqueado y quemado el barrio judío. Luego, al amanecer, las tropas de Antonescu, apoyadas por unidades alemanas, los habían derrotado, habían vuelto a tomar la emisora de radio, el palacio y la estación de ferrocarril, todo Bucarest.

—Todo ha terminado —dijo—. La Legión está acabada. Me cuesta creer mis propias palabras, pero, al menos por esta noche, gracias a Dios por Adolf Hitler.

La noche del 22 de enero Serebin abordó un tren a Giurgiu y cruzó el Danubio hacia Bulgaria.

La orquesta de Polanyi

En Bulgaria llamaban a Rusia tío Iván, y era el tío favorito, porque había rescatado a las almas eslavas del demonio otomano en 1878, y eso nunca lo habían olvidado. De modo que al llegar al puerto búlgaro de Ruse, el periodista francés que había subido al transbordador en el Danubio rumano, se convirtió en el emigrado ruso I. A. Serebin, que, mirando con evidente desagrado hacia la orilla que dejaban atrás, recibió de parte del agente de aduanas una fraternal palmada en la espalda.

Estaban encantados de verlo en el puesto fronterizo, donde habían recibido un flujo incesante de refugiados rumanos toda la noche y no sabían realmente qué hacer con ellos.

—¿Escritor? —dijo el oficial, mirando sus papeles—. Debería ir a Svistov.

Según le explicaron, había un museo dedicado a la memoria de Konstantinov, el poeta asesinado, con su corazón herido expuesto en una caja de cristal.

—Se sentirá inspirado —le dijeron.

No había dónde conseguir una habitación en toda Ruse, pero tratándose de uno de los muchachos perdidos del tío Iván, en un hotel cercano le procuraron un plato de sopa, una manta del ejército y una cama en el vestíbulo, donde fue protegido toda la noche por el perro del hotel. A la mañana siguiente envió un telegrama a Helikon Trading y recibió su respuesta en la oficina de Correos hacia el final del día. «Llegada estación central de Edirne 17:25 24 de enero.»

Serebin pasó un largo día de viaje en los ferrocarriles búlgaros; cruzó hacia Turquía, se paseó por Edirne durante una hora y entró en la sala de espera de la estación justo después de las cinco, donde Ibrahim, el ayudante de Polanyi, lo encontró y lo llevó a un hotel caravasar cerca de la Antigua Mezquita. Polanyi se había encargado de hacerle las cosas agradables al guerrero que volvía. Había una chimenea con una rica hoguera, un plato de comida, pan de centeno y una botella de vodka polaco. Serebin quedó sorprendido por la profunda gratitud que sentía.

—Bienvenido a casa —dijo Polanyi—. ¿Ha sido muy duro?

Bastante. Serebin describió las horas vividas en Bucarest. Polanyi escuchaba atentamente y, de vez en cuando, tomaba notas.

—No me sorprende —dijo levantándose para poner un tronco en el fuego—. Pensábamos que apoyarían a Antonescu. Es la política alemana elemental, así lo han dicho con suficiente frecuencia. «Paz y orden en la zona de materias primas.» Lo que quieren es estabilidad, y les importa un comino la política en Rumania; para ellos es una comedia, una farsa. Quieren el petróleo y el trigo, ya te puedes olvidar de la ideología. Y nada de aventuras balcánicas.

—Tienen un gran despliegue de material de guerra —dijo Serebin—. Tanques, coches blindados, de todo.

—Y habrá más a medida que se preparen para atacar Rusia.

—¿Eso harán?

—Exactamente. Y pronto. Lo más seguro, después del deshielo de primavera.

La predicción no era nueva. Un giro en la conversación sobre la guerra en Polonia desde 1939 bastaba para que, llegado el momento, Serebin viera siempre las mismas imágenes. Mil aldeas ucranianas, *shtetls*, campesinos descalzos y sin nada que llevarse a la boca, absolutamente nada. Y *entonces* llegaban los soldados, como había llegado él, y *entonces* las chozas y los establos eran incendiados y los animales morían. A Polanyi sólo le pudo decir:

—Pobre Rusia.

—Sí —contestó éste—, ya lo sé. Pero las divisiones se están desplazando hacia el este, en Polonia, y no tardarán en hacer lo mismo en Rumania. Bulgaria acabará aliándose con Hitler —o al menos lo hará el zar Boris—, y éste ya tiene a Hungría, como nadie la podrá tener jamás, incluyendo a los húngaros. Inglaterra se ha ofrecido a enviar tropas a Grecia, pero las han rechazado. Por el momento. Ahora mismo creen que pueden perseguir al ejército italiano de vuelta hasta Roma, pero Hitler no lo permitirá. Hacia la primavera, verás la cruz gamada ondeando en la Acrópolis y el sur de Europa estará esencialmente asegurado.

—Con la excepción de Yugoslavia.

—Una espina en su costado. Y los serbios nunca se rinden fácilmente.

—¿Qué hará, invadirla?

—Bien, seguro que no se infiltrará. Es más probable un golpe de Estado.

Polanyi se reclinó en su silla y se tomó tiempo para encender un cigarro.

—Dime, Ilya, ¿cómo propones detener el flujo de petróleo a Alemania y conseguir que esta maldita guerra acabe? —preguntó. El tono de diversión en su voz no era nada sutil (si uno estaba atrapado en una causa perdida que no podía abandonar, era preferible conservar el sentido del humor).

—Volar el río —dijo Serebin—. O bloquearlo.

—¿Cómo?

—No como lo hicieron los ingleses en el treinta y nueve.

—¿Lo cual significa?

—Nada de comandos.

—Entonces, ¿qué?

—Un accidente creíble.

—Diez días. Quizá dos semanas.

—Y luego otro.

—Sí, si no puedes atacar los yacimientos petrolíferos, sólo te queda el sistema de transporte. Todos estamos de acuerdo en eso.

—¿Y Capdevilla?

—Todos. Mis últimos dos agentes deberían salir durante el fin de semana.

—¿Cuántos había?

—Ilya, por favor.

Serebin rió.

—Lo siento —dijo—. No tiene por qué ser para siempre, ¿no?

—No. No tenemos que ganar, tenemos que jugar. Obligarle a ra-lentizar el ritmo con un problema inevitable con el abastecimiento. Hacerle pensar en sus preparativos, en su invasión de Rusia, esperar a Estados Unidos, o quizá confiar en que se atragante con una coli-flor.

Durante un momento observaron el fuego.

—¿Quién podría haber imaginado —dijo Polanyi— que el hom-bre que se proponía arrasar el mundo era vegetariano?

—Necesitaremos gente en Rumania —dijo Serebin.

—Los tenemos. Justo los necesarios, pero los tenemos.

Serebin no lo creía.

—No fallamos en Bucarest —dijo Polanyi—, no del todo.

Pidieron el almuerzo en la habitación. Polanyi y Serebin dieron vuel-tas y vueltas al asunto, qué y cómo y cuándo y, finalmente, otra vez el qué. Ninguna conclusión final (habría que consultar a los dioses del Olimpo), pero siguieron numerosas pistas falsas hasta el final. *Lo que no se puede hacer*, tediosa épica, escrita aquel día en forma de notas por el conde Janos Polanyi. Al final, para Serebin, una tarea en París, gracias a Dios y, finalmente, regalos de despedida. Cigarrillos Sobra-nie de los Balcanes, higos en almíbar de Balabukhi (los mismos que había regalado a Tamara) y, para el largo viaje hacia el oeste, una co-pia de *Un héroe de nuestro tiempo*, de Lermontov.

¿Acaso era una elección sabia?, se preguntaba Serebin, ¿o era el único libro ruso en la tienda? Quizá fuera sabia, pensó, cuando el tren partió traqueteando hacia Sofía. A Lermontov lo habían margi-nado de los húsares de la guardia después de escribir un poema que atacaba a la oligarquía rusa en la muerte de Pushkin, y se exilió en el Cáucaso como oficial regular del ejército. Allí, recibió una mención por su valor en 1837, pero el zar le negó la medalla. Al final, murió en un duelo, tan insensato como cualquier otro en la historia de la lite-ratura, a la edad de veintiséis años. Una vida desordenada, en sus de-talles nada parecida a la de Serebin, pero bastante caótica.

—¿Viviste mucho tiempo en Chechenia?

—Estuve allí unos diez años con mi compañía en un fuerte cerca de Kamenny Brod. ¿Lo conoces?

—He oído hablar de él.

—Ay, esos miserables nos hicieron sufrir. Ahora están más tranquilos, gracias a Dios, pero en cuanto te alejabas cien metros del fuerte siempre había algún energúmeno greñudo que te esperaba, y no alcanzabas ni a pestañear y, sin darte cuenta, ya tenías una soga en torno al cuello o una bala en la cabeza. ¡Eran unos tipos excelentes!

Alzó la mirada para ver a una niña con una cesta en la mano que esperaba a que el tren pasara. Aparte de cualquier otra verdad, Polanyi había escogido un libro que habían leído todos los rusos, pero que todos los rusos volvían a leer con gusto. Y, cuando llegaron a Subotica, en Yugoslavia, los higos de Balabukhi fueron más que bienvenidos por Serebin y sus compañeros de viaje, puesto que no había prácticamente nada para comer en la cafetería de la estación donde se detuvo el tren.

28 de enero. En Estambul, Janos Polanyi estaba sentado a una mesa en el segundo piso de un *lokanta* del puerto llamado Karim Bey. Bebió una copa de *raki* mientras esperaba; hacía un buen rato que miraba a unos estibadores turcos que subían a duras penas por la escalerilla de un barco, cargados con enormes sacos de arpillera. No se sentía del todo satisfecho por estar ahí, y no esperaba gran cosa de la comida con *mister* Brown, el gordinflón de habla pausada con su eterna pipa. Su pipa exasperante, aquel trasto que utilizaba para alargar sus silenciosas pausas hasta incómodos intervalos donde la desaprobación se respiraba en el ambiente junto con el humo aromático. Polanyi desplegó su servilleta y volvió a plegarla. Se sentía tenso e inquieto, y eso no le gustaba. Lo que tenía que ofrecer a *mister* Brown era lo mejor que podía ofrecerse, pero él temía, más bien esperaba, la reacción habitual: un silencio frío, tolerante, salpicado de desprecio. Por quien era, por lo que hacía y por

la calidad de sus propuestas. Desde luego, por posición social estaba por debajo de él: un aristócrata de una familia de mil años no tiene que preocuparse de los *mister* Brown que hay por el mundo. Sin embargo, en las tareas de inteligencia aquel desprecio podía ser mortal.

Polanyi siempre había sospechado que *mister* Brown era aficionado al ajedrez. Que veía un mundo de peones y alfiles y reyes impotentes. Sin embargo, las personas que ejecutaban lo que Polanyi les pedía no eran peones. Eran personas vivas, Serebin, Capdevilla y Marie-Galante y los demás, y él tenía la intención de que siguieran vivas. Pensaba que para *mister* Brown sería preferible conseguir que Polany suprimiera ese instinto y sacrificara el peón de rigor para obtener una posición más ventajosa en el tablero.

Polanyi estaba a punto de enfadarse de verdad cuando *mister* Brown se acercó a la mesa. Afortunadamente para todos, quizá, no estaba solo.

—Le presento a *mister* Stephens —dijo.

Polanyi se incorporó y cuando le estrechó la mano dijo:

—Julian Stephens.

¡Un nombre de pila! Aquello era un ajuste menor en la presentación, pero implicaba un cambio de estilo, un cambio de actitud, y el ánimo de Polanyi mejoró. Stephens se adueñó inmediatamente del escenario. Se alegraba de conocerlo, había oído hablar muy bien de él, estaba ansioso por colaborar, Estambul era una ciudad extraordinaria, ¿no cree? Y seguía, y seguía. Conversación social. Sin embargo, a medida que el hombre hablaba, Polanyi comenzó a entender quién era.

Un hombre de cierta profundidad, y de cierta crueldad. No, no del todo, más bien con cierta capacidad de crueldad. Tendría unos treinta y cinco años, unos treinta y cinco años infantiles, el rostro pálido, labios delgados y pelo lacio y pajizo, corto por encima de las orejas y peinado hacia atrás desde una raya al lado. Había algo en su actitud que le recordó a Polanyi una historia oída hacía mucho tiempo, relacionada con las salvajes lides intelectuales que tenían lugar en las buenas mesas de Oxford. Nadie pedía clemencia y nadie la otorgaba, se fabricaba o se arruinaba una reputación en un mundo donde la reputación lo era todo. ¿Quizás él mismo, de hecho, venía de la universidad? En realidad, no había manera de saberlo. Derecho, o banca o comercio, las posibilidades eran infinitas, pero fuera como fuese aquel hombre había estado en las guerras y, según intuyó Polanyi, las había ganado.

—Creo que ustedes dos se llevarán estupendamente —dijo *mister* Brown.

—Yo diría que sí —convino Polanyi.

—Lo que hemos hecho —dijo *mister* Brown—, es crear un tipo de oficina nueva y diferente. Bajo la dirección del propio primer ministro, debería agregar. Una oficina que se especializará en operaciones destinadas a dañar la industria del enemigo, sobre todo la industria relacionada con la guerra, sus transportes y comunicaciones.

—Una oficina de sabotaje —comentó Polanyi.

—Sí —dijo Stephens—. Con el apoyo técnico que le permita funcionar.

Polanyi asintió con un gesto de la cabeza. Era una buena idea, si realmente pensaban llevarla a cabo.

—¿En los Balcanes?

—En todas partes —dijo Stephens—. En los países ocupados.

—De modo que a Suiza la dejarán tranquila.

—Por el momento —añadió Stephens, con una ligera sonrisa—.

—Y mi oficina seguirá como siempre —dijo *mister* Brown—. Pero tratará únicamente cuestiones de inteligencia. En ese sentido, puede que usted y yo volvamos a trabajar juntos pero, por ahora, *mister* Stephens es su hombre.

Mister Brown se incorporó y tendió la mano a Polanyi.

—Les dejaré para que puedan comenzar —dijo. Su actitud era amigable, pero Polanyi no estaba convencido. Cualquiera que fuese la naturaleza de aquello, *mister* Brown se lo había tomado como una derrota. En alguna parte, en algún despacho lejano en la tierra verde y apacible se había producido una guerra de reuniones y memorandos y el bando de *mister* Brown había perdido.

Stephens observó a su colega que se marchaba.

—Bien, aquí estamos —dijo—. Será mejor que le diga inmediatamente que soy nuevo en esto, en este tipo de cosas. Supongo que lo sabe. Pero puedo aprender rápidamente, y los de Londres me dejarán hacer casi todo lo que quiera. Al menos por ahora, de modo que convendrá aprovechar la luna de miel, ¿no le parece? —Abrió el menú y le lanzó una mirada—. Supongo que deberíamos pedir la comida.

—Supongo que sí.

Stephens miró el menú y lo plegó.

—No tengo ni la menor idea de lo que son estas cosas. ¿Sería tan amable de pedir por mí? Nada demasiado fantasioso, si no le importa.

—Quizás una copa, para empezar.

—Ya lo creo. ¿Que está tomando?

—Raki.

—¿Es muy fuerte?

—Sí.

—Estupendo.

Polanyi llamó al camarero, que esperaba ocioso en un rincón.

—¿Y luego, cordero?

—Sí, cordero me parece bien —dijo Stephens. Cerró el menú y lo dejó a un lado. Acto seguido, cogió una pluma y una libreta pequeña de su bolsillo, quitó la tapa de la pluma y abrió la libreta en una página en blanco—. Bien —siguió diciendo—, viniendo hacia aquí he tenido una idea.

Una tarde tranquila de enero. El tiempo en París se había vuelto más sensato en los últimos días, nuboso, teñido de una suavidad gris. Era uno de los climas predilectos de la ciudad, aquella tristeza que favorecía los encuentros amorosos, las divagaciones y los pequeños placeres. En el fondo, París era una ciudad del sur, una ciudad latina cuyos habitantes estaban obligados a vivir en el norte, entre ingleses y alemanes, almas enérgicas que amaban la luz del sol y las mañanas despejadas. Bien, todos eran bienvenidos. Los verdaderos parisienses, y Serebin era uno de ellos, se despertaban alegres ante los amaneceres húmedos, incluso en una ciudad ocupada, con la creencia de que todo era posible.

En una calle estrecha cerca de la plaza de la Bastilla, la elegante brasería Heininger, cerrada los lunes, y su clientela roja y dorada se perdía en la oscuridad, sus elegantes camareros se quedaban en casa con sus mujeres y sus gloriosas bandejas de *langouste* y salchicha no eran más que recuerdos aromáticos en el aire inmóvil. Frente a la tristemente célebre mesa catorce, un agujero de bala en un espejo se conservaba como homenaje a un camarero búlgaro asesinado en el lavabo de las damas, y las sillas estaban inclinadas hacia delante con el respaldo apoyado en la mesa. Todo se hallaba en silencio esperando el martes.

Pero no todo. Algo se movía en la cocina. Gracias a algún *droit* de *chef* vagamente definido, el talentoso pero atronador Zubotnik servía la comida del lunes, un banquete elaborado con las sobras, para sus amigos emigrantes. Zubotnik realmente nunca había lanzado su cuchillo de cocina a nadie, aunque lo blandía con temible frecuencia mientras vociferaba en seis lenguas diferentes. Había sido el amo de la cocina del restaurante Aquarium, en San Petersburgo, y llegado a París en 1917. Lo contrataron como segundo chef durante un mes, hasta que el chef titular se largó a Lyon tras exclamar, mientras salía por la puerta: «¡No hay ser humano que pueda teñirse de ese color!», y Zubotnik aceptó substituirlo después de un suculento aumento de sueldo. Papa Heininger había lamentado esa decisión durante veintitrés años, pero Zubotnik era un genio y no había nada que hacer.

Serebin asistía a la fiesta del lunes siempre que podía. Desde la infancia, sentía pasión por las *delicatessen* de las sobras. La comida mejoraba de un día para otro y sabía incluso mejor cuando se comía en la cocina en lugar del comedor.

—Hey, tú —dijo Zubotnik desde su barba blanca—. Sírvete un poco de esto.

Serebin cortó cuidadosamente una tajada de ternera de Wellington, la costra aún crujiente después de una noche en la nevera. Añadió una cucharada de la genial mostaza de Zubotnik y pensó en una segunda, hasta que éste gruñó:

—No mates el sabor, Serebin. Y ofrécele un poco de *mousse* a Anya.

—Gracias, pero no quiero, Ivan Ivanovich —dijo Anya.

—Tú haz lo que te digo —le dijo Zubotnik a Serebin.

—Sólo un poco —insistió Serebin, pidiendo clemencia. La *mousse* de salmón había sido cuajada en un molde con forma de pez y le sirvió una de las aletas.

—Ya que estás en esta tarea... —dijo Ulzhen, y acercó su plato.

Estaban todos sentados a la larga mesa de madera de la cocina. Serebin, Boris Ulzhen, la poetisa Anya Zak, el taxista Klimov y Claudette, su amiga franco-rusa, y Solovy, el ladrón.

Serebin se sirvió una copa de vino tinto de la gran garrafa. Había diferentes marcas y cosechas en aquel recipiente, mezcladas al azar de botellas que los clientes de la noche del domingo no habían acabado. Zubotnik y sus amigos podían comer lo que quisieran durante las comidas del lunes, pero Papa Heininger se llevaba la mano al corazón alarmado cuando Zubotnik visitaba las bodegas. Por eso, sabiendo que la vida sería más fácil si el propietario seguía vivo, el chef había renunciado al sótano.

—¡Por el Zubotnik del cuarenta y uno! —brindó Klimov, alzando su copa.

—¡*Na zdorov'ye!*

—¡*Na zdorov'ye!*

—Ilya Alexandrovich —dijo Anya Zak—, por favor, sigue con tu relato. —Esperó atentamente, y con sus ojos brillantes y miopes lo observó a través de viejos anteojos. Solovy comenzó a liar un cigarrillo con largas hebras de tabaco que sacaba de una bolsa de tela.

—Entonces —dijo Serebin—, llegamos a Bryansk al amanecer. Supimos que los hombres de Makhno habían ocupado la ciudad, pero no oíamos nada. Esa gente siempre fue ruidosa, con o sin peleas de por medio, entre los gritos de las mujeres y los disparos de las armas y las grandes carcajadas. Pero ahora la ciudad estaba muy tranquila. Las casas quemadas todavía echaban un poco de humo, y poca cosa más. «Vaya con un escuadrón», dijo el capitán, y «averigüe qué está pasando». De modo que partimos, valiéndonos de cualquier cosa que encontráramos para cubrirnos, esperando la acción de los francotiradores. Pero no pasó nada. Vimos que los saqueadores habían pasado por ahí porque habían tirado lo que no les servía por la calle. Ropa, juguetes y cacerolas, hasta un cuadro partido por la mitad. Y luego vimos un chivo, que se acercó a nosotros, como si nada pasara, y nos miró con aquellos ojos raros, simplemente ocupado de sus asuntos, hasta que alguien vino y le puso una cuerda al cuello. Este chivo tiene algo raro, pensé, miré más de cerca y vi un trozo de papel amarillo que le colgaba de la boca, y alcancé a leer unas palabras impresas, *Genio* y *disipación*. Mi sargento lo vio al mismo tiempo que yo y los dos empezamos a reír, tanto que no podíamos parar. Habíamos combatido durante treinta y seis horas y estábamos un poco locos, es así como acaba uno. El sargento tuvo que sentarse en la calle, las lágrimas le corrían por la cara. Todo esto hizo que el chivo se sintiera incómodo y decidiera acabar con el bocado, hasta que *Genio* y *disipación* desapareció en su boca mientras él masticaba.

—Uno de los hombres gritó desde un portal. «¿Qué diablos os pasa?» Pero nosotros no podíamos contestar. Quiero decir, ¿cómo le explicabas algo así? Y la verdad es que no lo entendíamos en ese momento, por lo menos pasarían otros treinta minutos. Claro, cuando avanzamos hacia el centro de la ciudad vimos los carteles. Estaban pegados en la pared de un teatro con cola de harina, algo que les gusta a los chivos. Los carteles anunciaban la actuación de Orlenev, que volvía a Bryansk en el papel del actor inglés Edmund Kean, en la obra titulada *Kean, o Genio* y *disipación*.

Solovy soltó una risa gutural, pero fue el único.

—Bryansk fue lo peor —dijo Ulzhen.

—Berdichev —dijo Zubotnik. Cortó un trozo de *baguette,* añadió un poco de salmón ahumado, lo regó con aceite y se lo pasó a Claudette.

—Aun así —le dijo ésta a Serebin—, echas en falta tu sufrida Rusia.

—A veces.

—Todos pasaron por Berdichev —dijo Klimov—. Fue tomada y vuelta a tomar veintisiete veces. La banda de Makhno, la banda de Petlyura, los seguidores de Tutnik. «Y», solían decir, «el noveno regimiento de nadie».

—Te acuerdas de todo —dijo Solovy.

—Me acuerdo —dijo Klimov—. Utilizaban los chales rituales de los judíos en las sillas de montar.

Claudette comía el salmón con cuchillo y tenedor. Serebin sirvió vino a Ulzhen y a Anya Zak.

—Muchas gracias —dijo ella.

—La *Cosecha* de invierno fue un gran éxito —le explicó Ulzhen a Serebin—. Quería decírtelo, pero no te hemos visto por aquí.

—Sí, muy buena —confirmó Solovy.

—El cuento de Babel, para empezar —intervino Ulzhen—. Todos hablaban de él. Eso, y el poema de Kacherin a su madre.

—No puede ser —dijo Serebin—. Estás de broma.

—En absoluto.

—Tenía sentimiento —añadió Zubotnik—. Verdadero sentimiento, sinceridad. ¿Qué hay de malo en eso? ¿Acaso no tuviste madre?

—Así que ahora —concluyó Ulzhen—, sólo tienes que preocuparte del número de primavera.

—En ese número tendremos a Anya Zak —anunció Serebin. Sabía que no era verdad. Zak publicaba sólo en las mejores revistas literarias, y jamás, *jamás* entregaría su material a una revista como *Cosecha*.

—¿Es verdad? —preguntó Zubotnik. Era uno de los que donaba dinero a la URI.

Anya le lanzó una mirada disimulada a Serebin, que no expresaba precisamente agradecimiento. «¿Cómo has podido?»

—Me gustaría tener algo —se lamentó—, he estado trabajando en una obra larga durante semanas, todo el invierno, pero, ya veremos, quizá, si logro terminarla...

—Desde luego, nos sentiríamos honrados —dijo Ulzhen, enfatizando el *desde luego*.

—Deberías probar el salmón, Tolya —dijo Claudette a Klimov.

—Mmm —dijo Zubotnik. Cortó más pan y salmón y lo pasó a los demás.

Ulzhen dejó su servilleta sobre la mesa y dijo:

—Perdonadme un momento. —Al levantarse, cruzó una mirada con Serebin, que decía: «Ven conmigo».

Éste lo siguió desde la cocina hasta el bar, en el límite del restaurante a oscuras, y luego al lavabo de los hombres. Ulzhen buscó el interruptor en la pared pero no dio con él.

—Te sujetaré la puerta —dijo Serebin.

—No importa.

Serebin mantuvo la puerta entreabierta mientras Ulzhen se dirigía al urinario.

—Ilya Alexandrovich —dijo, y su voz retumbó levemente en la pared de baldosas—, necesitamos tu ayuda. —Al terminar, comenzó a abrocharse la bragueta.

—De acuerdo —respondió Serebin.

—Es un comité —dijo Ulzhen. Se dirigió al lavabo y abrió el grifo—. Sólo somos cuatro. —Mencionó a dos personas que Serebin apenas conocía, la viuda de un industrial alemán, muy rica, que había ido a vivir a París hacía años, y un hombre mayor, delgado y serio, y que rara vez hablaba con la gente. Para Serebin, aquello no tenía ningún sentido.

—¿Un comité?

—Ella tiene el dinero —dijo Ulzhen—. Y él era oficial de inteligencia militar.

—¿Qué hacía?

—Para nuestros judíos, Ilya. —Se lavó las manos y comenzó a secárselas con una toalla que sacó de un montón sobre la mesa del encargado—. El ochenta y nueve por ciento de nuestros miembros, por lo que hemos calculado. Y sus familias, un número que ni conocemos. Pero hemos decidido sacarlos, si quieren salir. Primero a la zona no ocupada, a la zona de Vichy, en el sur, y luego a Niza. Aún hay barcos que admiten pasajeros, les daremos documentos y todo el dinero que podamos conseguir. Sabemos que podemos llevarlos hasta España, al menos hasta allí, y después, quizás, a América del Sur. Como ves, es un comité muy discreto.

—Y secreto.

—Sí.

Serebin se sintió enfermo. Tenía que ir a Marsella dentro de dos días, y luego sólo Dios sabía adónde. Oyó risas desde la cocina.

—¿Por qué yo? —Aquella frase detestable salió de su boca antes de que pudiera evitarlo.

—¿Por qué tú? —Ulzhen lo había oído claramente—. Porque tú sabes cumplir, Ilya. Porque el hecho de que puedas cuidar de ti mismo significa que puedes cuidar de personas que son incapaces de hacer lo mismo y, sobre todo, porque yo te quiero ahí conmigo.

—Boris —dijo.

¿Hablar? ¿No hablar? Las excusas fluían de su boca como el agua, esta o aquella mentira, cada una peor que la anterior.

—¿Sí? ¿Qué dices? —Ulzhen dejó la toalla en un cesto junto a la mesa.

—No puedo.

—Desde luego que puedes.

En aquel momento no podía decir nada más.

—¿De qué se trata, estas metido en algún negocio con Ivan Kostyka? ¿Es eso? ¿De pronto te has lanzado a buscar dinero?

Serebin no contestó.

—Escucha, todo esto tiene que ver con Polonia, no tengo por qué contarte lo que pasa, y viene en esta dirección. No hay nada de malo con los torneos de ajedrez y las revistas literarias, Ilya, pero somos responsables de esta gente. Han venido a verme a mí, están pidiendo ayuda. ¿Qué tengo que decirles? ¿Que estás ocupado?

—Boris, tengo que dedicarme a otra cosa. Estoy en otra cosa. ¡Por el amor de Dios¡, no me hagas decir nada más.

—¿Ah, sí? —Ahora se paseaba de un lado a otro. ¿Sinceridad o cobardía?

—Sí.

—Júramelo.

—Te lo juro. Por lo que más quieras. ¡Por favor¡ Entiéndeme, mientras esté en París, haré lo que quieras. Pero no puedo prometer estar en tal o cual lugar en tal o cual momento. Y, en lo que tú me propones, eso es lo más importante.

Ulzhen respiró profundo y luego espiró. Significaba hacer una concesión a la decepción y a la traición. Aquella traición se debía a alguna razón noble, fantasmal, más allá de toda explicación, y no importaba.

—¿Cómo ha sucedido esto? —preguntó Ulzhen, la derrota palpable en su voz.

—Me he comprometido —dijo Serebin.

Ulzhen quiso discutir, y se lo pensó dos veces.

—Bien, tienes que hacer lo que piensas que es correcto —sentenció.

—Ya lo sé. —De algún modo, deseaba zanjar la brecha que se había abierto entre ellos, pero lo único que atinó a decir fue—: Lo siento, Boris.

Ulzhen se encogió de hombros. Así era la vida.

Eran casi las cinco cuando se despidieron. Klimov, Claudette, Serebin y Anya Zak caminaron juntos un rato y luego se separaron en la *rue* de Turenne, donde Anya Zak se dirigió hacia el undécimo *Arrondissement*; Serebin la acompañó. En una calle que le recordó los barrios de las ciudades rusas, viejos, pobres y silenciosos, Anya Zak tenía alquilada una habitación encima del taller de un sastre.

—No es gran cosa —confesó—, pero puedes subir si quieres.

Y así lo hizo. Se sentía muy solo y no le agradaba la idea de volver al Winchester para seguir igual.

Era una habitación pequeña, y estaba repleta de cosas que a ella le gustaban y que le otorgaban una cierta calidez al ambiente. Una pecera llena de conchas de mejillones en un baúl patas arriba, carteles de Bal Musette y siluetas victorianas. Y libros por todas partes, un vaso de algas secas, un león de cobre.

Hablaron de banalidades durante un rato y luego ella le leyó un poema.

—Aún no tiene título —dijo—. Para mí eso siempre es difícil.

Se acomodó en el rincón de un sillón, recogió sus pies por debajo de su ancho vestido y leyó la hoja que sostenía en una mano, con un Sobranie en la otra, el humo azul subiendo en volutas en la habitación mal ventilada. El poema era intrincado, trataba de un amante, versos más o menos sencillos, declarativos y opacos. Anya Zak había sido, en algún momento, en alguna parte, una presa fácil. ¿Aún lo era? ¿No le importaba? «Pero el corazón era ciego ese verano», recitó ella, aspiró el cigarrillo y pronunció el siguiente verso entre bocanadas de humo. Perderse en una sala llena de gente, en una tormenta, un sueño, una tienda. Tenía el pelo largo y oscuro, con unas pocas canas plateadas que le enmarcaba la cara; mientras leía, intentaba sujetarse el pelo detrás de la oreja, sin conseguirlo. Al terminar, alzó la mirada hacia él y dijo:

—Es horrible, ¿no te parece?

—No, en absoluto.

—Es un poco horrible, reconócelo. Nuestro yo íntimo, ya lo sabes, es así.

Tenía los hombros estrechos y era delgada por arriba y ancha por abajo, piernas gruesas. En el alféizar de la ventana, junto a la cama, una vela a medio quemar, su cera congelada en un platillo.

—Me estás mirando —dijo ella.

—Es verdad —contestó él, y sonrió.

—Cuéntame, ¿estás trabajando?

—Ya me gustaría, pero en los últimos tiempos la vida ha dado giros bruscos, de modo que me limito a mirar el camino. A veces un verso, de vez en cuando, pero quién sabe a qué pertenece.

Ella entendía.

—Nos están matando —dijo—. De una u otra manera.

—¿Qué pasará contigo, Anya?

—¡Qué pregunta es ésa!

—Perdóname, no quería decir. ..

—No, ya entiendo —dijo ella—. Entiendo lo que quieres decir. De hecho, creo que me han ofrecido una salida, si las cosas no funcionan aquí. Hace más o menos un año conocí a una pareja. Bastante simpáticos, tipo *haute bourgeoisie,* pero agradables. Eran ricos y sociables antes de la ocupación. Seguramente aún lo son, ahora que lo pienso. En cualquier caso, fue como si me adoptaran, la santa poetisa, pobre como una rata, ya sabes cómo es. Los domingos por la tarde me invitaban a su apartamento, en Passy, un ambiente con todo tipo de tonterías de ambiente sexy, aunque no se decía nada, desde luego. Y luego, hace un mes, me dijeron que tenían una pequeña casa en un pueblo de Normandía, al final de un camino, y que si la vida se ponía difícil en París, estaba invitada para que me escondiera el tiempo que fuera necesario.

—Espero que no lleguemos a ese extremo —dijo Serebin—. Aun así,...

—¿Y tú? —preguntó ella.

—No creo que tenga que huir —dijo él—. Aunque, nunca puedes estar seguro.

—No, no puedes. No con todo, no siempre. Tú y yo sabemos lo que es eso. —Ella se quitó las gafas, pestañeó ante aquel mundo nebuloso, las recogió y las dejó en la mesa junto a ella.

Se quitará otras cosas, imaginó Serebin. Todo. A la luz de la vela junto al alféizar de la ventana. Y, a medida que pasaran las horas, tendría aquella misma sonrisa que en estos momentos se dibujaba en sus labios, que se abriría a medida que sus ojos se cerraban, para adoptar la forma que él adoraba ver. Desnuda, lánguida, apetitosa, una verdadera cómplice en el crimen, nada de poetisas santas, y muy directa. Puede que su corazón estuviese en otra parte, pero él no podía impedirlo y no había manera de que ella pudiese enterarse.

—Y bien —dijo ella.

Cuando él se incorporó, ella reclinó la cabeza contra el respaldo del sillón.

—Se está haciendo tarde —dijo—. ¿Te gustaría darme un beso de buenas noches?

Mientras caminaba hacia el hotel, muy lejos de allí, de pronto pensó que ella sí sabía. Lo sentía, lo entendía más de lo que él creía posible. Pero, lo supiera o no, había sido un largo beso de buenas noches, cálido y elaborado, y habían sucedido muchas cosas mientras duraba. ¿Era posible que hubiese tenido una aventura amorosa? ¿La aventura amorosa número treinta y dos? Bien, ¿por qué no? Se detuvo al llegar al final del pont Marie. «Haré lo que quieras.» No lo había dicho en voz alta pero, aun así, era lo que había dicho. No se había equivocado. Podía dar media vuelta, volver, ella lo estaría esperando. «No —pensó—, es una locura. No pienses en ello, ve a casa a dormir.»

Una orden directa, que obedeció a medias.

❖ ❖ ❖

La orquesta de Polanyi.

Interpretando la Sinfonía Rumana, Opus 137.

¿Era la 137? ¿Ciento treinta y siete operaciones? En alguna ocasión había intentado contarlas todas, pero nunca funcionaba. ¿Qué había que incluir? ¿Qué había que dejar fuera? No siempre era evidente, así que al final decidió, después de treinta años, que era algún número cercano a ése. Después, quemó las notas, apuntó iniciales y fechas, como siempre, en el dorso de los sobres, y se deshizo de las cenizas.

Ésta al menos tenía un nombre. Medalla. Operación MEDALLA, como aparecería en los informes. No es que a las personas que trabajaban en ello se les permitiera alguna vez saberlo, eso era para él y Stephens y para los señores de la guerra en Londres. Medalla. Esperaba que la expresión en inglés sonara noble y duradera. Desde luego, sonaba condenadamente raro en húngaro, pero, claro, todo sonaba raro en húngaro.

James Carr tocaba en la orquesta por iniciativa propia. De hecho, pertenecía a una operación diferente, con otro nombre, y, aun así, tocaba. Cuando la inspiración llegó se encontraba con la Novia número Tres, una bailarina polaca de club nocturno, alta y con las pestañas retocadas. Se encontraban solos en un despacho, y la calle aquel domingo por la mañana estaba desierta.

«Ha llegado el momento de partir», le habían dicho. La legación británica en Bucarest cerraría el 10 de febrero, hacia esa fecha ya habría desaparecido. De modo que había hecho las maletas. Se había llevado mucho más de lo que había pensado, ¡qué cantidad de cosas había acumulado! Ropa, libros y papeles y todo tipo de objetos del apartamento. Por ejemplo, la lámpara de hierro del salón. Aquella lámpara tenía muchos recuerdos, no podía abandonarla. Y, cómo no, se llevaría unas cuantas cosas de su escritorio en el despacho, buenos amigos que lo habían acompañado durante dos largos años de reportajes e intrigas.

Ya en el despacho (la Novia número Tres había ido para hacerle compañía y había pasado la noche con él), pensó «es una pena dejar todos estos archivos». Archivadores llenos de recortes de prensa. Al principio, quería quedarse unos cuantos para sus propios fines. Le agradaban. En conjunto, constituían una especie de historia surrealista de su vida en Rumania. Ahí estaba Zizi Lambrino, la amante del rey Carol y protagonista de grandes escándalos antes de que Lopescu la arrebatara al Rey para sí. Y Conradi, jefe de la Gestapo en Rumania, paralizado por debajo de la cintura, con su cabeza de emperador romano y su enorme tórax, postrado en cama todo el día, recibiendo a un discurrir incesante de chivatos.

El montón se hizo cada vez más alto.

—¿Para qué sirve todo esto? —preguntó la Novia número Tres, mientras miraba las columnas de noticias pegadas a un papel que amarilleaba. No estaba del todo seguro, pero ¿cómo, si no, recordar a Sofrescu y a Manescu, a Emil Gulian? Por un momento tuvo la visión de cómo sería llevárselo todo, cómo llegaban los mozos de cuerda y transportaban los archivadores hasta el tren. Aquellas oficinas iban a cerrar, para siempre, se encontrarían en medio de una guerra implacable. Pero luego se lo pensó mejor y sólo cogió los mejores informes, los más curiosos, los amontonó con cuidado mientras la resentida Novia número Tres esperaba sentada en una silla giratoria y lanzaba clips por la ventana con una goma elástica.

Después de una difícil noche en alta mar, Capdevilla se encontraba en Beirut.

En el bar de un pequeño hotel cerca del puerto. Una lagartija dormía sobre el muro, trozos de papel matamoscas colgaban del techo, un oficial de la marina francesa, en un rincón, bebía absenta y el *professor doktor* Finkelheim, de Viena, estaba sentado al otro lado de la mesa y frente a una taza de té que se enfriaba. Finkelheim llevaba una camisa marrón y una corbata verde con una mancha, y tenía aspecto de hámster.

En aquel momento, un hámster cabizbajo. Era triste decirlo, comentó a Capdevilla, había tenido que abandonar sus materiales de investigación en Viena, él había escapado salvando el pellejo y poca cosa más. Sí, era verdad que había sido una eminencia en su campo, la geología, y se había especializado en formaciones ribereñas, es decir, en la estructura de los ríos, sobre todo de los tributarios de la cuenca del Danubio. El Drava, el Tisza y el Morava, además del poderoso y magnífico Danubio.

—Pero no de las aguas —dijo—. No me pregunte por las aguas. Para eso, tendría que hablar con mi antiguo colega, el *doktor* Kubel, que todavía está en Viena. Si, en cambio, le interesaran las *orillas* de los ríos, entonces sí que hablaría con la persona indicada.

Qué pasaba con, digamos, la profundidad.

Eso sería cuestión de Finkelheim. Flujos estacionales, corrientes, estratos rocosos, todas materias de Finkelheim. ¿Microorganismos? ¿Salinidad? ¿Peces y anguilas? Kubel.

—Entiendo perfectamente —dijo Capdevilla. Y también entendía que los materiales de investigación serían cruciales para cualquier estudio que el profesor accediera a emprender. *Sin embargo,* ocurría que tenía en su poder ciertos mapas, buenos mapas, que mostraban los ríos en detalle. ¿Estaría dispuesto el profesor, preguntó, a revisar estos mapas, sobre todo en relación con las características que posibilitaban la navegación de esos ríos?

¿O que, a veces, la imposibilitaban?

Desde luego que sí.

Serebin tocaba en la orquesta camino a Marsella.

Se detuvo en la oficina de la Gestapo en la *rue* Montaigne para solicitar el permiso de viaje, le dieron largas educadamente, volvió, lo consiguió al tercer intento. Habían decidido, después de ciertas dudas, aceptar su *Razón de viaje,* como decía el impreso: visitar a un importante emigrante en dificultades (el nombre lo sacaron de los archivos de la oficina de la URI), una misión humanitaria. Podría haberle pedido ayuda a Helmut Bach, el intelectual de la *Wehrmacht,* pero había intuido un giro en las relaciones con éste. El momento de la verdad («ha llegado la hora de que nos hagas un pequeño favor») estaba por llegar, y Serebin deseaba de todo corazón evitar la confrontación. De hecho, habían sido incómodamente corteses con él en la oficina de la *rue* Montaigne. A los ojos del mundo, el fascismo hollaba el mundo con sus botas, pero a veces calzaba zapatillas que pisaban con suavidad las costuras de las vidas de los individuos, y de una manera más perversa. Y, pensaba Serebin, ellos lo sabían.

Así iba el mundo. El 10 de febrero abordó el tren. Cruzó hacia la zona no ocupada al sur de Lyon, en el mediodía francés, llegó a Marsella por la noche y acudió a su cita con el emigrante, un funcionario público veterano de los últimos días del zar. Después de diez años en Francia, su mujer lo había dejado y se había llevado a los hijos con ella. Él se había jugado todo su dinero, lo habían expulsado de su piso y había bebido hasta acabar en el hospital. A parte de eso, todo iba bien. Le explicó todo esto a Serebin con no pocos detalles, en una habitación de una pensión del barrio árabe. En realidad, nunca había querido a su mujer, los hijos ya estaban crecidos y él aún los veía, el dinero era el dinero, iba y venía. Y, en cuanto al vodka, había aprendido la lección.

—De ahora en adelante, seguiré el ejemplo de los franceses —le dijo a Serebin—, y beberé vino. —Era una cuestión geográfica, según él. En Rusia, el clima, el aire, el agua, la propia naturaleza de la vida eran remedios básicos para el vodka, pero si uno cambiaba de país, tenía que cambiar de bebida—. Como periodista, puede que esto le sea útil, Ilya Alexandrovich. —Serebin intentó parecer intrigado, una idea interesante. En realidad, o aquel hombre había perdido los estribos o estaba demasiado sano y, al final, pensó Serebin, tampoco tenía importancia. Le dio el dinero, un ejemplar de *Cosecha* y toda la simpatía y el aliento del que pudo hacer acopio, y luego se retiró a un pequeño hotel en las callejuelas del puerto viejo de la ciudad.

A la mañana siguiente, tenía que ver a un rumano llamado Ferenczy, un antiguo piloto en el río Danubio. Polanyi lo había puesto al corriente de los detalles en la habitación de hotel en Edirne. En la primavera de 1939, cuando Hitler invadió el resto de Checoslovaquia y la guerra parecía inevitable, el Service de Renseignements de Francia había intentado interrumpir el abastecimiento de petróleo a Alemania sobornando a los pilotos fluviales del Danubio para que abandonaran el país. Algunos aceptaron, otros no, y la operación fue un fracaso, lo cual dejó al servicio de inteligencia francés con pilotos rumanos desperdigados por toda Europa. En el caso de Ferenczy, intentaron ayudarlo a rehacer su vida en Marsella, donde se había convertido en comerciante. Primero con opio, después con perlas. El apellido del tipo, dijo Polanyi, señalaba su procedencia húngara. Era probable que ese rasgo le hubiera dificultado las cosas aquí y allá, de modo que su lealtad hacia el Estado rumano no era demasiado sólida.

—Un hombre que sólo es leal a sí mismo —dijo Polanyi—. En tu lugar, comenzaría con ese supuesto, pero, como de costumbre, tendrás que encontrar tu propio método.

Utilizando el alias de Marchais, Serebin llamó al piloto. Dijo que era «un amigo de sus buenos amigos en Francia». Al cabo de unas cuantas preguntas que formuló sin muchas ganas, Ferenczy aceptó la explicación y accedió a verlo una hora más tarde.

A Serebin le sorprendió que el piloto lo invitara a su casa (un café habría sido el lugar habitual para encontrarse con un extraño), pero en cuanto se abrió la puerta, entendió el porqué. Ferenczy quería que contemplara los trofeos de su éxito en la vida. Y eso fue lo que hizo cuando se detuvo en el umbral de un salón que casi gemía, agobiado por tantos trofeos del éxito. Muebles nuevos y caros, tejidos chillones, una espléndida radio, un fonógrafo y una larga estantería de discos, una ninfa de mármol con una mano tendida lánguidamente hacia una lámpara de cristal. Vestido con una chaqueta de terciopelo rojo y un pañuelo verde esmeralda, sonrió complacido al ver que Serebin lo observaba todo y le ofreció un coñac viejísimo, que él declinó.

—Sí —contestó a la pregunta que Serebin no había formulado—, la fortuna me ha sonreído.

—Sin duda le ha sonreído, aunque sea en medio de una guerra.

—Los negocios nunca han ido mejor.

—Aun así, la caída de Francia...

—Una catástrofe, pero Francia volverá a levantarse, *monsieur,* es un país indomable.

Serebin dijo que estaba de acuerdo.

—Siempre he admirado este país —declaró Ferenczy—. Además, por un golpe de suerte, he tenido una segunda oportunidad en la vida. De modo que, en efecto, se puede decir que me he casado con mi amante.

—Pues su amante necesita su ayuda.

La sonrisa de Ferenczy se desvaneció, y su expresión se volvió adusta y patriótica.

—Buscamos información —dijo Serebin—. Información de primera mano, el tipo de cosas que sólo sabe alguien con experiencia práctica. Usted pasó gran parte de su vida en el Danubio, conoce sus costumbres, sus peculiaridades. Eso es lo que nos preocupa en este momento. Más concretamente, aquellos tramos del río donde la navegación es difícil, aquellos lugares donde un accidente, por ejemplo, con un remolcador o una barcaza, tendería a interrumpir el flujo normal del tráfico comercial.

—El comercio del petróleo.

—Sí. Como en el treinta y nueve. —Serebin sacó un lápiz y una libreta.

—Es un río largo —dijo Ferenczy—, y la mayor parte es ancha y plana. Desde Viena a Budapest, pasando por Belgrado, el mayor peligro son las inundaciones, y eso depende de las lluvias de primavera. De modo que, para sus fines, lo que le conviene es el cañón de Kazan, donde el río atraviesa los Cárpatos. Utilizando el método de cálculo habitual y tomando la distancia desde el delta rumano en el mar Negro, eso sería desde el kilómetro 1.060 hasta el 940. En ese punto, el río fluye hacia el sur, y define la frontera entre Yugoslavia y Rumania, y el tramo entre Golubac, en el lado yugoslavo, hasta Sip, se convierte en cien kilómetros de rápidos, donde el río a veces se estrecha hasta tener unos ciento cincuenta metros. Al final de este tramo se encuentra el *Djerdap,* en el *Portile de Fier* rumano, las Puertas de Hierro. Después, el río se ensancha y sigue una llanura plana hasta el mar, y ahí se puede hacer muy poco.

—¿Y la profundidad?

—Quién sabe. En algunos lugares, hasta quinientos metros, en otros, dependiendo de la estación, puede ser de sólo diez metros, sobre todo en el paso de Stenka, donde los canales estrechos están marcados por boyas. De hecho, uno se encuentra en las montañas, ya me comprende, navegando por encima de picos y valles sumergidos. Y es peligroso, todos los barcos deben llevar un práctico, es la norma de la Comisión del Danubio. Navegando río abajo, el práctico se detiene en Moldova Veche, en la orilla rumana frente a Golubac. Si se dirige en el otro sentido, el puerto de parada será Kladovo, aunque las Puertas de Hierro, justo al norte de ahí, ya no son el problema que solían ser. Después de la Gran Guerra, los ingenieros austriacos cavaron el canal de Dezvrin, de unos dos kilómetros y medio de largo, para que los barcos evitaran los rápidos. Pero, incluso con el canal, la corriente es tan fuerte que los ingenieros tuvieron que construir una sección de vía férrea en el camino paralelo al canal para remolcar con cables a los barcos que iban río arriba.

—Y entonces —dijo Serebin, mirando sus notas, aunque su comentario no tenía sentido.

Ferenczy se incorporó bruscamente, fue a sentarse junto a Serebin en el sillón y cogió su libreta y lápiz.

—Aquí está Golubac —explicó, y escribió 1.046 junto al nombre. ¿Era un kilómetro específico? Claro que sí. Él probablemente lo conocía metro a metro. Bastante asombrado, observó cómo de la persona de un señorito francés de edad mediana emergía el práctico fluvial. Ferenczy dibujaba con mano firme, trazando líneas discontinuas en el centro del río para señalar la frontera. Escribió *Dunav* en el lado serbio y *Dunarea* del lado rumano, pues el río tenía nombres en distintos idiomas, como tenía distintas profundidades y canales. El piloto dibujó rocas en forma de lágrimas, una isla, un camino.

—Aquí está la roca de Babakai —dijo—. En 1788, los austriacos tiraron una cadena desde aquí para atrapar a la flota turca. Es una roca roja, no tiene pérdida.

En el kilómetro 1.030, el paso de Stenka, tres kilómetros hasta el 1.027. En el medio, otra roca. Luego venía Klissura.

—Es una palabra griega —dijo Ferenczy—. Significa algo así como hendidura. Muy estrecha, quizá demasiado profunda.

Y siguiendo hacia abajo, aquí una curva, aquí otra, el río Czerna que desembocaba en el 954, y luego el curso giraba violentamente hacia el sur, a diez kilómetros al noroeste de las Puertas de Hierro.

—A partir de aquí —dijo Ferenczy—, el canal de navegación.

Le entregó el papel a Serebin y volvió a su asiento.

—¿Podemos conseguirlo? —preguntó éste.

—Quizá.

Serebin imaginó el río por la noche, las aguas rugientes, los oscuros barrancos por arriba, un remolcador luchando contra la corriente mientras los marineros se descolgaban por el lado e intentaban fijar un gancho de hierro en una barcaza hundida. Recorrió con el dedo el dibujo arriba y abajo, y se detuvo en la roca de Babakai. .

—Esa cadena austriaca —dijo—, ¿funcionó?

—No —dijo Ferenczy—. Fueron traicionados —añadió—. Tiene que recordar en qué tierras se mueve.

Serebin volvió a París a la mañana siguiente y llegó al Winchester un poco después de las cinco de la tarde. Divisó una sombra de pie en el portal de una farmacia. Algún pobre *clochard,* una figura sin forma en un abrigo raído, apenas visible bajo la temprana luz crepuscular. La sombra dio un paso adelante y lo llamó en un susurro ahogado.

—Serebin.

Se quedó mirando al hombre cuando vio que se le acercaba. Tenía una expresión de hambre con la cara delgada y blanca, como un santo mártir de una pintura española, un santo de barba afeitada.

—¿Kubalsky? ¿Serge?

Era él. Asintió con un leve gesto de la cabeza, ensombrecido, entendiendo demasiado bien por qué Serebin no estaba seguro. Cruzaron juntos el vestíbulo y el portero de noche los observó desde detrás de su mostrador. Serebin pensó que quizás informaría acerca de lo que había visto, pero así eran las cosas últimamente, y no había nada que hacer.

Subió las escaleras junto a Kubalsky y se percató de que su amigo cojeaba y, tal como lo pensó en ese momento, «apestaba a fugitivo». A musgo y a moho, a sudor seco. En la habitación, Kubalsky se dejó caer sobre una silla junto a la mesa, Serebin le convidó a un cigarrillo y se lo encendió. Su amigo cerró los ojos y aspiró profundamente el humo, para luego exhalar una larga bocanada que giró y le envolvió la cara, como una criatura cuyo cuerpo se alimentara de humo en lugar de sangre. Y, por un momento, pensó Serebin, volvía a ser, una vez más, lo que había sido toda su vida: un periodista. Para los periódicos de cotilleo, para las noticias de la industria maderera o para la gaceta de los mineros, escribía un párrafo y contaba las palabras, se presentaba en una oficina para averiguar qué pasaba con su paga.

Después de un largo silencio, Kubalsky exclamó:

—Dios mío. —Lo dijo con voz queda, casi para sí mismo—. No te preocupes, Ilya, no puedo quedarme aquí.

—No estoy preocupado.

—Quizás una hora. No más.

Kubalsky comenzó a adormecerse con el cigarrillo aún quemando entre los dedos.

—Serge —dijo Serebin—. ¿Puedes contarme dónde has estado?

Él abrió los ojos.

—Aquí y allá —dijo—. En todas y cada una de las cloacas de los Balcanes. Están muy concurridas, debes saberlo, por si piensas intentarlo, porque no dejas de encontrarte siempre con la misma gente.

—Sabes, pensábamos que habías...

—Sí, yo también lo pensaba. En el callejón del cine. Uno de ellos me agarró, tenía una mano de hierro, pero le di. Imagínatelo, eso fue lo que hice. A él no lo gustó nada, se puso a rugir como una bestia. Y luego me disparó, cuando escapaba. Creo que ninguno de los dos podía creer lo fuerte que le di. No hay nada como el miedo, Ilya, nada en absoluto.

—¿Eran *organys*? —Quería decir los hombres que trabajaban para los organismos de la seguridad del Estado, la NKVD.

—Eso eran.

—¿Por qué, Serge?

—¿Por qué no?

Serebin pensó que aquello era ingenuo y poco sincero, pero que serviría hasta que dispusieran de una mejor historia breve de la URSS. Aun así, esperó el resto del relato.

—De acuerdo —suspiró Kubalsky, con un fuerte dejo de resignación en la voz—. En algún momento del año pasado, creo que fue en junio, aparecieron un día, como siempre, y me informaron de que tenía que hablar con ellos. O si no... De modo que no tenía alternativa, con esa gente no se discute. Lo único que puedes hacer es asegurarte de no ser, digamos, productivo, y yo no lo era. Aun así, ahí estaban...

—...Y luego, un día de noviembre me dijeron que te llamara y que te sacara de la ceremonia de la URI. No dijeron por qué, nunca lo dicen. Sólo: «Esto es lo que queremos». Pero esa noche, después de la bomba, uno de ellos vino a mi habitación. Quería saber cosas acerca de las autoridades turcas, si habían contactado conmigo, si habían contactado con otras personas. En concreto, ¿qué tipo de autoridades? ¿La policía de Estambul? ¿La Emniyet? ¿Quién? ¿De qué rango? Yo no sabía nada y se lo dije. «Bien», dijo él, «ponte en contacto con nosotros cuando te busquen, porque te buscarán». Ahora bien, por alguna razón estaba solo. Nunca es así, ya lo sabes, siempre hay dos, se cuidan mutuamente. Pero éste estaba solo, y hablaba, decía el tipo de cosas que se dicen después de una victoria. Me contó cómo lo habían hecho. Un hombre en la ventana, una señal cuando Goldbark fue a mirar el regalo, había que reconocer que estaba bien pensado.

»Él se fue, y yo comencé a sufrir, no hay otra palabra. Caminé por las calles durante horas, me bebí todo el dinero que llevaba encima, intenté calmarme, pero no podía. Estaba atrapado entre la angustia y la furia, y no me querían soltar. Al día siguiente, cuando vi que no se me pasaba, entendí que tenía que *obligar* a la angustia a que me soltara. Quiero decir, Goldbark siempre había sido amable conmigo, con todos, y entonces tuve que preguntarme cuál sería la próxima movida, qué otra cosa me pedirían. Supe que tenía que hablar con alguien, y la única persona con quien tenía sentido hablar eras tú. Ahora bien, por qué querían que tú salieras, no tengo ni idea, ni quiero saberlo. Desde luego, no creo que sea porque tú eres su amigo del alma, te conozco a ti y los conozco a ellos demasiado bien para eso. De modo que intenté comunicarme contigo clandestinamente y, al parecer, cometí un error, porque ellos aparecieron en el cine. No eran los hombres que solía ver, eran otros, esos tipos grandotes de trajes anchos...

»... En fin, escapé y me escondí durante un tiempo en la ciudad, pero supuse que no podía seguir haciéndolo para siempre. Vendí todo lo que tenía, hasta vendí unas cuantas cosas que no eran mías, y huí. Primero fui a Bulgaria, a Salónica, tú me lo dijiste. Finalmente, tuve un golpe de suerte, conocí a un emigrante polaco que trabajaba en un tren y conseguí llegar a París en un vagón de carga. Me acerqué a la oficina de la URI en la *rue* Daru, y encontré a Boris Ulzhen, que me dijo que estabas aquí. Debo decir que no me preguntó nada, aunque no sé qué significa eso, se portó como si aquello fuera parte del trabajo de todos los días. Lo cual, ahora que lo pienso, a estas alturas es probable que sea así.

Serebin buscó la botella de vodka. Quedaba aproximadamente un tercio. Sirvió dos vasos y le pasó uno a Kubalsky.

—Gracias —dijo éste—. Desde luego, necesitaré dinero.

Por un momento, Serebin tuvo una visión de su abuelo. Estaba riendo, un gesto típico en él, siempre reía, aunque era demasiado pequeño cuando él murió para entender qué significaba ese hábito. En esta visión, se reía de su nieto. «¿Crees que es una bendición, eh? Ya verás, hijo mío, ya verás.»

Ahora veía. Y entonces recordó lo que llevaba en los bolsillos. Aun así, era una bendición, al menos esa noche, tener algo que dar a Kubalsky.

—Quizá pueda pasarte más mañana —dijo, y le entregó el dinero. Kubalsky le devolvió una sonrisa indulgente. «No habrá mañana.»

—Y entonces, ¿qué harás ahora?

—Más de lo mismo. Me dedicaré a correr por todos lados como un pollo al que han cortado la cabeza, como la mitad de los habitantes de Europa, mientras la otra mitad intenta esconderlos, y la otra mitad los está buscando.

—Ya, eso son matemáticas rusas.

—*Na zdorov'ye.*

—Te has vuelto muy popular esta semana —dijo Ulzhen.

Serebin se encontraba en la oficina de la URI ayudando con el boletín, haciendo cualquier cosa, desde corregir faltas de ortografía hasta dar consejos y mostrar su simpatía por la pequeña anciana que trabajaba en el mimeógrafo. Tenía a su alrededor una pequeña muchedumbre mientras las reproducciones manchadas de color púrpura salían, curiosamente todas arrugadas por la parte superior derecha.

—Me cago en Satanás —dijo Ulzhen para sí mismo. La pequeña anciana tenía los ojos húmedos, llevaba una cruz en el pecho y se la conocía como devota.

—Es la barra de alimentación —dijo desanimada—. ¡La tensión!

—¿Popular? —inquirió Serebin a Ulzhen. En los últimos tiempos, Ulzhen no estaba precisamente distante, era otra cosa. Quizá se mostraba cauto. En cualquier caso, actuaba diferente desde la tarde en la Brasería Heininger. A eso había que añadir la lista de cosas en el mundo que no podía remediar, una lista que no hacía más que engrosar.

Ulzhen se quitó la chaqueta y se arremangó la camisa. Un desencuentro con el mimeógrafo era garantía de que acabaría pringado. Serebin sintió que el corazón se le aceleraba mientras esperaba la respuesta. Sabía por qué Ulzhen había dicho eso, y ahora sólo se preguntaba por qué Marie-Galante habría preferido tomar contacto a través de la oficina.

—Dijo que se llamaba Jean Paul —informó Ulzhen.

—¿Quién?

—O Jean Claude, ¿no? No. Jean Marc. Hay un mensaje en tu correo. Serebin se dirigió al panel de madera dividido en casilleros, encontró un poema para el siguiente número de *Cosecha,* un aviso para una reunión del Club Filatélico y una hoja con el membrete del Hotel Bristol con un número de teléfono y un mensaje, en el que se le pedía que llamara para concertar una cita. Firmaba Jean Marc.

Serebin no tenía idea de quién podía tratarse, hasta que recordó el balcón del hotel en Suiza, y el *homme* de *confiance* de Ivan Kostyka. Decepcionado, se dirigió al teléfono de la URI.

A pesar de que Jean Marc se alojaba en el lujoso Bristol, había escogido un curioso lugar para reunirse, un café en una pequeña calle del *Arrondisselnent* 19, junto al canal Saint Martin, el distrito de los mataderos. La verdad, pensó Serebin, viendo cómo pasaban las paradas de metro desconocidas, no había ni un solo rincón de París que no tuviese algún encanto para alguien. Para aquellos con un enfoque especialmente elevado de sus visitas a los barrios pobres, los *bistrots* donde se tomaba sopa de cebolla en el mercado de Les Halles eran cosa del pasado, y antes de que la ocupación hubiese remodelado la geografía social de la ciudad, los fracs y los vestidos largos habían comenzado a verse por el barrio al amanecer.

A Serebin le costó un buen rato encontrarlo, hasta las calles cambiaban de nombre allí arriba. Era un café local normal y corriente, en realidad, un bar, estrecho y mal iluminado y prácticamente vacío. Había sólo dos árabes que bebían un pastis lechoso, el dueño leyendo un periódico junto a la caja registradora y Jean Marc, sentado junto a una mesa del rincón, al fondo. Era tal como Serebin lo recordaba: joven y atractivo, alto, con un encorvamiento aristocrático, el rostro frío y distante.

—Espero que no le importe el lugar —dijo, mientras se levantaba para saludarle—. Es reservado, y me encontraré con amigos más tarde en el Cochon d'or. Sirven buenas carnes del distrito, y los alemanes aún no lo han encontrado.

Cuando Serebin pidió un vaso de vino, Jean Marc levantó una mano.

—Aquí tienen whisky, supongo que se tomará uno conmigo.

—¿Tienen whisky?

—Además, es una buena marca. —De pronto le lanzó una sonrisa, cálida y encantadora, mientras descansaba su mano en el brazo de Serebin—. Es un descubrimiento, ¿eh? No se lo cuente a nadie.

—¿Dos whiskys? —preguntó el dueño.

—Será mejor que traiga la botella —dijo Jean Marc.

Era una buena idea para una noche de febrero, pensó Serebin. Tenía un gusto seco, a humo, y nada dulce.

—El barón Kostyka le envía sus saludos —dijo Jean Marc—. Y espera que sus contactos en Rumania hayan merecido la pena.

—Algunos, desde luego. ¿Se encuentra en Londres?

—Así es. Y muy contento, ahora que es inglés, un hombre nuevo. Le sorprendería ver cuánto ha cambiado.

Al recibir la nota de Jean Marc, Serebin había imaginado que lo habían destinado al continente a cargo de la oficina Europea de Kostyka. Pero era evidente que no se trataba de eso.

—¿Ha venido desde Londres? —preguntó.

—Es un largo camino. La única manera de hacerlo en estos días. Un barco de pasajeros hasta Lisboa, y luego pasar por España. Ningún problema, siempre y cuando no te hundan con un torpedo. Hay que tener conexiones con los ingleses para conseguir una plaza en el barco, y conexiones con los alemanes para llegar a París, pero para Kostyka todo es posible. Ya sabe, es el comercio, ambos bandos lo necesitan, de modo que, al menos por el momento, los negocios trascienden la guerra.

Serebin estaba impresionado. Por propia experiencia, sabía cuánto costaba moverse por Europa, pero aquello señalaba un nivel de libertad muy superior.

—Me quedaré una semana —dijo Jean Marc—, y luego viajaré a Ginebra y Zúrich, reuniones que durarán un tiempo y, finalmente, de vuelta a Londres. ¿Qué pasará con usted, se quedara en París?

—Por el momento.

—No está tan mal, ¿no cree? —Jean Marc volvió a llenar su vaso y el de Serebin.

—A veces es difícil, parece que todo depende de cómo les vaya a los alemanes. Cuando están contentos, cuando creen que la victoria es suya, la vida se vuelve más fácil.

Aquello tenía sentido para Jean Marc.

—Pero ahora, por lo que sé, están a punto de hacer que se sientan mucho menos contentos.

—Bien, quién sabe —dijo Serebin, y se encogió de hombros.

—Lo digo en serio —insistió Jean Marc—. Si sus operaciones en Rumania tienen éxito, tendrán serias dificultades.

—No depende de mí —contestó él. Empezaba a sentir, sin que hubiese un motivo concreto, las primeras sensaciones de una resistencia vaga e intuitiva.

—No entiendo por qué habrían de anularlo —dijo Jean Marc—, después de todo este tiempo y esfuerzo. Alemania depende de ese petróleo. Si yo estuviera al mando, no pararía hasta hacer algo.

—Bien —dijo Serebin. Todo era muy complicado—. En cualquier caso, la guerra continúa. Ahora hay una división que se llama África Korps, desplegada en el norte de África. Ha salido en los periódicos.

—Sí, comandada por Rommel, lo cual significa que se trata de algo serio.

Una vez más, tiempo para una copa. ¿La botella estaba llena cuando habían comenzado? Parecía que Jean Marc no tenía prisa por encontrarse con sus amigos. No era un mal compañero para beber, había que reconocerlo, el whisky surtía en él un efecto positivo, le hacía bajar la guardia y lo volvía menos distante.

—Yo crecí en esta ciudad —le dijo a Serebin—. En el séptimo distrito. Una vida acomodada, si se quiere, pero en realidad no lo era.

Lo que la hacía difícil, explicó, era que la gente envidiaba los privilegios. Y, la verdad, ¿por qué no habrían de envidiarlos? Veían una casa bonita en París, un castillo en el campo, un establo, una bodega de viejas cosechas, la aristocracia.

—Cualquier cosa menos dinero —dijo—, razón por la cual trabajo para Iván Kostyka.

Aun así, nadie sabía de ello, y uno tenía que guardar las apariencias, tenía que desempeñar un papel. Lo cual significaba que había que pensar antes de hablar, había que tener conciencia, siempre, de quién eras y qué significaba eso. En realidad, no podías confiar en las personas, ésa era la lección aprendida por generaciones de nobles. Las personas se aprovechaban, ya lo sabía. Si creían que eras rico y poderoso, era tu obligación ayudarlos. No sólo con dinero, con influencias y relaciones. De pronto, eras su mejor amigo.

Bien, quizá no importaba tanto, día a día, simplemente era algo con lo que aprendías a vivir, y a quién le importaba. Eso sí, cuando había *mujeres* de por medio, bien, entonces era diferente, porque el corazón, *el corazón* tenía sus propias razones.

Sí, beberían por eso. Por las mujeres. Por el corazón.

¿Qué otra cosa, preguntaba Jean Marc al mundo, hacía que mereciera la pena vivir? ¿Qué otra cosa importaba, comparado con eso? Aunque incluso aquí, en aquella habitación sumamente privada, perdón por el *double entendre,* incluso ahí, la espontaneidad, aquella, digamos, libertad maravillosa y despreocupada, era difícil alcanzar el abandono total. De modo que, en esas lides, uno pagaba por quien era, por lo que era. Por lo que tenía que ser. Por ejemplo, Nicolette...

Serebin le seguía. Sí, entendía. Sí, así eran las cosas. Más allá del café se encontraba Europa con todos sus males, pero Serebin intentaba no pensar en ello. Al fin y al cabo, a pesar de todo lo que sucedía allá fuera, las personas seguían debatiéndose por cuestiones del lecho, por cuestiones del corazón.

¿Se había enamorado de Nicolette? Jean Marc no estaba seguro. Bien, quizá, de cierta manera. ¿En qué momento el deseo se convertía en otra cosa? Ella no era la hija del mozo de cuadra, no señor. Aun así, pertenecían a mundos diferentes, mundos diferentes, que hacían imposible cualquier cosa más allá de una *liaison*. Sin embargo, aquella inocencia, aquella manera despreocupada de darse por entero, lo había cautivado. ¡Se habían encontrado tantas veces por última vez! ¿Qué otra cosa podría haber hecho él? ¿Qué? Y cuanto más duraba, más le costaba renunciar a ello. ¿Entendía Serebin? ¿Entendía?

El *homme de confiance* descargó las penas de su corazón, y el whisky llegó a niveles mínimos en la botella. ¿Acaso era más fuerte que el vodka? Desde el otro lado de la mesa, la cara de Jean Marc se volvió borrosa y suave, y Serebin se sintió ligeramente mareado y tuvo que apoyarse en la mesa. Jean Marc bebía con él, pero quizá estaba acostumbrado. Y si se emborrachaba un poco, ¿qué importaba?

«Estoy siendo asesinado», pensó.

¿Qué?

¿De dónde donde había salido eso? ¿Era una locura? «¡Ya ves lo que te acaba haciendo una vida llena de secretos!»

Se incorporó, hizo un gesto hacia la puerta trasera del café. Una visita al *petit coin,* al lavabo.

Cuando se encontró allí, se sorprendió buscando una ventana. La cabeza le daba vueltas... ¿Qué hacer? ¿Salir al callejón? ¿Perderse en la noche?

Cuando volvió al bar, Jean Marc ya no estaba en la mesa. Serebin no podía creer que sencillamente se hubiera ido. Tal vez estaba en la barra, tal vez. Quizá, por la razón que fuera, en otra mesa. No. Sólo los dos árabes, que ahora jugaban al dominó. No había nada de raro en ellos, grandes y oscuros, ni en los pantalones y chaquetas de colores ligeramente diferentes que vestían todos. Miró demasiado rato, hasta que uno de ellos alzó la mirada y luego la desvió.

—¿Se ha ido mi amigo? —preguntó al dueño.

—Dijo que se le había hecho tarde —respondió el hombre—. Que le dijera que lo sentía, pero tenía que irse.

—Oh.

—Todo está pagado.

Bien, no tenía sentido quedarse solo. Serebin dio las buenas noches al dueño y salió. Ahora, ¿adónde ir? Recordó los problemas que había tenido para encontrar el lugar, un laberinto de calles desconocidas, ésta que arrancaba en un ángulo, aquella que cortaba en otro sentido. Debería haber prestado atención al venir, pero no lo había hecho. ¿Por dónde quedaba el metro? No estaba seguro. Mientras caminaba hacia la esquina (tal vez el nombre de la calle le refrescaría la memoria) oyó una puerta que se cerraba en alguna parte a sus espaldas. Y al volverse, vio a los dos hombres frente al café, hablando. «Son sólo dos amigos que han salido juntos por la noche.»

Comenzó a caminar. En París, tarde o temprano uno siempre encontraba un bulevar.

Si seguía el bulevar acabaría encontrando una estación de metro. «O —pensó—, podía preguntar a alguien.» Pero no había nadie a quien preguntar. Probablemente durante el día era un lugar de mucho ajetreo, los trabajadores de los mataderos, los habitantes locales. Pero ahora no. Todos habían vuelto a casa.

La *rue* Mourette. «De acuerdo, seguiré por ahí.»

Los hombres caminaban detrás de él. ¿Se dirigían al metro? Bien, se lo preguntaría. No. Ellos caminaban algo más rápido que él, no demasiado, sólo un poco. Les daría tiempo, y cuando se acercaran, les preguntaría si sabían dónde estaba el metro.

Ya había visto navajas en una o dos ocasiones. Concretamente una vez en Madrid, durante la guerra civil, nunca lo olvidaría. Había sido muy rápido cuando ocurrió, de otro modo, hubiera mirado hacia otro lado. Pero una vez que veías lo que veías, era demasiado tarde. La idea le molestaba. Demasiado fácil imaginar, imaginar que sucedía, justo en ese momento, cómo sería.

Ahora los oía, le seguían los pasos. Así era de silencioso. «Corre.»

No conseguía echar a correr. Casi, pero parecía una locura, de pronto echar a correr por la calle. Aun así, los oía. Uno de ellos hablaba, una voz baja y gutural. El otro reía. ¿De él? ¿Porque había acelerado el paso? Llegó a una esquina, ahora era la *rue* Guzac. Horrible nombre. Una mala calle para morir. Miró hacia las ventanas, pero todo estaba a oscuras. A sus espaldas, la conversación era más fuerte.

Cruzó la calle, con la cabeza entre los hombros y las manos en los bolsillos, y se dirigió de vuelta al lugar de donde venía. Hacia el café. No le había costado tanto encontrarlo antes. Incluso con las cortinas cerradas, la luz se adivinaba en los contornos. ¿Dónde era? ¿Acaso había ido por otra calle? No, ahí estaba, pero ahora las luces estaban apagadas. Cerrado. Atrás, los dos hombres habían cruzado la calle y caminaban en la misma dirección que él.

El hombre de Madrid había gritado, había gritado a todo pulmón. Pero el sonido se había cortado bruscamente. Cortado por lo que sucedió después. Serebin sacó las manos de sus bolsillos y sintió que el corazón le retumbaba por dentro. ¿Por qué iba sucederle eso a él? *Jean Marc.* Caminó más rápido, pero ahora no importaba.

Giró por una esquina y empezó a correr, hasta que vio a una mujer en la sombra de un portal. Un rostro ancho y chato, con los labios pintados y el pelo tieso y rizado. Llevaba un abrigo de cuero y un bolso que colgaba de una correa. Cuando sus miradas se cruzaron, ella inclinó levemente la cabeza a un lado, una pregunta.

—*Bonsoir* —dijo él.

—¿Estás sólo esta noche?

—Sí. ¿Podemos ir a alguna parte?

—Son cincuenta francos —dijo ella—. ¿Por qué respiras así? ¿No estarás enfermo?

—No.

—¿Son amigos tuyos?

Los dos hombres esperaban. Simplemente se habían parado en la calle y ahora conversaban, no había nada de malo en eso.

—No, estoy solo.

—*Salauds* —dijo ella. No le gustaron aquellos tipos.

—¿Tu hombre está por aquí?

—Al otro lado de la calle. ¿Por qué?

—Vamos a hablar con él.

—¿Para qué? No le va a gustar.

—Ya lo creo que le gustará. Conseguir lo que quiero cuesta dinero.

—¿De qué se trata?

—Quizás otra chica. Quizás alguien que mire.

—Ya.

—¿Te parece bien?

—Claro. Lo que quieras. Es sólo dinero.

—Trescientos francos. ¿Qué te parece?

La mujer lanzó un silbido agudo y su chulo salió de un portal. Un joven de unos dieciocho años, con una gorra que le colgaba por encima de un ojo, un rostro pequeño y avispado.

Con eso bastó, porque los dos hombres empezaron a alejarse inmediatamente. Actuaban muy tranquilos, como si hubiesen salido a dar un paseo por la noche. Uno de ellos le miró por encima del hombro y le sonrió. *Ya nos encontraremos en otra ocasión.* ¿Acaso sólo tenían intención de robarle?

El chulo recibió los trescientos francos y lo único que tuvo que hacer fue ver a Serebin desaparer por una estación de metro.

Por correo:

Zollweig Maschinenfabrik AG
Gründelstrasse 51
Regensburg
Deutsches Reich

28 de febrero, 1941

Domnul Emil Gulian
Empresa Marasz-Gulian
Strada Galati 10
Bucuresti
Roumania

Estimado Señor:

Nos complace comunicarle que aceptamos su oferta de 40.000 reichsmarks por dos calderas de turbinas a vapor Rheinmetall, modelo XIV. Puede usted tener absoluta confianza en que han sido debidamente inspeccionadas y reparadas, y esperamos que las encontrará en perfectas condiciones de funcionamiento.

Al recibir su comunicación de la entrega de la suma arriba mencionada, realizaremos el flete por barco, siguiendo sus instrucciones, por vía fluvial, no más tarde del 14 de marzo, con llegada al puerto de Belgrado el 17 de marzo. Todos los permisos y licencias de exportación serán gestionados por nuestra oficina.

Le deseamos éxito en su nueva empresa y en caso de que tuviera posteriores consultas, por favor diríjase a mí personalmente.

Atentamente le saluda,

Albert Krempf
Director ejecutivo
Zollweig Maschinenfabrik AG

Se podía conseguir una turbina de vapor Vidocq/Lille en Bratislava, fabricada en 1931, con una potencia de diez mil kilovatios, de diez metros de largo, cuatro de ancho, unos dos y medio de alto y de unas ciento diez toneladas de peso. El administrador checo de la fundición garantizaba el funcionamiento; la documentación y el envío, por barco. Más le valía, pensó Polanyi, al precio que estaban pagando. Polanyi se preguntó cómo se lo harían para reemplazarla, ya que la guerra utilizaba la capacidad productiva a un ritmo asombroso, si bien ése no era su problema. Quizá fuera un sistema de refuerzo, quizás esto, quizá lo otro, en tal caso, la oportunidad era demasiado buena para dejarla pasar y no había duda de que tenían un plan en marcha.

Como en Budapest, donde los agentes de Marasz-Gulian habían encontrado tres calderas para turbina, de dimensiones similares; cada una de estas viejas reliquias, antiguamente el orgullo de la Autoridad de la Energía de Esztergom, pesaba «más de ciento ochenta toneladas». Se lo pensaron. Y las rescataron del desguace justo a tiempo.

—Veamos cómo sacan esa jodida cacerola del fondo —dijo Stephens. Estaban en el restaurante que daba a los muelles. Le pasó a Polanyi una página recortada de un viejo catálogo húngaro. Una foto de una turbina gigantesca. Un pequeño hombrecito de bigotes uniformado de gris posaba junto a ella y parecía un enano—. Desde Londres, por valija diplomática —explicó. Y entonces agregó, melancólico—: Tienen unos objetos tan extraños y encantadores allá en Londres.

Seis turbinas, y con una séptima disponible en Belgrado de una acería serbia.

—Tiene catorce años y ya no es adecuada para nuestras necesidades, aunque es perfectamente fiable.

La decisión de utilizar turbinas a vapor, una raza de gigantes en el país de la industria, se había tomado después de no pocas deliberaciones. El cemento en sacos se desprendería de su carga y sería arrastrado por la corriente mucho antes de que pudiera fraguar, y no había ninguna razón convincente para fletar bloques de hormigón por barco a Rumania, de donde se obtenía al menos una parte de la producción. Luego descubrieron que los ladrillos refractarios para los hornos pesaban bastante menos que los ladrillos normales.

—Y en cuanto a las locomotoras —opinaba Stephens—, era una pena, pero es más lógico que viajen por ferrocarril. —En aquel momento había una gran demanda de chatarra para fabricar tanques alemanes, y la piedra era explotada en Rumania.

—El mundo es más ligero de lo que pensamos —gruñó Polanyi, mientras pinchaba su berenjena.

Y descubrieron que el maldito río jamás podía determinar cuán profundo era. Aun así, todos, *herr doktor* Finkelheim, el práctico rumano y los especialistas de las universidades de Birmingham y Leeds coincidieron en que el paso de Stenka era el lugar indicado. El kilómetro 1.030. Peligroso y poco profundo al final del invierno, antes de que las lluvias de primavera dejaran el río hinchado y crecido. De modo que una barcaza de dos metros de calado y otros dos por encima de la línea de flotación, coronada con una turbina de dos metros y medio de alto, se hundiría casi hasta los ocho metros. Una amenaza para la navegación. Incluso si durante el accidente una de las barcas volcaba sobre el costado, ¡qué desastre!, se hundirían otras seis, arrastradas a las profundidades por el remolcador hundido. Un caos para la navegación, desde luego, y muy caro de reparar.

—No te preocupes por eso —dijo Stephens. El director de las operaciones especiales gozaba de una gran confianza por parte del Departamento de Hacienda y, por el momento, era su niño bonito.

Fue Ibrahim el elegido para ir a Bucarest a encontrarse con Gulian.

—El paso de Stenka —dijo éste—. No hay duda. Una empresa austriaca drena el canal de navegación y, en el estado actual de las cosas, ahora más que nunca. Siempre están trabajando en ello.

—En cuanto a la carga apropiada, Gulian se encogió de hombros y dijo:

—Bien, una caldera a vapor. —Luego rió—. Si lo que queréis es montar el mayor descalabro del mundo, si queréis el ingenio más desesperante que podáis imaginar, lo que buscáis es una caldera de vapor. Esos aparatos son monstruosos, preguntadle a vuestros empresarios locales.

¿Nueva?

—No, imposible. Se tarda meses en pedirla, construirla y entregarla. Es una pesadilla.

¿Y entonces?

—En todos los negocios hay mercados en la sombra, tratos informales entre comprador y vendedor. En todos los productos, en las maquinarias como en cualquier otro. Se me ocurren al menos dos empresas que trabajan en esos asuntos. Y la guerra no les ha influido en nada, creedme, estos hombres prosperan en tiempos de guerra. Viven en los márgenes. Están por la oficina, leen los periódicos, discuten de los acontecimientos del día con la secretaria. Había uno, ¿se llamaba Brugger? Siempre llevaba un mondadientes en la boca. Esperaba que yo saliera a comer. Hola, ¿como estás?, ¿has oído la última del fontanero y el enano? ¿Quieres comprar algo? ¿Tienes algo que quieras vender? La verdad es que no lo necesitas hasta que lo necesitas, y entonces realmente lo necesitas.

Y, entonces, ¿quién compraría las turbinas?

—Ése es el problema. Una empresa papelera no funcionará porque las personas que estudian estas cosas, las licencias de importación y eso, no son tontos. «XYZ», dirán, «¿quién es ése?». Lo cual significa que, si no tienes meses para construir una empresa tapadera, tendrás que contar con una de verdad. De modo que soy yo o alguien como yo.

¿Y qué sucedería después del «accidente»?

—Hay que darles largas, tratar de ganar tiempo, crear malentendidos, negaciones, tirarse de los pelos, declararse en bancarrota y luego escapar lo más rápido que puedas. Al fin y al cabo, ¿qué te hace pensar que lo que funciona en los negocios no funcionará en la guerra?

Sí, pero no había antecedentes de que Gulian hubiese hecho ese tipo de cosas.

Era verdad.

—Pero pregunta a mis enemigos, ellos te dirán que siempre supieron que acabaría así. De modo que, al fin y al cabo, tendrán razón.

¿Eran muchos los enemigos?

—Yo soy rico y tengo éxito —dijo Gulian—. Vosotros os ocupáis del resto.

A través de diversos bancos, en Ginebra y Lisboa, el dinero comenzó a moverse.

28 de febrero. Una mañana tranquila en la oficina de la URI. En la radio, una suite interminable y variaciones para guitarra, acompañadas, aquí y allá, por la ruidosa lectura de los periódicos, un ocasional y plañidero silbido del radiador tibio que recordaba mejores días. En la ventana un cielo color de plomo. Serebin visitó el despacho esa mañana porque no tenía ningún otro lugar adonde ir ni nada más que hacer. En el argot del mundo clandestino a esto se le llamaba *esperar*. Tenía que hablar urgentemente con Polanyi, decirle lo que había pasado en el café, cerca de los mataderos, advertirle quizá de una peligrosa corazonada, o arriesgarse a que le riñeran amablemente por ver cosas que no existían. Sin embargo, si no

tenía un canal de emergencia para comunicarse con Helikon Trading, no había nada que hacer. Lo habían dejado en París, a la espera de una tarea, matando el tiempo. ¿Acaso se habían cancelado por alguna razón las operaciones? Quizá sí. Y ¿cómo se lo dirían..? Silencio. «No hay más contactos.» ¿Acaso Polanyi haría algo así? Sí, era precisamente lo que haría. Ésa era, sospechaba, la manera clásica y tradicional de proceder.

Pensó en el telegrama. Lo escribió y volvió a escribir en el lenguaje esotérico que utilizaban, oblicuo y normal y corriente... «Representante de importante director actualmente no dispuesto a proceder.» En otras palabras, «el cabrón ha intentado matarme». No. No surtiría efecto. O peor, surtiría efecto y pararía la operación sin que hubiera una razón concreta.

Pasó la mañana fingiendo estar ocupado, sentado frente a un montón de papeles problemáticos, cartas por responder, formularios que rellenar, tareas que compartía con Boris Ulzhen, pero sobre todo pensando en cosas en las que no le hacía ningún bien pensar. En ese momento sonó el teléfono, y un hombre lo llamó.

—¿Ilya Alexandrovich? Una llamada para ti.

—¿Quién es?

Al cabo de un momento, el hombre dijo:

—*Madame* Orlov.

El nombre no significaba nada, otra alma perdida. Serebin vaciló, estaba cansado del mundo, de personas que pedían cosas. Finalmente, perdió la batalla con su conciencia y se acercó a la mesa.

—¿Sí? —dijo—. ¿*Madame* Orlov?

—Hola, *ours*.

A las cuatro y media, había dicho ella.

Pero a las cinco y media aún no había llegado. Esperó, miró su reloj y esperó. A veces miraba por la ventana a las personas que pasaban por la calle frente al hotel. Intentaba leer, y renunciaba a ello, caminaba por la habitación, volvía a la ventana. No es más que un retraso, se decía, las mujeres hacen eso cuando están enamoradas, no es nada nuevo. Pero aquella era una ciudad ocupada y a veces la gente no aparecía cuando decía. A veces, resulta que tenías que esperar en una cola de control de pasaportes y se te llevaban para interrogarte. Y, a veces, simplemente desaparecías.

Pasadas las seis oyó pasos en el pasillo, casi corriendo, y esperó junto a la puerta hasta que ella llamó. Venía sin aliento y tenía frío, dijo que lamentaba llegar tan tarde, le rozó la mejilla con un guante frío y, con los ojos cerrados y los labios abiertos esperó que la besara. Él iba a besarla, pero se contuvo. Prefirió aspirar, desde la curva entre su cuello y el hombro, una bocanada grande y profunda de ella, de su perfume, de su jabón corriente, del olor de su piel, y cuando exhaló, se convirtió en un sonido audible, mitad gruñido mitad suspiro, como un perro junto a una chimenea.

Ella sabía qué significaba aquello. Lo abrazó fuerte un momento y luego dijo:

—Dios mío, hace frío aquí. —Corrió a la cama, y se quitó el abrigo y los zapatos por el camino. Se metió bajo las mantas y se las subió hasta la nariz. Él se sentó a su lado y ella le dio su chaqueta y su blusa, luego el jersey y la enagua. Una breve lucha por debajo de las mantas le arrancó primero una imprecación, después una media.

—¿Cuánto tiempo? —preguntó él.

Ella le entregó la segunda media.

—El fin de semana. Labonnière está en Vichy, en el Ministerio de Asuntos Exteriores. Así que...

—¿Acaso... es por trabajo? ¿Para nosotros?

Ella se agitó brevemente por debajo de las mantas y le entregó su portaligas.

—No, cariño, no es trabajo. —Se quitó el sujetador, se lo dejó sobre las piernas con todo lo demás, se quitó las bragas, asomó desde su guarida y, después de girarlas del revés, se las puso sobre la cabeza.

—Detesto la idea de volver allá —dijo más tarde. Estaban abrigados bajo el enredo de las mantas, la habitación a oscuras, la ciudad en silencio—. Trieste es un lugar espantoso. Uno de esos pueblos fronterizos donde todos están enemistados con todos.

—No es para siempre —dijo él.

—Es inhóspito y triste y, además, llueve.

—Pero... —volvió a decir él, y guardó silencio un momento—, tienes que quedarte.

Ella bostezó y se estiró, abrigó a ambos con las mantas.

—No me tientes, *ours*. De verdad, no lo hagas. —Él había sintonizado la BBC, con el volumen muy bajo, por precaución (las leyes de ocupación prohibían escucharla) y una lejana sinfonía se oyó sobre la mesita de noche—. Me he convencido a mí misma de que lo que hago aquí es importante —dijo, pero no sonaba convencida—. Inteligencia de salón, digamos. Pobre *madame* X, cómo suspira por su amigo, el ministro de Y, que ha partido a Moscú por una semana. Labonnière lo hace muy bien.

—Vais con cuidado, supongo.

—Ya lo creo que sí. Pero...

Ella no quería hablar del tema, no lo quería en la cama junto a ellos. Le pasó un dedo por la espalda y comenzó a hacerle el amor lentamente.

—Quizá mejor, en la primavera.

Ella le selló los labios con un dedo.

—Perdón.

Entonces se volcó delicadamente sobre él hasta que su boca llegó junto a su oído y dijo, en una voz tan leve que Serebin apenas pudo oír:

—Sobreviviremos a esto, *ours,* y entonces nos iremos juntos.

Sólo cuando amaneció y estuvieron vestidos, él se atrevió a contarle lo sucedido en el café.

—Es curioso —dijo ella.

—Sí.

—No me gusta, pero si realmente hubieran querido hacerte algo, lo habrían hecho.

—Lo sé.

—Quizá sólo intentaban atemorizarte. Un aviso.

—Puede ser. Aun así, sea lo que sea, Polanyi debería saberlo.

—Yo me puedo encargar de eso —dijo ella—, cuando regrese. —Se puso el abrigo, lista para salir a tomar un café—. A estas alturas, ya lo sabes, Polanyi, la gente para la que trabaja y la gente para quienes ellos trabajan están todos comprometidos en esto.

Guardaron silencio un momento.

—De manera que —concluyó Marie-Galante—, es demasiado tarde para detenerse.

No era nada atinado dejarse ver juntos en la *gare* de Lyon, pero él no quería que ella lo dejara en el hotel. Buscaron un taxi, pero no encontraron ninguno, así que viajaron en metro, apoyados uno contra el otro; bajaron una parada antes de la estación, encontraron un café, se tomaron de las manos por encima de la mesa y se dijeron adiós.

20 de marzo. Los parques seguían teñidos de color marrón, inertes, ramas desnudas que goteaban por la fría lluvia, la luz ya desaparecida al final de la tarde, cuando todavía faltaban horas antes de que llegara el amanecer. Sí, los últimos días de invierno, el calendario no mentía, pero allí arriba le costaba morir, tardaba unos cuantos días en hacerlo. En el *pont* Royal, el escritor emigrante I. A. Serebin se apoyó sobre la balaustrada y miró pensativo hacia el Sena.

¿Escribía sobre una primavera indecisa? ¿Versos de un amante en una ciudad lejana? El río fluía, las aguas lisas y con escaso caudal apenas se movían. ¿Quizá comenzaba a llenarse, a crecer, alimentado por el deshielo de los campos y los montes del sur? No lo sabía, era un ignorante en materias fluviales. Todos aquellos años viendo fluir el río, la propia esencia de las cosas, y no sabía nada de él. Aun así, escudriñaba las aguas, quería leer en ellas, porque si en aquellos parajes el deshielo de la primavera ya había comenzado, también habría comenzado en otros ríos, al sur y al este de allí, en el paso de Stenka, en el kilómetro 1.030. Ciertos individuos en Estambul y Londres seguramente estarían mirando sus propios ríos, sospechaba. Entonces, ¿dónde estaban?

No debería preocuparse.

Se alejó del puente y se dirigió a las oficinas de la URI. Y, más tarde, con el correr de las horas, volvió al Winchester. Y luego, como era su costumbre, a un pequeño restaurante del barrio, donde sus cupones de racionamiento le permitían tomarse un plato de sopa, nabos y cebollas y unos cuantos trozos de carne, además de un pedazo de pan gris y harinoso. Comía mientras leía un periódico, plegado junto a su plato para hacerle compañía. Leyó rápidamente las noticias políticas (Hitler acababa de lanzar un ultimátum al príncipe Pablo de Yugoslavia) hasta llegar a «El informante curioso». «Ayer, nuestra pregunta iba dirigida a los hombres de barbas largas: Señor, ¿duerme usted con la barba por encima de la sábana o por debajo?»

—¿*Monsieur*?

Serebin alzó la mirada y vio a una mujer vestida con un abrigo y pañuelo negros. Una mujer cualquiera, pequeña y compacta, nada que llamara la atención.

—Todas las mesas están ocupadas. ¿Le importa que me siente a su lado?

Pues no, no le importaba. Todas las mesas no estaban ocupadas, pero para qué discutir nimiedades. La mujer pidió una pequeña botella de vino y el caldo, no había nada más en la pizarra, y entregó sus cupones. Cuando el camarero se fue, dijo:

—Creo que tenemos un amigo común. En Estambul.

Los viejos amigos solían reaparecer en el valle alojado entre invierno y primavera. Quizá fuera la suerte, o los astros, o algún arcaico reflejo de los humanos. Cualquiera que fuese la razón, el fenómeno era especialmente intenso ese año. Sin ir más lejos, Helmut Bach había dejado dos mensajes en la URI durante la primera semana de marzo, y dos más en el Winchester, la segunda, con una breve nota. ¿Dónde estaba Serebin? Bach tenía muchas ganas de verlo, tenían que hablar de ciertas cosas. Por favor, ponte en contacto. En este número, o en este otro, la oficina de protocolo de la administración alemana, seguro que le darían el mensaje.

Des choses à discuter. Un alemán que escribía a un ruso una nota en francés. ¿Qué podría traer de bueno? Sin embargo, los amigos (incluso los «amigos», una palabra encubridora para una relación encubierta) no tenían que «hablar de ciertas cosas». Aquello sonaba a amenaza. Una cálida y pequeña amenaza, quizá, pero que no dejaba de serlo. Bach había invertido tiempo y concentración en él, ahora tenía que rendir sus frutos. Había llegado el momento, y probablemente había pasado, para que Serebin le diera a las autoridades del ocupante lo que deseaban, «una conversación», una aparición en un acontecimiento cultural, cualquier cosa que insinuara una aprobación de la nueva Europa germánica.

Eso si se miraba por el lado bueno.

Porque también se le ocurrió a Serebin que esas muestras de afecto de su amigo alemán podrían haber sido ordenados por la misma fuente que había enviado a Jean Marc a invitarlo a tomar unas copas. No era una denuncia directa ante la Gestapo, sino simplemente una palabra con un diplomático o con un oficial simpático y bien educado de la Abwehr. Porque no se trataba de una cuestión de fuerza mayor, sino de su prima cercana, llamada *presión*. Para Serebin aquello significaba que, por alguna compleja razón, la mano invisible (un puño de hierro con un guante de terciopelo) obraba con cautela.

Eso es lo que pensaba.

El correo de Polanyi le había dejado un impecable juego de documentos para su partida de París el 25 de marzo. Un nombre nuevo, un apellido ruso, y una nueva profesión: director de la filial de París de una empresa rumana, la empresa Marasz-Gulian, con permiso para viajar a Belgrado por asuntos de negocios en *wagon lit* de primera clase. Esto entrañaba dos cosas: Serebin no tenía que solicitar autorización para salir de la ciudad ocupada (cruzó por su pensamiento la idea de que lo estarían esperando en esa oficina) y, puesto que su tren salía al cabo de cuatro días, probablemente evitaría responder a Helmut Bach.

Cuatro días. Con sus premoniciones. Se encontró a sí mismo haciendo inventario de su vida en el Winchester, de su vida en París. Hurgando entre notas y esbozos de obras no escritas, direcciones y números de teléfono, libros, cartas. Sabía, desde que los alemanes habían entrado en París nueve meses antes, que quizá no se quedaría para siempre. De modo que había actuado como un parisiense ante la ocupación. Observar durante un tiempo, ver si se podía sobrevivir, y luego intentarlo de nuevo el día siguiente. Tarde o temprano, se decían los franceses, se irán, porque siempre se iban. Y había supuesto que si resultaba que quien tenía que irse era él, escenificaría una salida civilizada.

Pero ahora tenía malos presentimientos. Era evidente que Bach, que equivalía a decir el Tercer Reich, no pensaba dejarlo en paz, que le haría pagar por dejarlo vivir en su ciudad. Como decían los franceses, *fini*. Se ha acabado. Se dio cuenta de que ansiaba ver, una última vez, ciertos lugares. Calles que le agradaban, jardines, callejuelas, unos cuantos rincones secretos de la ciudad cuyo corazón medieval aún latía. Pasaría mucho tiempo antes de que volviera a verlos.

Dos días tristes. La foto de Annette, *Mai '38* garabateado en el dorso, tomada en el jardín de una casa junto al mar. Un vestido estampado, una sonrisa dolorosa («¿Por qué me tienes que tomar una foto?»). Una carta de Varsovia, fechada en agosto del treinta y nueve, franqueada sólo días antes de la invasión por un amigo polaco de Odessa. Una foto de su padre cuando era joven, el pelo como trigo cepillado, parado rígidamente junto a una mujer mayor desconocida. La única foto de él que había sobrevivido. «Mételo todo en una caja y encuentra un sitio donde ocultarlo.» Casi alcanzó a realizar el impulso, porque compró una caja adecuada en la librería. Pero ya era demasiado tarde.

Cuando entró en el vestíbulo del Winchester, justo después de las siete, con la caja bajo el brazo, el portero lo llamó. Era el mismo empleado, un anciano de pelo canoso, que lo había visto llevar a Kubalsky arriba. Cuando se acercó al mostrador, le dijo:

—Ah, *monsieur*, hay buenas noticias para usted.

—¿Sí?

El segundo hombre tras el mostrador, un hombre corpulento de pelo oscuro y tupé engominado que se ocupaba de los libros del hotel, alzó la mirada, atento. Siempre era interesante oír buenas noticias.

—*Madame*, en la *crémerie*, ¿en la *rue* Mabillon? Tiene un enorme queso de Cantal. Si va ahora, todavía podrá conseguir algo.

Serebin se lo agradeció. Nunca había sucedido nada parecido, pero el carácter francés era voluble y excéntrico, y los repentinos cambios de tiempo no eran ninguna sorpresa. Cuando empezó a girarse para dirigirse a su habitación, el hombre lo cogió por la muñeca.

—Ahora, señor. Ahora mismo. El *cantal*. El hombre lo apretaba
con tanta fuerza que la mano le temblaba.

Serebin sintió un escalofrío. Tenía el sobre que le había entregado el correo en el bolsillo interior de su chaqueta. Pasearse con dos
identidades era un signo inequívoco de clandestinidad, pero tenía la
intención de ocultarlo en la oficina de la URI.

—Ahora, por favor. Una mirada y un gesto señalando hacia el techo, «están en su habitación».

A su lado, el contable echó mano del teléfono que utilizaban
para llamar a las habitaciones. El empleado vio su gesto, se giró hacia
él y durante un momento largo los dos hombres se miraron fijamente. Aquello no era ni más ni menos que una lucha por la vida de Serebin, y él lo entendió. Una lucha feroz y silenciosa, ningún ruido en
el vestíbulo, ninguna palabra pronunciada destempladamente. Al final, el contable carraspeó, un pequeño gesto de inhibición, y retiró la
mano del teléfono.

—Yo le enseñaré donde queda —dijo el empleado—. La *crémerie*.
Soltó la muñeca de Serebin y rodeó el mostrador. Entonces volviéndose hacia el contable, dijo—: Vigile esto un momento, ¿de acuerdo?
—Y luego agregó—: *Monsieur* Henri. —Su nombre de pila, pronunciado con un tono de voz normal, seco y agradable, tenía algo de ana-
tema, claro como una campana.

El empleado le cogió a Serebin por el codo (había luchado por
su trofeo y ahora no dejaría que se le escapara) y lo condujo hasta una
puerta que llevaba desde el vestíbulo a una escalera del sótano del hotel. Aquello era una bravata, pensó Serebin, una auténtica bravata típica de los franceses. El viejo sabía que el contable no cogería el teléfono cuando saliera, de modo que lo suyo había sido un reto en toda
regla.

Al pie de las escaleras, un pasillo a oscuras, muebles ruinosos
del pasado y baúles abandonados, antiguos arreos de tiro y un montón de botellas de vino sin etiquetar selladas con cera, la historia privada del Winchester. Otra escalera llevaba a una pesada puerta y a la
calle. El empleado cogió un manojo de llaves de su bolsillo, le pidió
a Serebin que encendiera una cerilla, encontró la que buscaba y
abrió la puerta.

Afuera, un callejón. Al final, Serebin divisó una calle.

—Cuídese, *monsieur* —dijo el empleado.

—¿Quiénes eran?

Le respondió con un gesto muy francés, los hombros, la cara y las manos queriendo decir *quién sabe*, para empezar, pero con algo añadido: *Son los mismos de siempre.*

—Eran tres, no llevaban uniforme. Uno en su habitación. Dos fuera.

—Bien, muchas gracias, amigo.

—*Je vous en prie, monsieur.* El placer ha sido mío.

Una hora más tarde se encontraba en el apartamento de Anya Zak. Primero había ido a ver a Ulzhen, pero el conserje le dijo que había salido por la noche.

—Conque ahora ves la verdad —dijo Anya al abrir la puerta. —La Anya verdadera. Que vestía dos gruesas camisas de dormir, un par de calcetines del ejército francés y guantes de lana, uno verde y el otro gris.

Se sentó en el sillón con la caja vacía sobre las rodillas. Anya se quedó junto a un fogón y puso a calentar agua para el té.

—Debería prevenirte —dijo Serebin—, que soy un fugitivo.

—¿Tú?

—Sí.

—¿En serio? ¿Qué has hecho?

—No gran cosa.

—Bien, sea lo que sea, espero que sea muy grave. Que merezca un castigo.

—¿Me puedo quedar aquí, Anya?

Ella dijo que sí con un gesto de la cabeza y sacó el té de una lata mientras esperaba que el agua hirviera.

—Ya sabes que hay gente que dice que tú haces cosas.

—La gente se equivoca.

—¿Ah, sí? Bien, aun así, estoy orgullosa de ti.

Serebin durmió en el sillón, cubierto con el abrigo (ella insistió en que se quedara con la manta, pero él se negó). Ninguno de los dos durmió de verdad. Hablaron en la oscuridad cuando apagaron las luces, acerca de países y ciudades, de lo que le había sucedido a personas que conocían. Después, pensó que ella se había dormido. Pero adivinaba su forma por debajo de las mantas, inquieta, moviéndose, dándose vueltas. En cierto momento, ya muy tarde, ella murmuró:

—¿Estás dormido?

Estuvo a punto de contestar, pero al final guardó silencio y siguió respirando como si durmiera.

La emperatriz Szeged

26 de marzo. Belgrado.

Al menos así la llamaban los cartógrafos. Para los habitantes locales era Beograd, la Ciudad Blanca, capital de Serbia, como siempre había sido, y no de un lugar llamado Yugoslavia, un país que, en 1918, unos diplomáticos se habían inventado para establecer su residencia. Aun así, cuando aquello se convirtió en un hecho consumado, los serbios no estaban en condiciones de oponerse a nada. Habían perdido un millón y medio de habitantes aliándose con Gran Bretaña y Francia en la Gran Guerra, y el ejército austrohúngaro había saqueado la ciudad. Un saqueo auténtico, al viejo estilo neoclásico, nada del refinado escamoteo del patrimonio artístico nacional y del oro. Se lo habían llevado *todo*. Todo lo que no estaba escondido, y gran parte de lo que sí lo estaba. Se vio a los ciudadanos en la calle vestidos con cortinas y alfombras. Y, diez años más tarde, sucedía que algunos iban a visitar a sus amigos en Budapest y veían cómo les servían la cena en sus propios platos.

El tren de Serebin llegó al amanecer, mientras una bandada de cuervos alzaba el vuelo hacia un cielo rosado desde el techo de la estación. Su partida de París se había convertido en algo muy parecido a una huida, perpetrada con la ayuda de Kacherin, de entre todos el peor poeta del mundo. Porque Kacherin, que escribía versos edulcorados sobre su madre, también era Kacherin el taxista emigrante que, en cuanto Serebin se confesó fugitivo, le aconsejó que excluyeran de plano la *gare* de Lyon. Ahí los detenían *a todos*. Entregó algo de dinero a Anya Zak para que le comprara una maleta y ropa para meter dentro y Kacherin lo condujo hasta Bourges, aunque él sólo había pedido llegar hasta Etampes, la línea de demarcación de la zona no ocupada. Kacherin resultó ser un cómplice inesperadamente útil y lo condujo a través de la sucesión de puestos de control con una sonrisa vacilante y una risilla nerviosa.

—Ha perdido el tren —les decía a los alemanes, simulando una botella con el puño, el meñique extendido y el pulgar en la boca, mientras Serebin seguía el cuento cogiéndose la cabeza con las dos manos. «Hombre, es que estos rusos...»

De modo que, al final, Kacherin demostró poseer un gran talento, que simplemente no era el que él deseaba. Hablaron sin parar hasta Bourges, y Serebin llegó a pensar que ésa era una de las razones por las que Kacherin había accedido a llevarlo. Hablaron y hablaron. De poesía, de historia, de las estrellas y de los insectos, del tarot, de Roosevelt. Aquel hombre sentía pasión por las minucias del mundo. ¿Tal vez debería pensar en dedicarse a escribir acerca de eso? No, cierra el pico y sé amable, se dijo a sí mismo Serebin, una sentencia que escuchó como si fuera la voz de su propia madre.

Las cosas no iban demasiado bien en Belgrado.

El bar del Srbski Kralj (Rey de Serbia, el hotel de la ciudad) estaba repleto, tomado por todos los depredadores de los Balcanes, hombres anónimos con sus rubias mezcladas entre multitud de corresponsales extranjeros. Serebin contó cuatro lenguas diferentes, todas en volúmenes de diverso matiz, al cruzar la sala.

—Ah, Serebin, *salut*.

«Finalmente nos encontramos.» Capdevilla estaba contento, aliviado de verlo. Le presentó a los dos serbios pálidos, con uniforme de la fuerza aérea, que compartían su mesa.

—El capitán Draza y el capitán Jovan. —Los dos fumaban febrilmente y exudaban conspiración por todos los poros de la piel. ¿Rangos y nombres? Serebin era incapaz de saber si calificar aquello de siniestro o de entrañable. Tal vez ambas cosas. Rusos y serbios, eslavos que hablaban lenguas eslavas, podían entenderse, y el capitán Draza le preguntó de dónde venía.

—De París.

—¿Cómo puede vivir allí? —Los dos hombres estuvieron a punto de escupir. Vivir bajo la ocupación alemana era una actitud a todas luces excluida de su código de virilidad.

—Quizá no puedo.

—Ese mamón se piensa que podrá venir por aquí —dijo Jovan.

—No le gustará —añadió Draza.

Comenzaba a anochecer cuando Capdevilla y Serebin caminaron hacia los muelles, entre calles lodosas flanqueadas por pequeñas chozas habilitadas como bares. En el interior, el fuego lanzaba destellos desde los hornos de ladrillo, los dueños reían, gritaban, lanzaban imprecaciones y alguien tocaba una mandolina o una balalaica. Tras un recodo, la calle giraba hacia abajo y Capdevilla tropezó con un cerdo atado a una cuerda. El animal lanzó un único e irritado gruñido antes de volver a revolcarse en el barro. Alguien por encima de sus cabezas, una mujer, cantaba. Serebin se detuvo a escuchar. «Sólo la luna brilla en las alturas / e ilumina las tumbas de los soldados.»

Capdevilla le preguntó qué era.

—Es una canción del ejército ruso, *Las colinas de Manchuria*, de los tiempos de la guerra con Japón, en 1905.

—¿Hay muchos emigrantes por aquí?

—Unos treinta y cinco mil. Del ejército de Denikin y de Wrangel. Cosacos y médicos, profesores, de todo un poco. Teníamos una importante filial de la URI en Belgrado, pero se escindieron de la organización de París. Nuestra política... Ya sabe de qué va eso.

Ahora veían los muelles, donde el río Sava se encontraba con el Danubio, las barcas con sus linternas de proa a popa y los remolcadores, sus reflejos titilando en el agua. Unas cuantas luces en los lugares donde las faenas continuaban durante la noche, una lluvia de chispas azules del soplete de un soldador, las luces rojas en las boyas que marcaban un canal en el río.

—Es todo muy apacible, ¿no le parece? —dijo Capdevilla—. Es una lástima que no dure.

Serebin sabía que aquello era verdad. Otra ciudad en llamas.

—Los Balcanes se han convertido en un problema para *herr* Hitler. El ejército italiano ha llegado a Albania y los griegos no están dispuestos a tirar la toalla. De modo que Hitler tiene que mandar un contingente importante, digamos, unas treinta divisiones, para calmar las cosas, y tienen que cruzar Yugoslavia para llegar adonde tienen que ir. Lo cual significa que al gobierno de Belgrado le conviene firmar un pacto con el Eje, o atenerse a las consecuencias. Ahora mismo, la paciencia de Hitler está siendo puesta a prueba: ultimátums, ministros sobornados, una quinta columna, es decir, Croacia, y el próximo paso, la invasión. Los yugoslavos lo saben, y cederán, el gobierno cederá, pero lo que se cuenta en el Srbski Kralj es que los militares, sobre todo la fuerza aérea, no lo tolerarán.

Al llegar al puerto tuvieron que esperar mientras un hombre se acercaba para coger su perro, una especie de enorme sabueso de los Balcanes, tan negro que era casi invisible. El animal no cedía el paso y gruñía para hacerles saber que no les permitiría bajar por su calle.

—Les pido mil perdones —dijo el hombre desde la oscuridad.

—Los dos capitanes —dijo Serebin—, ¿trabajan para nosotros?

—Técnicamente, trabajan para Londres —explicó Capdevilla—. Pero la respuesta más simple es sí. Ahora hay una segunda operación, un plan alternativo en caso de que las barcazas no funcionen. En cierto sentido, la idea es mejor, pero nos exigirá excavar y perforar, además de contar con la cooperación abierta de los yugoslavos, y Hitler ha tenido que presionar mucho a Belgrado para que obtengamos la respuesta que queríamos.

—¿Qué harán?

—Coger el monte del lado yugoslavo del río y dejarlo caer al Danubio.

—¿Excavando y perforando?

—Eso es sólo para colocar las cargas de explosivos. Cuando dejemos el negocio de los fletes, nos dedicaremos a la minería.

Dieron una vuelta al puerto siguiendo una especie de vieja pasarela de madera hasta que Capdevilla encontró el muelle que buscaba. Al final, más allá de los habitantes del río que cocinaban en braseros de carbón, más allá de los barcos cargados de madera, los barriles de alquitrán y los atados de gruesas cuerdas, había un pequeño taller de máquinas en un cobertizo de latón oxidado. En el interior, un obrero frente a un banquillo se aplicaba a desmontar un carburador, y sumergía cada pieza en una lata de gasolina para limpiarla. El taller despedía un olor agradable para Serebin, petróleo y hierro quemado, olores de los muelles de Odessa.

—Dígale que somos amigos del capitán Draza —dijo Capdevilla.

Serebin tradujo y el obrero reaccionó.

—Entonces sois bienvenidos —contestó.

—La fórmula mágica —dijo Serebin.

—En algunos lugares, sí. En otros, no lo intentaría.

—¿Quiénes son?

—Bien, nacionalistas serbios. ¿Ultranacionalistas? ¿Fascistas? En cualquier caso, están de nuestro lado, por el momento, de modo que la denominación no importa.

Más allá de la política, Serebin sabía exactamente quiénes eran. Le recordaban a unos cuantos hombres que habían servido bajo su mando durante la guerra civil, y en Ucrania, durante la guerra con Polonia. Cuando necesitaba a alguien que se arrastrara hasta el campo enemigo, cuando se buscaba a alguien que se ocupara de un francotirador en la torre del campanario, eran Draza y Jovan los que acudían. Y, no siempre, pero a menudo de forma sorprendente, acababan su trabajo y volvían sanos y salvos. Se podía ver en sus ojos, en la manera en que caminaban. Eran buenos en el combate, era así de simple, y él había aprendido rápidamente a distinguirlos de los demás.

Capdevilla caminó lentamente hasta el final del muelle.

—Venga y eche una mirada.

Serebin se acercó. Atadas al muelle había cuatro barcazas que se mecían en las aguas sucias del río, bastante cargadas, con unas lonas que recubrían unas formas altas y abultadas. Serebin subió a la primera de las cuatro, puso una mano sobre la lona y sintió una superficie metálica redonda. Después de todo el tiempo pasado en Bucarest, eso era lo que habían conseguido.

—Debería haber tres más —dijo Capdevilla—. Dos de Alemania, una aquí, en Belgrado, aunque parece que el envío de los alemanes no llegará.

—¿Qué ha pasado?

—Según Gulian, los honorables señores de la factoría de Zollweig tienen ciertas dificultades. En su telegrama se refieren a «una anomalía en la solicitud de la licencia de exportación».

—¿Qué significa eso?

—Yo diría que, en la terminología comercial alemana, significa algo así como *que te jodan*.

—¿Ya les han pagado?

—Ya lo creo que sí.

—De modo que es un robo. Cuando les quitas toda apariencia de simpatía, lo cierto es que han robado el dinero. —Y después de una pausa, añadió—: O, si no es eso, es... —vaciló, buscando la palabra adecuada—, una intervención.

—Es una posibilidad. Y muy pero que muy poco atractiva, si es verdad. Polanyi y yo dedicamos algún tiempo a eso, en Estambul.

—¿Y?

—Quién sabe.

—Bien, entonces con cuatro barcazas tendremos que tener suficiente.

Capdevilla miró su reloj.

—Quizá sean cinco. Y, mientras esperamos, deje que le cuente cómo lo haremos.

El obrero acabó con su carburador, bajó la cortina de la entrada, cerró con un candado y dio la jornada por terminada. El aire era cálido en el puerto, casi como una noche de primavera, y Capdevilla y Serebin se sentaron en el muelle de madera reclinados contra el cobertizo metálico. Capdevilla sacó una página mecanografiada y le entregó una libreta y un lápiz.

—Aquí, en Belgrado, nos encontramos en el kilómetro 1.170 del río, lo cual significa que estamos a 140 kilómetros de la cima del kilómetro 1.030. La cima se extiende a lo largo de tres kilómetros, lo cual debería ser suficiente, no sabemos cuánto tardaremos en hundir estos trastos, pero con el peso que llevan, será rápido.

»El remolcador tendrá que detenerse en un puesto de la frontera rumana, en una aldea llamada Bazias, en el kilómetro 1.072. Si salimos de aquí a la una de la tarde, calculando una velocidad de quince kilómetros por hora, llegaremos a Bazias hacia las siete y media. Sus papeles están en orden y los trámites deberían durar unos veinte minutos. En algún momento después de las nueve cuarenta y cinco pasarán por la estación piloto en el Moldova Veche, en el lado rumano.

»Se supone que un práctico debe subir al barco para la travesía de las Puertas de Hierro. Sin embargo, en la práctica, es decir, en la práctica en Rumania, todos los grandes barcos de vapor cumplen con esta norma, pero no los remolcadores, de los que sólo lo hacen la mitad. Los prácticos complican la vida, y aunque no será el fin del mundo, puede serlo para el práctico si decide no ser razonable.

»Según estos cálculos, llegamos al kilómetro 1.030 —hay una enorme roca de granito que sobresale del agua en el 1.029, que probablemente tiene un nombre popular— en algún momento después de las diez de la noche. De modo que, cuando veamos la roca, ya habremos llegado. El capitán del remolcador, al descubrir que una de las barcazas se está hundiendo y arrastrará a las demás, deberá cortar el cable y dar la alerta a la autoridad del Danubio lo antes posible.

»Pero para entonces ya habrán desaparecido. Unos cuarenta minutos más allá del paso de Stenka, en el kilómetro 1.018, el río Berzasca desemboca en el Danubio desde el norte, bajando desde los montes Alibeg, que forman parte de la cadena de los Cárpatos. Hay una aldea en la confluencia de los dos ríos, y el remolcador remontará el Berzasca más o menos un kilómetro, hasta un puente por encima de una ruta maderera. En el puente habrá un Lancia, el sedán Aprilia, horriblemente abollado y rayado, probablemente del mismo color gris que tenía cuando fue comprado o robado. Y no sería raro que en algún momento se declarara un incendio en el maletero. Si usted es como yo, puede que dedique una hora entera a preguntarse inútilmente cómo algo así podría ocurrir, pero la vida de los coches no es fácil en este país, y sigue siendo una máquina rápida y fiable. Yo conduciré, cogeremos el camino de Szechenyi de vuelta a Belgrado. Luego nos quedaremos aquí, veremos qué sucede en el río y nos ocuparemos de nuestros intereses mineros. ¿Alguna pregunta?

—¿El camino de Szechenyi? —Serebin conocía su reputación, una vía angosta, cortada entre las rocas durante el siglo XIX bajo la dirección de un conde húngaro que le dio su nombre.

—Funciona, lo he probado, sólo hay que esperar que no llueva. También la usamos en el plan de emergencia, según el cual rodeamos Belgrado y cruzamos Yugoslavia en tren, pues es muy difícil hacerlo en coche. Y en una emergencia de verdad, por avión, cortesía de nuestros amigos de la Real Fuerza Aérea de Yugoslavia, hasta una ciudad llamada Zadar, entre Split y Trieste, en la costa dálmata. Ahí nos recogerá un barco, probablemente el *Néréide*, aunque con Polanyi nunca se sabe. El contacto en Zadar es una floristería, en una pequeña calle de la plaza central, llamada Amari. Si tiene que enviar una señal de socorro, sin importar dónde se encuentre, envíe un telegrama a Helikon Trading con el mensaje *Acuso recibo de su carta del 10 de marzo*.

»Finalmente, podrá volver a París, o, si han descubierto quién es y lo están buscando, a Estambul. Debería añadir que cuando Polanyi supo lo de su reunión en el bar en París pensó que, fuera lo que fuese lo ocurrido, su margen de seguridad se había visto tocado y tendría que salir.

—Tiene razón —dijo Serebin.

—Suele tenerla. Entonces, será Estambul.

Serebin comenzó a contar su huida de París, pero oyeron el golpeteo desacompasado del motor de un remolcador que entraba en la boca del puerto y ambos se incorporaron. Siguió a Capdevilla hasta el final del muelle. En la leve luz alcanzó a leer el nombre del barco: *Emperatriz de Szeged*. Un barco húngaro. En realidad, si lo pensaba, no era ninguna sorpresa. Cuando el remolcador, que arrastraba una barcaza con una pesada carga, se deslizó diestramente contra la pared del muelle, de detrás del timón apareció de pronto Emil Gulian, excepcionalmente fuera de contexto con su sombrero de hombre de negocios, su bufanda y su abrigo. Les hizo una señal y le lanzó una cuerda a Serebin.

—Hola, ¿qué hay? —saludó—. Me alegro de volver a verlo.

Serebin ató la cuerda a un noray, subió al remolcador y se dirigió a la cabina del piloto. En la *Emperatriz* viajaban sus propios dueños, una joven pareja, los dos con el uniforme de marineros del río, camisa y pantalones azul oscuro. Zolti, apodo de Zoltan, era húngaro, delgado y fibroso, el rostro curtido por toda una vida en el agua. Erma era vienesa, unos cuantos centímetros más alta, ancha y gorda, con unos pechos enormes. Con la camisa arremangada, revelaba unos brazos carnosos y tenía una cara que espantaría a los muertos. Era la cara de una campesina, ancha y regordeta, ojos agudos y brillantes, una nariz bulbosa y un ancho tajo por boca, dispuesta a reírse de un mundo que se había reído de ella. Tenía la testa coronada por un pelo color ébano que había sufrido el corte, pensó Serebin, de un hacha aunque, más probablemente, de unas tijeras.

La pareja hablaba en alemán con él; Zolti, muy poco, y Erma casi sin parar, sonrosada y emocionada, pasándose la lengua por los labios a cada rato. Quizá fuera un tic nervioso, o quizá, pensó Serebin, señal de que comenzaba a sentirlo.

Al menos él empezaba a sentirlo. En el tren a Belgrado, sintió que algo lo visitaba y que llegaba para quedarse. Era como un mecanismo en su interior que marcaba el paso del tiempo, un nudo en el pecho, la boca seca; y, antes, ese mismo día, al encender un cigarrillo se había quemado la palma con una cerilla rebelde.

—¿Piensan bajar a tierra? —les preguntó.

—No, no —dijo Erma—. Nos quedaremos aquí. —Con un gesto de cabeza señaló hacia las barcazas—. Vigilando —dijo. Cogió una pequeña barra de hierro junto al timón, la sacudió con gesto cómico y cerró un ojo, como si estuviera protegiendo una bandeja de galletas de una pandilla de niños traviesos.

Gulian y Capdevilla lo esperaban en el muelle, los dos con las manos hundidas en los bolsillos del abrigo. Cuando Serebin bajó por la escalerilla, Capdevilla preguntó:

—¿Y?

—Estarán bien.

—Esos dos no tienen en gran estima a los nazis —afirmó Gulian, estrechándole la mano. Durante el breve momento en que lo había visto en Bucarest, en el Club Tic Tac, Gulian le había parecido un hombre vacilante, retraído, el escolta apocado de su amiga cantante del club nocturno. Ahora no. Era más joven de lo que recordaba, tenía una cara animada, una sonrisa sutil y poderosa que no se le borraba del rostro, y el aire de un hombre casi religiosamente despreocupado de sí mismo, principio que también aplicaba al mundo. También se lo estaba pasando en grande, pensó; cualquiera que fuesen las cadenas de las que se había liberado, realmente se lo pasaba en grande.

—Esta noche será mi invitado a cenar —anunció Gulian.

Era lo último que Serebin deseaba, pero Gulian no era alguien a quien se le pudiera decir no. Salieron del puerto, encontraron un café donde Gulian hizo una llamada por teléfono, un asunto desagradable, en Belgrado, y luego cogieron un taxi hasta una pequeña residencia privada no lejos del Srbski Kralj. Fue una elaborada cena, servida por dos jóvenes y atractivas mujeres, preparada por un cocinero que no dejaba de abrir la puerta de la cocina y mirar por el hueco. *Risotto* con higadillos de pollo, filete de lomo, puré de pimientos asados con ajo. Las bandejas no paraban, eran probadas y luego enviadas a la cocina, mientras Gulian exclamaba «¡Magnífico, Dusko!» en cada ocasión para darle ánimos al chef. No había más clientes y comieron en una mesa ancha en el comedor. Aquello no era precisamente un restaurante, o era un restaurante sólo cuando Gulian, u otros como él, querían que lo fuera. Para postres, Dusko presentó en persona su fruta confitada con marrasquino.

Gulian no tenía intención de viajar a Belgrado. Pero cuando «aquellos cabrones de la fundición» comenzaron a darle largas, echó mano de su talonario y tomó un tren.

—Se les pagó lo que pedían, ese fue mi error —dijo Gulian—. Al ver que yo no regateaba, supongo que dirían: «Bien, se ve que realmente lo quiere, veamos hasta qué punto».

—¿Y qué hizo usted? —preguntó Serebin.

—En primer lugar, me presenté. Después, empecé a gritar, en francés, además de unas cuantas palabras en alemán, y ellos entendieron. Y, finalmente, pagué. De modo que...

Un excelente anfitrión, Gulian. Era atento y entretenido. Conocía el país, conocía su historia y le gustaba contar anécdotas.

—¿Alguna vez oyó hablar de Julius el Sobrino, gobernante de toda la Dalmacia? —No, en realidad no habían oído hablar de él—. El último emperador de Occidente consagrado legítimamente, nombrado por Roma a mediados del siglo V. A pesar, debería agregar, de las maquinaciones de un tal Orestes, antiguo secretario de Atila de los Hunos.

Al menos distrajo a Serebin de pensar en lo que tenía que hacer. Y las historias eran sabrosas. Gulian era una especie de escritor frustrado que se sentía a sus anchas con los excesos y la excentricidad.

—Cuando el visir turco Mustafá fue derrotado en Viena —dijo, con un bocado de risotto en el tenedor—, se resistía a dejar sus tesoros más preciados, sobre todo a los dos seres más bellos del mundo. Así, con lágrimas de dolor y pesar, mandó decapitarlos para asegurarse de que los infieles jamás los poseerían: la más bella de todas sus esposas y un avestruz.

Cuando retiraron el postre, Gulian pidió coñac.

—Brindemos por el éxito, caballeros. Y, cuando llegue la hora, muerte a los tiranos.

1.15 de la madrugada. Serebin había vuelto al puerto, esta vez solo. Después de avisar a la tripulación del remolcador, se sentó a esperar; encendía los Sobranie con las manos en cuenco para proteger la llama de las ráfagas del aire primaveral. Los remolcadores y las barcazas amarrados al muelle chocaban sordamente contra las amarras, y desde donde estaba oía el tráfico de los barcos en el río, bajando desde Rumania o subiendo desde Hungría, unas veces una sirena, otras una campana. Como de costumbre, los cielos de Belgrado estaban cubiertos, quizás una o dos lejanas estrellas en los cielos del Norte. 1:30. 1:45. *Hora de Serbia.* Los perros ladraban en las laderas del monte. Un borracho cantaba, el motor de un coche se quejaba por subir una cuesta pronunciada.

2:10. Supo que el ruido correspondía a un vehículo militar: potente, sin puesta a punto y ruidoso. Después vio los faros que rebotaban arriba y abajo mientras el vehículo se acercaba por el camino de tierra que desembocaba en el puerto. Se detuvo brevemente al final del muelle y luego entró en él. Serebin sintió que la estructura de madera se cimbreaba y temblaba cuando las viejas planchas de madera tuvieron que aguantar su peso. Vio que era un coche de oficiales descapotable, tal vez un modelo de 1920.

—Saludos, Ivan —gritó una voz. Ivan podría ser cualquier ruso sin apellido.

Eran el capitán Draza y el capitán Jovan, completamente borrachos y con sólo una hora de retraso. Llevaban el uniforme azul claro de los oficiales, con correas de cuero cruzadas por encima de la guerrera. El coche se acercó traqueteando y los dos hombres bajaron un cajón de madera que cogieron a cuatro manos con un saco de arpillera encima.

—¡Han llegado los armeros! —exclamó Jovan. Draza pensaba que aquello era muy divertido. Dejaron caer el cajón a los pies de Serebin. Al soltarlo, emitió un ruido seco y Jovan exclamó:

—¡Mierda!

—No, no —dijo Draza—. Ningún problema. —Y luego, volviéndose hacia él, dijo—: ¿Cómo está usted?

—Bien.

—Me alegro.

Buscó en el saco, encontró un destornillador y comenzó a desclavar las tablas de la caja y a lanzarlas por encima del hombro, hacia el agua. Cuando acabó de abrir el cajón, sacó un cilindro negro de hierro con una tapa panzuda y un brillante mecanismo de acero sujeto a un círculo alojado en el centro, un ingenio de unos setenta centímetros de diámetro, y se lo lanzó a Serebin. El peso fue una sorpresa, y Serebin tuvo que encontrar un buen asidero para no dejarlo caer.

—No lo sueltes, Ivan —dijo Draza.

Más le valía. Conocía las minas terrestres, pero nunca había tenido una en las manos.

—Venga, no seas así —le dijo Jovan a Draza.

—No podría hacerla detonar ni aunque quisiera —respondió Draza—. Vamos, démela.

—Está bien —dijo Serebin. Podía prescindir de los alardes que Draza estuviera tramando—. Ya he visto otras como éstas.

—¿Como éstas?

—Estas minas.

—Ah, minas. Joder, éstas no. Éstas son italianas. Las desenterramos al otro lado de la frontera hace un mes, así que son de los últimos modelos.

—¿Dónde ha visto usted minas? —preguntó Jovan.

—En Galicia, en Volhynia, en los pantanos del Pripet, en Madrid, en el Ebro. «Aquí todos somos colegas pero, si tenéis un momento, iros a hacer puñetas.»

—Vaya, pues muy bien.

—A trabajar —dijo Draza, y encendió un cigarrillo corto. Subieron a la primera barcaza y rodearon la gran turbina hasta que encontraron una escotilla con tiradores de cuerda en la tapa. Draza tiró de ellos hasta abrirla y se la pasó a Jovan.

—Necesitaremos una escuadra para esto.

Jovan miró en el saco y luego buscó en el interior.

—Está aquí.

—Más te vale. Yo mismo la he metido.

Jovan lanzó un gruñido, encontró una escuadra metálica con tornillos en los agujeros y comenzó a trabajar.

—Allá vamos —dijo Draza. Se cogió del borde de la escotilla y se deslizó adentro.

Jovan le entregó a Serebin el saco.

—Ha olvidado esto —dijo.

Serebin siguió a Draza, que había encendido una linterna en el interior de la barcaza totalmente a oscuras. El haz de luz iluminó unos cuantos centímetros de agua aceitosa y al menos una rata muerta.

—Taladro —dijo a Serebin. Éste buscó en el saco y sacó un taladro manual. Draza se agachó y, a unos siete metros de la apertura de la escotilla, a horcajadas sobre un puntal de madera que recorría los lados y el fondo del casco, intentó agujerear verticalmente al suelo, se hirió los nudillos, lanzó una imprecación y siguió taladrando en ángulo—. Páseme un trozo de alambre —pidió.

Con el cigarrillo que le colgaba de los labios, entrecerrados los ojos a causa del humo, le entregó la linterna, cogió la mina con ambas manos y la bajó cuidadosamente hasta el puntal. Desenrolló un trozo de alambre, lo torció una y otra vez hasta que se rompió y fijó la mina con él. Luego apretó la barra de acero en el mecanismo del centro con el pulgar y el índice e intentó girarla. Pero no se movía. Aguantó la respiración, aplicó presión y la hizo girar con toda su fuerza, hasta que los dedos perdieron su color y se volvieron blancos allí donde apretaban la barra. Durante largos segundos ésta no aflojó. Entre dientes, Draza masculló un «jodidos trastos» y cerró los ojos. Finalmente, la barra rechinó y cedió un cuarto de vuelta. Draza soltó el aire contenido, volvió a blasfemar, giró la barra con fuerza hasta completar la primera vuelta y acabó de soltarla, la cogió y la lanzó hacia la oscuridad. Serebin la oyó al caer al agua. Draza esperó un momento, perdida la paciencia, introdujo el dedo corazón bajo el pulgar y lo hizo rebotar con fuerza contra el centro de la mina. Con un ruido metálico, seco, apareció el percutor.

Draza se tambaleó un momento, recuperó el equilibrio y cortó un trozo largo de alambre. Serebin acercó la luz de la linterna.

—¿Tiene novia? —le preguntó Draza.

—Sí.

—Yo también. Debería verla.

Draza agitó los dedos como un pianista que se apresta a ejecutar una pieza y comenzó a enrollar el alambre varias veces alrededor del percutor. Llevó el alambre hasta la base, hizo un lazo, tiró de él hasta tensarlo y le entregó el resto del rollo a Serebin.

—No se le ocurra tirar de eso —avisó.

Se incorporó y se limpió el sudor de la frente con el dorso de la mano. Se había rasgado la piel de los nudillos y se limpió la sangre en la pernera del pantalón.

—Tú —dijo, dirigiéndose a Jovan—, ¿has terminado?

Jovan sostuvo la tapa de la escotilla unos cuantos centímetros por encima de la abertura. Draza se estiró y enrolló el extremo del alambre en torno a la escuadra fijada en el fondo, y Jovan desplazó la tapa de la escotilla justo lo suficiente para permitir que Draza y Serebin volvieran a subir a cubierta. Los tres se arrodillaron alrededor de la escotilla y Draza volvió a poner la tapa de nuevo en su lugar.

—Ahora —dijo—, la próxima vez que levante esto será la última. El mecanismo de encendido funciona por compresión. Tiene que tirar lenta y sostenidamente para obligarlo a bajar. ¿El capitán del remolcador sabe de estas cosas?

—Sí.

—¿Nada de inspecciones de último minuto, de acuerdo?

—Se lo recordaré.

Draza buscó en sus bolsillos y preguntó:

—¿Tiene un trozo de papel?

Serebin tenía el dorso de una caja de cerillas.

—Escriba esto. 67 Rajkovic, último piso, a la izquierda. Pertenecía a mi primo, pero si tiene que encontrarnos... —Draza le miraba por encima del hombro de Serebin mientras éste escribía—. Aquí está.

Jovan bajó al muelle y cogió una segunda mina de la caja.

—Hay que volver al trabajo —dijo Draza—. Cuatro más y habremos acabado.

4:10 de la madrugada. Oyó el ruido del bar en el Srbski Kralj cuando el portero abrió para dejarlo entrar en el vestíbulo. Cientos de personas gritando, una nube de humo, un instrumento de cuerda que tocaba desesperadamente en medio de la algarabía. Serebin subió a su habitación. En la mesa, una caja envuelta en papel marrón Y, en el interior, una botella de vino. Un Echézeaux, un borgoña de cuya calidad ya estaba enterado. No había necesidad de una nota escrita. *Buena suerte, Ilya Alexandrovich*, ése era el mensaje. O como se dijera en húngaro.

Se quitó el abrigo, se tendió en la cama y no pidió una llamada a Trieste. O, si lo hizo, fue una llamada privada, el tipo de llamada que no requiere teléfono. Llovía, una lluvia de primavera, suave e incesante en las últimas horas de la noche, una lluvia que debería haberlo sumido en el sueño, pero que no surtió efecto. Lo que sí consiguió fue sumirlo en un estado de confusión, fragmentos y trozos de inquietud, de deseo, recuerdos sin sentido, un descenso a la frontera de los sueños y el regreso a la superficie.

Paró de llover cuando amanecía y el sol colgaba justo por debajo del horizonte, encendiendo el cielo e iluminando las nubes cargadas de lluvia como brasas que se apagan, como anchas estelas rojas sobre el río.

◆ ◆ ◆

27 de marzo. *Pristinate Dunav*. Una vieja señal, la pintura descascarada y desteñida. Desde la perspectiva de un serbio, si alguien necesitara una señal para encontrar el puerto del Danubio, y lo confundiera con el puerto en el río Sava, probablemente no merecería estar ahí.

Una de las mañanas más largas que jamás había vivido, sin gran cosa que hacer excepto esperar. Había visitado el mercado al aire libre en la calle Sremska, había comprado un jersey grueso, pantalones de pana y una chaqueta impermeable con forro de lana. Se detuvo en un café, leyó los periódicos, tomó un café y se dispuso a poner manos a la obra.

Casi no lo consiguió. La tripulación del remolcador estaba lista y esperando. Zolti llevaba una chaqueta de marinero gruesa, Erma vestía algo parecido a un abrigo del ejército. ¿Tal vez griego o albanés? Un abrigo verde oliva que le llegaba a los tobillos. También llevaba una gorra de lana calada hasta las orejas. La *Emperatriz* estaba lista, dijo. Motores a punto. Así que se estrecharon las manos, sonrieron con optimismo y hablaron del tiempo.

—Bien, vamos allá— dijo Serebin, o alguna célebre frase de aliento por el estilo, y Erma soltó las amarras. Cuando volvió a la caseta, Zolti empujó la palanca de avance, el motor comenzó a martillar, el puente tembló bajo los pies de Serebin y no se movieron ni un centímetro de donde estaban.

Erma miró a Zolti y dijo *Scheisse*. Una maldición contra la mala suerte, pero que también lo incluía a él. Se rascó la nuca y volvió a intentarlo. Los cables del remolcador se tensaron. Y con eso bastó.

—Necesitamos la corriente —explicó Zolti—, cuando salgamos al río.

Serebin se quedó parado, sin saber qué hacer. «Espía húngaro muere de risa en Estambul.» O, quizá, de apoplejía. No, de risa. Erma pronunció unas cuantas palabras duras y Zolti cogió una llave y salió de la caseta. Pronto lo oyeron trabajar allá abajo y, al cabo de un rato, golpeó con la llave en el casco y Erma aceleró a fondo. El motor luchó contra la carga, hasta que comenzó a alejarse del muelle centímetro a centímetro y luego inició un largo y lento viaje para cruzar el puerto. Zolti reapareció, mientras se limpiaba el aceite de las manos con un trapo.

—Necesitamos la corriente, diez kilómetros por hora —dijo, como si se disculpara.

—Podríamos haber dejado una de las barcazas —dijo Serebin.

Erma negó con el índice en alto. No con la *Emperatriz de Szeged*.

Pusieron rumbo al sureste cuando llegaron al río. Gaviotas y cielo gris. Serebin volvió a popa, se quedó mirando las barcazas un rato, se acomodó sobre un rollo de cuerdas gruesas y observó el tráfico del río. Un vapor de pasajeros de casco negro, en el que ondeaba la cruz gamada, avanzaba lentamente río arriba. Un remolcador rumano con tres barcazas que transportaban largos depósitos cilíndricos de acero fijos a la cubierta. Era el petróleo de Ploesti, que subía hacia Alemania. Decidió creer que era eso. En el remolcador había una cuerda que iba desde el techo de la cabina del piloto hasta un palo en la popa para colgar camisas y calzones que se agitaban en el viento.

Había pescadores en botes a remo frente a la ciudad de Smederevo. En la costa, a sus espaldas, una fortaleza en ruinas, negra y monstruosa. Mayor que de costumbre, pero como siempre. Las piedras quemadas y las enredaderas en las almenas custodiaban todos los ríos de Europa. Y, si uno hablaba la lengua, acabaría conociendo a alguien en el café local que le diría cómo se llamaba el rey. Un perro dormía al final de un muelle de piedra, justo más allá de la entrada del río Morava; se despertó y miró a Serebin cuando pasaron. Luego los alcanzó una lancha a motor, con la bandera yugoslava, y mantuvo la misma velocidad que ellos mientras Zolti y el timonel sostenían una conversación a voz en cuello. Se dijeron adiós y la lancha aceleró y desapareció en un recodo del río.

Erma volvió a la popa.

—Nos han dicho que están inspeccionando los cargamentos en Bazias —dijo—. Es el puesto de la frontera rumana.

—¿Cómo lo saben?

—Tienen una radio, lo han escuchado de unos amigos.

Por un momento, Serebin se preguntó qué consecuencias podía tener aquello.

—Nuestros papeles están en regla —dijo. Un cargamento comercial a Giurgiu.

Erma asintió con un gesto de la cabeza.

—Haremos lo que se hace normalmente —dijo Serebin.

Después del pueblo de Dubravica, el río comenzó a estrecharse, las orillas eran diferentes. Ya no eran campos, sino bosques, álamos y sauces desnudos y bandadas de pequeños pájaros que abandonaban las ramas y dibujaban círculos en el cielo mientras los barcos pasaban ante ellos. Y, en ambos lados del río, la tierra se elevaba, sin demasiada inclinación, el comienzo de los contrafuertes de los Cárpatos. Las verdaderas montañas esperaban más abajo. Aun así, hacía frío y Serebin se abrochó la chaqueta. 4:30. Bazias a las 7:30. Erma cogió el timón y envió a Zolti a popa con un bocadillo de salchichas con pan negro y una taza de café. Serebin no tenía ganas de beber.

—Ella dice que hay que comer algo, porque más tarde... —No tuvo que seguir porque Serebin bebió el café.

El viento arreció al caer la noche y Serebin dejó la cubierta. La *Emperatriz* llevaba un faro montado encima de la cabina del piloto que lanzaba, al frente, sobre las aguas, un círculo amarillo compacto. Tal vez les permitía no estrellarse contra la orilla, pensó, pero no mucho más. Era probable que mantenerse a flote dependiera más de los conocimientos que tenía el timonel de las partes poco profundas y de los bancos de arena. Junto al timón había un mango de madera para dirigir el faro y Erma extendió el brazo y lanzó el haz a lo largo de la orilla, convirtiendo los árboles en fantasmas grises Y, de pronto, iluminó un mojón con el número 1.090 escrito en relieve.

Más tarde, Serebin vio que en el centro del río aparecía un bosque, una isla. Erma giró el timón a la izquierda y la *Emperatriz* pasó lentamente a lo largo de la costa mientras la estela blanca que dejaban rompía contra las raíces entrecruzadas de los árboles.

—La isla de Ostrovo —dijo Erma.

En la orilla vieron una hoguera y chispas que ascendían hacia lo alto de los árboles. Después, divisaron las siluetas de tres hombres que miraban las llamas.

Serebin preguntó si eran cazadores.

—Vaya a saber lo que son.

Bajo la luz, unas rocas de granito afiladas surgían de las aguas. La barcaza pasó a unos dos metros de una de ellas, cuya altura superaba en mucho la de la cabina. Más allá de las rocas, una aldea de pescadores, oscura y silenciosa, pequeños botes atados a un muelle. Erma señaló con el índice al techo, moviéndolo de arriba abajo para dar énfasis a su gesto.

—¿Oye eso? —preguntó.

Serebin tuvo que aguzar el oído un momento antes de oírlo, suave al comienzo, luego creciendo, el sonido bajo y regular de los aviones, muchos aviones. Se inclinó hacia delante y miró a través de la ventana sucia de la cabina, pero no había nada que ver. El ruido continuó, subiendo y bajando, durante más de un minuto.

—Es la Luftwaffe —dijo Erma. Tuvo que alzar la voz para que él la oyera.

¿Era la Luftwaffe? Se dirigían al suroeste, pensó, lo cual significaba Grecia o Yugoslavia, incluso puede que el norte de África. Si era la Luftwaffe, tenían que haber partido de campos en el norte de Rumania ¿Para bombardear a quién? ¿A las tropas británicas en Grecia?

—A alguien tendrá que tocarle —sentenció ella.

A veces, la RAF volaba sobre París por la noche cuando se dirigía a bombardear blancos en el Ruhr, acerías, fábricas de armamento. La gente dejaba de hablar cuando oía el ruido. Y esperaban, en un café o una tienda, sumidos en el silencio, hasta que el ruido se desvanecía. *París*. Era triste ver cómo las puertas se cerraban a tus espaldas. Miró hacia el río. Algunas personas se preguntarían por su paradero. No Ulzhen, ni Anya Zak, ellos lo sabían, pero otros se lo preguntarían. O quizá no, cuando la gente se marchaba, dejaba de ser relevante. Capdevilla le había contado una historia curiosa mientras cenaban, acerca de Elsa Karp, la amante de Ivan Kostyka. Ella también había desaparecido. Había dejado Londres y nadie sabía por qué. Capdevilla dijo que había rumores, como siempre. ¿Dinero robado? ¿Un amante secreto? ¿Conexiones con Moscú? Algunas personas decían que había salido de Inglaterra en barco, un carguero con la bandera de un país neutral. Serebin quería saber más, pero Gulian comenzó a contar historias sobre Kostyka.

—No somos tan diferentes —dijo. Los dos habían salido de la oscuridad, sin familia, sin dinero, gracias a sus propios esfuerzos, antes de cumplir los dieciséis años. Serebin pensaba que no se parecían en nada, los conocía a ambos, no demasiado bien, pero...

—Mirad allá arriba —dijo Erma.

Serebin sólo veía luces que titilaban en la niebla que emanaba de las aguas al atardecer.

—Bazias —añadió ella.

Primero vieron un cartel que señalaba el territorio rumano en la orilla norte del río. Erma puso el motor a velocidad mínima, apenas avanzaban, y dejaron que el remolcador y las barcazas se deslizaran hasta detenerse, y Zolti le lanzó una cuerda a un soldado rumano, que la amarró a un grueso noray de madera. Había dos barcos en el muelle del lado ascendente del canal, un remolcador búlgaro con barcazas de grano, quizá trigo, y un pequeño carguero fluvial, con la bandera soviética, que probablemente provenía de un puerto del mar Negro. Dos marineros rusos estaban sentados en la cubierta del carguero con los pies colgando por un lado, fumaban y observaban a la gente que entraba y salía del puesto de aduanas.

No era más que una choza con planchas de madera y con una bandera en un mástil en la parte de delante.

—Tenéis que traer todos vuestros papeles —avisó Erma.

Serebin se palpó el sobre en el bolsillo de su abrigo.

Dentro del despacho de aduanas el ambiente era cálido gracias a una estufa de carbón instalada a un lado, y había un ajetreo sorprendente. Serebin no sabía distinguir entre los hombres del remolcador y los del carguero, dos o tres funcionarios de aduanas, un oficial del ejército que intentaba llamar por teléfono y que no dejaba de golpear el interruptor mientras esperaba para hablar con una operadora.

Uno de los funcionarios de aduanas quitó los pies de una mesa de pino, se sentó con la espalda recta y le llamó a él y a los demás. Zolti lo conocía, le dijo algo divertido en húngaro, a todas luces riéndose de él. El funcionario apenas sonrió, miró a Erma, asintió con un gesto hacia Zolti y sacudió la cabeza. «¡Menudo tipo éste!»

—Hola, Joszi —dijo Erma—. ¿Tenéis mucho trabajo esta noche?

—¿Quién es tu pasajero? —preguntó el funcionario señalando a Serebin con la mano abierta.

—Un hombre de negocios —contestó Erma.

El funcionario cogió el pasaporte de Serebin, anotó la nacionalidad, el nombre y el número en un cuaderno, abrió un cajón de la mesa y se quedó mirando un momento, luego lo cerró.

—Los documentos de la carga, por favor —le dijo a Serebin, y se volvió hacia Erma—. ¿Dónde has estado, cariño?

—En Esztergom. Fui a Bratislava en diciembre. Se me heló eso que tú sabes.

El funcionario asintió con un gesto de simpatía mientras miraba los documentos de la carga y verificaba los sellos de autorización estampados en la esquina superior de cada página.

—¿Qué piensa hacer con estas cosas? —le preguntó a Serebin.

—Tratamiento del mineral de hierro, cerca de Brasov. También funciona una acería y una fundición.

—¿En Brasov?

—Cerca.

—¿Dónde?

—En Sighisoara.

—¿Hay mineral de hierro en Sighisoara?

—A *domnul* Gulian le han dicho que sí.

—Vaya. —El funcionario volvió a mirar los documentos y encontró el membrete de Marasz-Gulian. Se giró hasta dar media vuelta en su silla y llamó al oficial que intentaba llamar por teléfono—. ¿Capitán Visiu?

El capitán, un hombre joven y de aspecto elegante, con un bigote pulcramente recortado, devolvió el auricular al aparato. No lo dejó caer de golpe exactamente, pero sí con la fuerza suficiente para arrancarle una sola nota a la campana.

Zolti hizo una pregunta en húngaro al funcionario.

La respuesta fue breve.

—¿Qué pasa? —preguntó Serebin.

—El ejército está inspeccionando las cargas esta noche —dijo Zolti.

El capitán se presentó a Serebin con una especie de reverencia militar. Llevaba una linterna grande y señaló hacia el muelle.

—¿Vamos a echar un vistazo? —dijo, en un francés aceptable, y siguió a Serebin hacia fuera.

Zolti desató el nudo marinero en un extremo de la lona y la levantó para mostrar la superficie metálica de la turbina. Aquello tenía un aspecto horrible, la pintura saltada, una enorme abolladura, un gran trozo de óxido con la forma de un mapa de América del Sur. El capitán apoyó un dedo y se desprendió un trozo oxidado.

—Tenemos que comprar material de segunda mano —explicó Serebin.

—¿Es muy viejo, no le parece?

—No hay nada que nuestros técnicos no puedan reparar.

El capitán se detuvo un momento, pero decidió guardar silencio. Los tres rodearon la turbina y luego volvieron al muelle y subieron a la segunda barcaza, cargada con el monstruo industrial de la Autoridad de la Energía de Esztergom. Había sido cargado en Budapest, y parecía que lo hubieran arrancado de su base de hormigón. El capitán se tendió sobre el suelo e iluminó el fondo con su linterna, buscando ametralladoras, o judíos, o lo que fuese que interesaba al ejército en Bazias esa noche. Luego se incorporó y dio un paso atrás para dejar que Zolti colocara de nuevo la lona, apoyando el talón en la tapa de la escotilla, que se balanceó bajo su peso. Él miró para ver qué era, y dio un paso al lado como si temiera haber roto algo.

—Veamos la próxima —dijo.

Era un hombre bastante riguroso, pensó Serebin. Incluso subió a mirar la cabina del piloto. Cuando acabó, los tres volvieron al puesto de aduanas, donde el funcionario le selló los papeles.

—Cuéntame, Joszi —dijo Erma—, ¿qué hace el ejército aquí esta noche?

El funcionario no contestó con palabras, pero no era difícil leer en su rostro. «La misma mierda de siempre.»

—¿Cuándo vuelves, cariño?

Erma se quedó pensando.

—Puede que dentro de una semana, si conseguimos material de carga en Giurgiu.

—*¿Si conseguimos?* —El hombre soltó una risa mientras le devolvía el pasaporte a Serebin—. Nos vemos en una semana —dijo. Al otro lado de la sala, el capitán esperaba impaciente junto al teléfono mientras tamborileaba con los dedos.

Con Zolti al timón, siguieron lentamente por el canal y salieron al río.

—¿Cuánto queda ahora? —preguntó Serebin.

—Tal vez unos cuarenta kilómetros —contestó Erma—, así que, calcule un poco menos de tres horas. Los yugoslavos tienen un puesto fronterizo en Veliko Gradiste, más o menos a una hora de aquí, pero puede que no tengamos que detenernos, ya veremos. En general, si sales del país, los serbios se alegran de verte partir.

—¿Pararemos a recoger a un práctico?

—Normalmente, no paramos.

—Bien. —Serebin se sentía aliviado—. Más vale no tratar con ellos si no estamos obligados a hacerlo.

—Hacemos lo que queremos —dijo Zolti—. Ellos suelen dejarnos en paz, llevamos muchos años haciendo esto.

El silencio se adueñó de la cabina. Los cerros ahora llegaban cerca de la orilla y la corriente era rápida y fuerte bajo la quilla, arrastrándolos río abajo. Cuando el barco vadeó un ancho banco de arena en medio del río, alcanzaron a oír el rugido del agua, agitada hasta convertirse en blanca espuma al chocar contra las piedras del fondo. 9:20. «Ya falta poco.» Divisaron un remolcador rumano solitario, sin nada que remolcar, subiendo hacia Bazias, la popa rompiendo contra una gran ola.

—La corriente está fuerte esta noche —dijo Zolti, de nuevo al timón y mirando por encima del hombro hacia las barcazas.

—...en los brazos de Danubio —añadió Erma. Su voz sugería la letra de una canción, recitada por alguien que no sabe cantar.

—¿Quién es ése?

—El dios del río.

Una idea divertida, a la luz del día y en tierra firme. Pero esta cosa, esta energía, era algo que merecía tener un dios, más que cualquier otro fenómeno que jamás hubiese vivido.

9:44. Kilómetro 1.050.

Fue Erma quien vio la luz del foco.

En alguna parte, detrás de ellos, dijo. Un destello, y luego desapareció, justo a tiempo para que Serebin y Zolti se giraran y escudriñaran el río hacia atrás y le preguntaran si estaba segura de lo que había visto. Porque, cuando miraron, no vieron nada. Sin embargo, las orillas del río eran ahora paredes rocosas y un ligero cambio de dirección bastaría para ocultar cualquier embarcación.

Zolti volvió a mirar, una y otra vez.

—No puede ser —dijo.

Pero podía ser.

Al cabo de un rato, todos lo vieron, un haz de luz blanco que se volvía más intenso a medida que se acercaba.

—¿Qué profundidad hay aquí? —preguntó Serebin.

—¿Aquí?

—Sí.

—Es muy profundo.

—¿Demasiado profundo?

Sólo entonces Zolti entendió qué estaba insinuando.

—¿Quiere ver el mapa?

No, no quería ver nada. Estas personas conocían el río. «Que no cunda el pánico», se dijo. Puede que no pase nada.

Sin embargo, pasaba algo. Quince minutos más tarde divisaron una lancha de casco blindado con el número 177 pintado en la proa, un pabellón rumano ondeando por encima de la popa y un par de ametralladoras pesadas alojadas detrás de un escudo curvo y emplazadas justo por delante de la camareta. Y, además, una sirena, que sonó durante un momento y luego fue reemplazada por la voz de un oficial con un altavoz. La voz amplificada de la autoridad se volvió más intensa al chocar contra las paredes de roca que flanqueaban el río.

—*Emperatriz* de *Szeged* —llamó.

Serebin entendía al menos eso en rumano, pero tuvo que pedir una traducción para lo que siguió.

—Nos ordenan que nos detengamos en la estación piloto de Moldova Veche —dijo Erma.

—¿Para recoger un práctico?

—No.

La patrullera se situó a popa, lo cual le proporcionaba un campo de tiro a lo largo de la brecha abierta, a unos diez metros, entre el remolcador y la primera barcaza. Zolti tiró de una cuerda que colgaba del techo por encima de su cabeza y la sirena del barco emitió dos bramidos.

—Eso significa que haremos lo que nos piden —dijo.

Con el lado del puño, Erma dio un golpe contra el zócalo de madera por debajo del timón y se abrió un panel; en el interior, una bolsa de red clavada en la parte posterior. En la bolsa, una enorme Mannlicher, pistola estilo Mauser del imperio austrohúngaro. Cañón largo, con cargador en caja delante del gatillo, que despedía un brillo aceitoso bajo la luz del reflector.

—Sólo para que lo sepa —le dijo a Serebin, y devolvió el panel a su lugar.

—¿Qué pasaría si desembarcamos en el lado yugoslavo del río? preguntó éste.

—¿Desembarcamos? —preguntó a su vez Zolti. Serebin entendió su pregunta. A estribor se alzaba una pared de granito.

—Tampoco eso los detendría —dijo Erma.

No había gran cosa que decir después de eso. El traqueteo del motor se oyó en la noche mientras seguían rumbo a la estación piloto. En el interior, Serebin sentía una mezcla de ira y pesar. «Todo ese trabajo...» Y un recuerdo del práctico, con su chaqueta de satín rojo y el apartamento en Marsella. «Traicionados», había dicho. «Tiene que recordar en qué tierras se mueve.»

—Lo siento —dijo, con voz queda.

—*Ach* —exclamó Erma. En cierto sentido, con esa sola palabra lo perdonaba y maldecía al mundo por lo que era. Y, en caso de que no lo entendiera, dejó reposar una gruesa y amigable mano en su hombro.

◆ ◆ ◆

La estación piloto de Moldova Veche venía a ser un puesto de aduanas, un canal excavado desde la orilla del río, un muelle y una casa
destartalada con un techo de cobertizo. Amarradas al final del canal
había tres o cuatro pequeñas lanchas a motor, sin duda destinadas a
trasladar a los funcionarios de ida y vuelta por el río. Del lado de tierra de la choza, una senda ascendía por un cerro boscoso, probablemente hasta el camino de Szechenyi.

En el muelle los esperaba un comité de bienvenida. Dos gendarmes rumanos, de la policía rural, con armas al cinto. Erma lanzó un
cabo a uno de ellos y el hombre amarró el remolcador a un noray de
hierro. Las barcazas flotaron lentamente detrás de la *Emperatriz* y
chocaron contra los neumáticos viejos que colgaban por babor. Incluso en el canal, la corriente en esa parte del río era fuerte. La patrullera se estacionó detrás de la última barcaza, con el motor en marcha, lanzando una delgada columna de humo y expulsando vapores
de gasolina por el escape. En el interior, la estación piloto estaba casi
vacía, un espacio funcional, iluminado por dos pequeñas lámparas de
mesa y un fuego en la chimenea. Una mesa, unas pocas sillas de madera, mapas pegados en la pared y una estufa de carbón. En un rincón, intentando no molestar, un funcionario de uniforme, probablemente el supervisor de la estación. Quizás intentaba no molestar
como deferencia a los dos civiles de abrigo, uno de ellos con una maleta, que se incorporaron para saludarlos. Eran sin duda un jefe y su
ayudante, este último un matón bien afeitado, corpulento y poderoso, con una cruz gamada roja y negra muy visible en la solapa.

Con un gesto de la mano, el jefe envió fuera a Zolti y a Erma bajo
la custodia de su ayudante y condujo a Serebin hacia un par de sillas
al otro lado de la sala. Era un hombre alto, con un mechón de pelo
gris y gafas de montura gruesa. Tenía una cara que se parecía, sobre
todo el hocico, a la de un oso hormiguero, largo, curvo y curioso, construido para husmear. Llevaba un jersey rojo de cuello en uve bajo la
chaqueta de su traje, lo cual mitigaba su talante oficial.

—¿Hablamos en alemán? —preguntó en tono cortés. Si quería
podían hablar swahili, o lo que se le antojara. Cuando Serebin asintió

con un gesto de la cabeza, el hombre siguió—: Veamos, ¿me permite su pasaporte, por favor?

Se lo entregó y él se tomó su tiempo; se humedeció el dedo con la lengua para pasar las páginas, hizo «hmm», y otra vez «hmm» mientras leía. Siguió al representante de París de la empresa Marasz-Gulian por una serie de viajes de negocios habituales, Basilea y Bruselas, ese tipo de cosas, echó una mirada a los permisos de viaje y de trabajo, los deslizó dentro del pasaporte, lo golpeó un par de veces contra la palma de la mano y, sin estar persuadido de una cosa ni de la otra, se lo devolvió.

—Muy bien —dijo, con lo cual quería decir «muy buena falsificación o todo está en orden»—. Pero esta noche no son los documentos lo que nos preocupa.

Serebin esperó para saber cuál sería el próximo paso. El hombre había deslizado su silla a una posición donde impedía que viera lo que pasaba al otro lado de la habitación, pero sí oía la voz de Zolti. No usaba un tono irritado, sino de discusión.

—Tenemos sólo unas cuantas dificultades administrativas. No son importantes, pero hay que resolverlas.

Al otro lado de la sala oyó a Erma. No distinguía las palabras, pero el tono era de indignación.

El jefe lanzó una mirada por encima de su hombro y se volvió hacia él.

—Me llamo Schreiber, soy el segundo secretario de la misión diplomática en Bucarest, y he venido aquí esta noche para informarle de que, lamentablemente, debemos confiscar su cargamento a Giurgiu. Informaremos a *herr* Gulian de esta medida, y confiamos en que respetará nuestra decisión. Pero, en cualquier caso, ya no es responsabilidad suya.

—De acuerdo —dijo Serebin.

—En cuanto a usted, lo llevaremos de vuelta a Bucarest, donde todo esto puede solucionarse. Son cuestiones técnicas, yo de usted no me preocuparía.

—¿No?

—No.

—¿Y los propietarios del remolcador?

Schreiber respondió encogiéndose de hombros. ¿A quién le importaba?

Al otro lado de la sala se oyó un forcejeo metálico y un grito de angustia de Erma. Schreiber lanzó un gruñido de irritación y se giró para enterarse del porqué de tanto escándalo.

Serebin oyó un ruido seco y tanto él como Schreiber escondieron instintivamente la cabeza. Serebin se incorporó y ahora vio al ayudante que se revolvía y gemía en el suelo. A su lado, unas esposas. Erma dio dos pasos, se inclinó sobre el hombre y, con otras dos descargas puso final a sus contorsiones y gemidos.

Schreiber se incorporó de un salto con los brazos abiertos y gritó:

—¡Madre de Dios...! —Se giró para ir a reñir a quien fuera por lo que estaba haciendo, pero no pudo llegar. Un pequeño agujero del tamaño de una moneda apareció en la espalda de su abrigo, donde ahora un trozo de tejido colgaba de un hilillo. Cayó de rodillas y empezó a toser, con la mano se tapaba educadamente la boca, y luego hacia delante, con un golpe sordo cuando su cabeza dio contra el suelo de ladrillo.

En la sala reinaba un silencio absoluto. Pusieron a los dos gendarmes y al supervisor de la estación contra la pared, las manos por encima de la cabeza, con miradas de terror en el rostro. En medio estaba Erma, con la pequeña pistola en la mano, intentando decidir qué pasaría a continuación.

Serebin lo sabía. Corrió hacia la puerta, llegó al muelle a toda prisa. En la proa de la patrullera, vista a contraluz bajo el haz del reflector, un marinero rumano gritaba algo. ¿Habrían oído los disparos? ¿A pesar del ruido de los motores? No era posible. Sin embargo, uno de los tripulantes que había bajado del remolcador ahora corría de vuelta hacia la nave. Aquello no podía ser. El marinero se llevó la mano a la pistolera, en el cinto, y gritó una orden, ignorando que aquello no servía de nada porque Serebin no pensaba volver al remolcador.

Se lanzó por encima de la borda de la primera barcaza que encontró. Era la segunda, la barcaza número cuatro, aquella que llevaba el coloso de Esztergom. Era la suerte que le había tocado, pensó, mientras se arrastraba sobre el vientre hacia la escotilla del lado de la barcaza que daba al río. El marinero, que resultó ser un oficial, pensó Serebin, le disparó dos veces, y una de las balas rasgó el aire por encima de su cabeza, la otra dio contra la turbina, y sonó como una campana. Serebin dio la vuelta por el otro lado, cogió los tiradores de cuerda de la tapa de la escotilla y, con el tirón *lento* y *sostenido* que le habían recomendado, la arrancó de su lugar.

Lo siguiente cosa que vieron sus ojos fue el cielo de la noche. Había saltado por los aires, lo sabía, pero no duró mucho. Porque entonces vio el coloso, al menos la mitad de él, que se había elevado unos tres o cuatro metros por encima de la barcaza y ahora iniciaba el descenso, boca abajo y con la lona aún puesta. Aterrizó sobre su otra mitad con un estruendo magnífico, luego cayó hacia el canal con tal fuerza que lanzó una ola que recorrió el muelle. Hacia la estación piloto, que había perdido un trozo y ahora mostraba modestamente la mitad de su techo caído por si alguien quisiera mirar en el interior.

«Serbio cabrón, ¿acaso lo sabías? Aquello no era una mina terrestre, sino una mina antitanque.»

Supo que había tenido suerte. Lo más normal hubiera sido que en ese momento él se encontrara allá, en lo alto del cerro, pero ahora había que actuar y no tenía intención de dejar el trabajo inacabado. Rodó hasta el borde de la barcaza siguiente, la número tres y, cubriéndose detrás del cargamento, se arrastró hasta la escotilla en la parte más cercana al remolcador. Agarró las cuerdas, tiró, tiró con toda su fuerza, hasta que se quedó con la tapa de la escotilla en las manos. Lanzó una imprecación y miró en las profundidades del interior de la barcaza, vio el resto del alambre que brillaba como plata en el agua y casi sucumbió al gesto de bajar a buscarlo. Casi sucumbió.

Al dirigirse a la barcaza numero dos oyó que se acercaba la patrullera acelerando al máximo y con el reflector moviéndose de arriba abajo por el canal. Los hombres de la tripulación habían echado mano de las ametralladoras y comenzaron a barrer la cabina de la *Emperatriz,* lanzando astillas de madera y vidrios por todas partes, hasta que con la fuerza de cada andanada dejaron a la embarcación balanceándose sobre su línea de flotación. Serebin olió a quemado y miró por encima del hombro. La estación piloto se había incendiado (¿acaso la onda expansiva había lanzado la chimenea hacia la habitación?). A la luz del baile de llamas vio la sombra de una figura que corría hacia el monte a través de los árboles. ¿Zolti? ¿Erma? No lo sabía, pero era evidente que el río no era el mejor lugar para estar en ese momento. Tuvo un cuidado especial con la tapa de la escotilla de la barcaza número dos, y alcanzó a ver el lazo del alambre en la base del percutor de la mina, vio cómo el alambre liberaba la palanca y, en el momento antes de la explosión, se arrepintió por lo que había dicho del capitán Draza. Dado que la mina había quedado centrada en la barcaza, el alambre se estiraba de vuelta hacia atrás, de modo que la fuerza de la explosión se dirigió contra la parte inferior de la turbina.

Y del casco. Porque lo único que quedó del coloso y de su barcaza fueron burbujas. Y las barcazas vecinas fueron arrastradas a medias hacia el fondo por las cadenas de remolque al hundirse la barcaza del medio. Serebin no alcanzó a ver más. Apretándose entre la cubierta y la borda cuando la mina explotó, se cubrió la cabeza con los brazos al ver que la madera y el metal caían del cielo. Sintió que la barcaza comenzaba a hundirse bajo sus pies, y entonces se dirigió a la primera barcaza.

Alguien lo vio.

Oyó los gritos de los marineros de la patrullera, y una larga descarga de la ametralladora hizo saltar la cubierta a menos de un metro de donde estaba. Corrió y voló por el aire en busca de refugio por el lado de la turbina que daba al muelle. No llegó a la tapa de la escotilla, situada del lado del río de la barcaza, y las balas de grueso calibre destrozaron la borda mientras la patrullera se acercaba para intentar darle a su ametralladora un ángulo de fuego. Estaban excitados en ese momento, pues sabían que se encontraba ahí y qué estaba haciendo. Mientras él huía a gatas, buscando el amparo de la turbina, la luz brilló de pronto y el soldado de la ametralladora comenzó a disparar contra la propia turbina, que tintineaba y retumbaba con las balas, algunas dejando un rastro de luz después de rebotar en la oscuridad. Unas cuantas de las descargas, disparadas con gran entusiasmo pero sin demasiada precisión, rasgaron la cubierta y él, esperanzado, pensó que quizá llegarían hasta el fondo.

La ametralladora se detuvo bruscamente. Aquellas descargas largas e indulgentes no tardaron en ser castigadas con un silbido de aire comprimido y una prisa desesperada del soldado por meter una nueva cinta de balas. Serebin miró su reloj, se había detenido a las 11:08. Capdevilla lo esperaba más abajo, en Berzasca, pero él no podía moverse. Si daba un paso más allá de la turbina que lo cubría sería el último. Ahora la estación piloto ardía desaforadamente, y él oía los crujidos de la madera vieja, veía el humo que se alejaba a ras de las aguas del río y las llamas que iluminaban el muelle con una luz ámbar. Para él, no existía el refugio de la oscuridad.

El oficial de la patrullera finalmente actuó con sensatez. Por supuesto, había llamado por radio; por supuesto, mandarían otras patrulleras, y, por supuesto, pensó que sería mejor para él acabar con aquella pequeña guerra antes de que aparecieran. De modo que lo único que tenía que hacer era reclutar unos cuantos voluntarios para que abordaran la barcaza, utilizar la turbina para cubrirse y atacar desde ambos extremos. Serebin sabía que aquello sucedería, y el ruido del motor de la patrullera no tardó en acercarse mientras maniobraba para situarse junto a la barcaza. Ahora tenía que hacer aquello que no tenía en absoluto ganas de hacer.

Se giró, vio que la barcaza había sido amarrada a una viga, pero cuando empujó contra el borde del muelle, había quizá unos treinta centímetros de separación. Se tendió sobre la borda, vaciló, y finalmente deslizó una pierna en el agua. Se mordió los labios y empezó a sumergirse. Era como estar envuelto en hielo, el frío le presionaba con tanta fuerza que apenas podía respirar. Y entonces el movimiento de la patrullera en el canal lanzó una pequeña corriente hacia la barcaza, que empezó a presionar y a apretarle el pecho entre el casco y la basta viga de madera de la estructura del muelle. Él empujó con las dos manos, pero la barcaza no cedió, de modo que tenía sólo segundos para volver a subir por la borda. Y salir a la luz, al campo de visión de la patrullera. Aun así, era preferible morir de aquella manera que ser aplastado. Pero cuando comenzó a trepar, la barcaza se movió, sólo unos centímetros, y eso bastó. Se deslizó a lo largo de la madera hasta el borde del casco, cogió aire y se sumergió.

El remolcador sólo se hundía menos de un metro en el agua, fría y negra como la muerte. Por fin, buscando a tientas, encontró el costado de la barcaza y trepó por encima de la borda hasta la cubierta. Estaba agotado, acabado. Se quedó quieto un momento y luego comenzó a mover las manos, entumecidas y endurecidas por las gélidas aguas del canal.

Cuando abrió los ojos comprobó que la patrullera se había situado junto a la barcaza y, por un instante, vio un asomo de movimiento a la sombra de la turbina. Alguien en la barcaza comenzó a hablarle: «Puedes rendirte, no te haremos daño, tenemos torta de postre». Hablaban en rumano y él no entendía ni una palabra, pero sí la intención general. En realidad, era un pretexto para que no oyera a los marineros armados que se arrastraban por la barcaza.

No pasó mucho rato hasta que se dieron cuenta de que no estaba ahí, y él aprovechó para deslizarse hacia delante lo más rápido que pudo hasta que llegó al pie de la escalerilla que llevaba a la cabina del piloto. En ese momento oyó disparos de pistola y se quedó paralizado. A continuación se produjo un intercambio de gritos entre los hombres de la barcaza y los de la patrullera, y de pronto el reflector barrió el agua, las otras barcazas y, finalmente, el remolcador. Serebin se quedó completamente quieto, clavado en el haz blanco, y esperó a que la ametralladora disparara.

La ametralladora no disparó. El reflector se desplazó sobre la cabina y siguió, ahora lentamente, iluminando el cerro por encima de la estación piloto que seguía ardiendo. Se arrastró por la escalera y quedó arrodillado a los pies del timón. Dio un golpe con el puño, imitando lo que había visto hacer a Erma, y le dio al zócalo de madera por debajo del timón. No sucedió nada. Intentó llegar por detrás, pero el acceso estaba bloqueado por el fondo. Volvió a golpear. Nada. «Dios, debe tener un truco.» Entonces se incorporó, giró su brazo hasta ponerlo paralelo al zócalo y le dio con el canto del puño. Gracias a una curiosa alquimia de carpintero que no podía ni imaginar, se abrió como un resorte.

La Mannlicher era agradable y pesada; volvió a arrodillarse y se encogió en torno al arma. Temblando, con los dedos hinchados y casi congelados, consiguió liberar el cargador. «Está cargada.» Volvió a colocarlo en su lugar con la palma de la mano y oyó el chasquido seco con que encajaba (los austriacos fabricaban buenas armas). El mismo demonio que lo había intentado engañar para que se volara a sí mismo ahora sugería que sería una idea perfecta disparar desde la cabina. Pero, una vez más, se detuvo justo a tiempo. Volvió arrastrándose a popa, se aplastó todo lo que pudo contra el suelo, alineó la mirilla del cañón con el centro del reflector y apretó el gatillo.

Sin embargo, las buenas armas de los austriacos no siempre ponían las balas donde la vista creía; arriba, abajo, a derecha o a izquierda, no sabía adónde había ido a parar. No obstante, no todo estaba perdido. El reflector seguía intacto, pero uno de los marineros aulló de dolor y blasfemó como un hombre que se aplasta el pulgar con un martillo, y el reflector lanzó su luz hacia el cielo y permaneció fija ahí. En la patrullera, se desató el infierno, siluetas que corrían, gritos y órdenes. Serebin esperó, sostuvo la muñeca derecha con la mano izquierda e intentó mantener la Mannlicher inmóvil. Cuando, un momento después, el reflector volvió a funcionar, se desplazó hacia la popa del remolcador. ¿Habrían visto la llamarada de la detonación? Volvió a disparar, modificó la mirilla, volvió a intentarlo una vez, dos. Y luego, con un destello repentino, blanco y deslumbrante, el reflector explotó.

Serebin no perdió tiempo. Con la sangre rugiéndole en las venas y la cabeza agachada corrió hacia la proa, saltó al muelle, corrió hacia el cerro y se perdió en la noche.

En el bosque todo estaba húmedo y tranquilo, todo eran hojas mojadas y árboles desnudos. Subió rápidamente, evitando el sendero, y llegó hasta la mitad de la colina cuando se dio cuenta de que tenía que sentarse o se desplomaría. Se dejó caer en el suelo, y se apoyó contra un árbol, se envolvió con los brazos e intentó, a fuerza de voluntad, dejar de temblar.

Al mirar a través del bosque, más abajo, vio la escena en el río. El techo de la estación piloto se había derrumbado hacia dentro, los muros en llamas, la segunda barcaza había desaparecido y se había llevado con ella a la tercera. La última barcaza estaba inclinada sobre un lado, la turbina sumergida a medias dentro del canal. Hundiéndose, esperó él. ¿Por qué no había pensado en hacer unos cuantos agujeros en aquellos trastos? La patrullera había amarrado junto al muelle, pero su reflector seguía ciego y, por lo que observaba, el oficial no había enviado a los marineros a perseguirlo.

Mientras escoltaban a la *Emperatriz* hacia la estación de Moldova Veche, calculó que la distancia al puente sobre el río Berzasca era de unos veintisiete kilómetros. Tardaría toda la noche, y tal vez buena parte de la mañana, en recorrer esa distancia. ¿Capdevilla lo estaría esperando? No estaba seguro. Se quedaría ahí todo el tiempo que pudiera, pero era evidente que aquel territorio no se volvería más amigable a medida que pasara la noche y los rumanos comenzaran a buscarlo. Aun así, no había otra alternativa, era un largo camino de vuelta a Belgrado. Y si por cualquier razón Capdevilla se veía obligado a abandonar el lugar de reunión, la única alternativa que le quedaba era cruzar el río hacia Yugoslavia.

Se obligó a levantarse, encontró una rama que le sirvió para caminar y comenzó a subir entre la maraña de vegetación.

La teoría del conde Szechenyi acerca la construcción de caminos era bastante sencilla: cortar un ángulo recto en la ladera de una montaña. Esto creaba una cornisa serpenteante por encima de los profundos cañones, ensombrecida por las cimas de los Cárpatos que se encumbraban hacia el cielo de la noche. ¿El camino estaba en Transilvania? Un poco más al sur, pero no demasiado. Tal vez no había murciélagos o cocheros que condujeran carrozas con caballos de penachos negros. Aún no, pero tenía todo lo demás. Una niebla que se volvía más espesa cada hora que pasaba, el torrente del río al fondo del precipicio, formas rocosas que sobresalían en las alturas, al menos una lechuza y algo más que Serebin sólo podía imaginar, a veces un valle desierto y un viento que silbaba entre los árboles, que lo congeló hasta los huesos y que de vez en cuando agitaba la niebla y dejaba entrever una media luna pálida y menguante.

Un silencio avasallador. Y ni un alma en los alrededores.

Al menos se sentía agradecido por aquello. Se detuvo a descansar en un lugar, se dio cuenta de que la Mannlicher se volvía más pesada con cada paso, abrió el cargador y sólo encontró una bala, de modo que lanzó el arma hacia el bosque. Se le ocurrió que quizás una hora de sueño lo ayudaría a avanzar más rápido, pero sabía que no debía cometer ese error. «Te llevará más rápido al cielo.» Se levantó y siguió, con pasos cansinos, canturreando para sí mismo por lo bajo mientras avanzaba.

Caminó durante toda la noche. Luego, cuando la luz alumbró el cielo de oriente, oyó el rechinar de unas ruedas y el roce de unos cascos contra las piedras, un ruido que se acercaba. Se apartó del camino, casi corriendo, y se deslizó unos metros cerro abajo hasta ocultarse detrás de un árbol que le permitía ver qué pasaba. Era una carreta de bueyes con enormes ruedas hechas de gruesos trozos de madera, y un hombre y una mujer con el traje negro de los campesinos rumanos sentados en el asiento de delante. Serebin decidió probar suerte y volvió al camino.

Cuando el hombre lo vio, tiró de las riendas, se tocó el sombrero negro raído, la mujer a su lado se movió para dejarle lugar y Serebin subió y se sentó junto a ella. En la carreta vio una pequeña forma envuelta y cosida en una sábana. Hablando en francés, les ofreció sus condolencias, que, sin entender todas sus palabras, la pareja captó perfectamente, y la mujer se lo agradeció en rumano.

Aquello era mejor que caminar, pero no mucho más rápido. El buey avanzaba lentamente mientras el alba gris se convertía en una mañana gris y los gallos de las granjas cantaban en la distancia. El camino se ensanchó cuando el pavimento se convirtió en tierra y pasaron por una serie de aldeas de montaña, pueblos del siglo XVI construidos con barro, cañas y excrementos de vaca. En un valle estrecho, una columna de soldados montados se les acercó desde la dirección opuesta. ¿Buscaban fugitivos? Serebin no dejó que le vieran la cara, pero cuando el oficial a la cabeza de la columna vio lo que había en la carreta, se quitó la gorra e inclinó la cabeza hacia la pareja.

Serebin siguió con la carreta de bueyes hasta media mañana. Luego se detuvieron junto al camino que se internaba entre los campos, hacia una iglesia, pensó, y un cementerio. Les dio las gracias y siguió a pie.

◆ ◆ ◆

Pero no por mucho rato. Cuando vio, en la distancia, un par de ciclistas, desapareció corriendo en el bosque, tropezó sobre una raíz
y cayó de bruces. Se maldijo por huir de fantasmas, con el riesgo
potencial de un tobillo torcido, hasta que vio que los jóvenes en las
bicicletas vestían el uniforme de la gendarmería nacional y llevaban los fusiles al hombro. Esperó a que pasaran, volvió al camino,
pero se vio obligado a ocultarse tres veces en la siguiente hora. Primero, un sedán grande, luego un camión y, finalmente, un grupo
de alpinistas alemanes cantores. Aquello lo exasperó. Encontró un
sendero de vacas y lo siguió hasta una aldea donde, después de saludar a una anciana por encima de una reja de madera, consiguió
comprar una manzana y una hogaza de pan. Decidió no seguir ten-
tando su suerte y, al final, se ocultó en un bosque de sauces, donde comió la manzana y el pan, bebió de un arroyo (el agua fría hizo
que le dolieran los dientes) y se dispuso a esperar a que cayera la
noche.

Se despertó de pronto, una hora más tarde. No tenía idea de dónde
estaba, y siguió ignorándolo aun después de haberse despejado. Pasó
el resto del día en el bosque; a veces dormía, a veces observaba el río,
y volvió al camino después de la puesta de sol, aliviado por la oscuridad y la niebla que se acumulaba. La siguiente aldea a la que llegó era
mayor que las anteriores. Tenía una calle, pavimentada con piedra de
cantera hacía siglos, y una iglesia con una cruz montada sobre la cú-
pula de una vieja mezquita turca.

Había un pequeño café lleno de hombres con traje negro. Esperó a que uno de ellos saliera e intentó preguntarle por el nombre de
la aldea. Les costó a ambos cierto esfuerzo, pero finalmente el hombre vio la luz y exclamó:

—Ah, ¡Berzasca, Berzasca!

Serebin siguió caminando. Pocos minutos después encontró el
río y un puente en arco construido con bloques de piedra. No era el
puente que buscaba, pero al menos era el río.

No había ningún camino que llevara a la ruta maderera. Se suponía que llegaría a bordo de la *Emperatriz* después de haber dejado su carga en el paso de Stenka, así que tuvo que seguir junto al río, abriéndose camino a través de los altos juncos en los pantanos inundados, con el agua por encima de las rodillas. Tardó un rato largo, pero no cejó y, al final, divisó un puente medio desvencijado, con tablas cubiertas de musgo clavadas entre dos vigas. Al otro lado del puente encontró un par de huellas que se internaban a través de los árboles, probablemente la ruta maderera, y no la peor que había visto. Pero ni rastro de coches, y tampoco de Capdevilla.

Se sentó en el puente y pensó en su próxima decisión. «¿Bajar en un bote de pesca hasta Constanza? ¿Viajar en carreta de bueyes, o en coche, hasta Hungría? ¿Intentar cruzar el río?» Bien, aquello sí era un problema. Porque había una cosa que no se estilaba en esa parte del mundo, y eran los puentes. Al menos no donde el río formaba una frontera entre países, y ése era el destino del Danubio en cuanto dejaba atrás las llanuras de Hungría. No es que no hubieran construido puentes. Lo habían hecho en momentos optimistas a lo largo de los siglos, pero siempre había alguien que los quemaba, de modo que por qué molestarse. En realidad, según la historia conocida en esas latitudes, la mayoría de los puentes habían sido construidos por conquistadores, los rumanos tras el oro de la Dacia, los turcos otomanos, los ingenieros austriacos, y por eso se habían granjeado una mala reputación.

¿Qué hacer? No lo sabía. Estaba cansado, magullado, tenía frío y eso era lo único que sabía. «Dios, envíame un paquete de Sobranie secos y una caja de cerillas.» Algo le había hecho alzar la mirada y ahí, al otro lado del puente, vio una silueta entre las sombras al borde del bosque. Quizás una deidad silvana, pero no una normal. Las manos le colgaban a los lados, y en una de ellas sostenía un revólver; en la otra, un maletín.

—Empezaba a pensar que no llegaría —dijo Capdevilla.

Tuvieron que volver por el río hasta Berzasca. La única otra alternativa era emprender un largo camino hacia el este, donde la ruta maderera confluía con el camino principal. Serebin contó lo sucedido y

Capdevilla escuchó con ademán pensativo, intercalando algunas preguntas, la mayoría de las cuales no tenían respuesta.

—Es evidente que sabían que veníamos —dijo Serebin.

Capdevilla dejó escapar un suspiro.

—Bien, al menos hemos hecho algo. ¿Tiene alguna idea de lo que sucedió con los que iban en el remolcador?

—Escaparon con todos los demás cuando explotó la primera mina. Puede que hayan ido hacia el norte, hacia Hungría, o quizá robaron un bote río abajo. Con un poco de suerte, habrán conseguido escapar.

Tenían que apartar los altos juncos para avanzar con los pies hundidos en el pantano, hasta que llegaron a la calle de la aldea.

—¿Dónde está el coche? —preguntó Serebin.

—En un callejón. Esperé toda la noche, pero como no aparecían pensé que era preferible esconderlo.

—Y bien —concluyó Serebin—, ahora todo depende de los serbios.

Capdevilla se detuvo un momento, abrió su maletín y sacó un periódico. Era un diario rumano de una ciudad cercana, pero no costaba leer los titulares, incluso en la oscuridad, porque las letras eran bastante grandes. GOLPE DE ESTADO EN YUGOSLAVIA decía.

—¿Quién?

—Nosotros.

—¿Durará?

—No mucho tiempo, el *Führer* se subía por las paredes.

—Es una lástima. ¿Qué ha sucedido?

—Unos agentes ingleses raptaron a Stoyadinovich, el hombre de Hitler en Belgrado. Pero entonces, de todas maneras, cuarenta y ocho horas más tarde el gobierno cedió y pactó con el Eje. De modo que, ayer por la mañana, llegó el golpe.

—Primero de un lado, luego del otro.

—Sí.

—¿Ha sido el ejército?

—Encabezado por oficiales de la fuerza aérea. Nominalmente, el país ahora está gobernado por un rey de diecisiete años.

Entraron por un callejón largo. Al final, en un patio, vieron a dos chicos sentados sobre el capó de un sedán Aprilia compartiendo un cigarrillo. Capdevilla les dijo algo en rumano y les dio dinero, a todas luces más de lo que esperaban. Uno de ellos le hizo una pregunta y Capdevilla sonrió y respondió brevemente.

—¿De qué iba eso? —preguntó Serebin, deslizándose en el asiento del pasajero.

—Querían saber si les dejaba conducir.

Capdevilla puso el coche en marcha, retrocedieron por el callejón y cruzaron la aldea de vuelta hacia el camino de Szechenyi.

—Tendremos que evitar el puesto fronterizo —dijo Capdevilla—. A estas alturas, se habrán organizado y seguramente lo estarán buscando.

La idea de los coches, en 1805, jamás pasó por la cabeza del conde Szechenyi. En el camino de tierra, el velocímetro marcaba unos treinta kilómetros por hora, pero cuando llegaron al terreno rocoso disminuyó mucho más. Y no tardaron en encontrarse con el tiempo de la montaña: la niebla que subía, como el humo, y una lluvia fina, las cumbres de piedra al borde del camino brillando húmedas y grises bajo la luz de los faros. Al menos el camino estaba vacío. Adelantaron a un solitario carro de gitanos y después no se cruzaron con nadie.

—¿Cuánto falta? —preguntó Serebin.

—¿Hasta la frontera? Unos sesenta kilómetros.

—Más o menos unas cinco horas —dijo Serebin, después de mirar el velocímetro.

—Puede ser. —Capdevilla miró su reloj—. Son más de las nueve. Tendremos que deshacernos del coche y seguir campo traviesa antes del amanecer.

Siguieron a diez kilómetros hora; el agua se acumulaba en el parabrisas hasta que comenzó a caer en surcos por el vidrio. Capdevilla conectó el limpiaparabrisas, que producía un semicírculo borroso por encima del salpicadero y un gemido rítmico.

Miró detenidamente hacia la oscuridad, frenó poco a poco y el coche se detuvo.

—¿Qué pasa?

—Un agujero.

Serebin bajó del coche y lo inspeccionó.

—No está tan mal —dijo—, pero es muy abrupto. —Guió a Capdevilla hacia delante, señalándole con una y otra mano para que las ruedas pasaran a ambos lados del agujero, luego retrocedió un paso, luego otro, para dejarle espacio al coche. Al girarse, vio que el terreno caía en precipicio hasta el río, un agua negra moteada de espuma blanca.

El Aprilia dejó atrás el agujero, Serebin volvió a subir y siguieron unos cuantos kilómetros sin incidentes, hasta que una cierva y su cervatillo aparecieron entre los matorrales y el coche derrapó unos metros al frenar. El ciervo arrancó al galope y luego bajó brincando por el lado de la montaña.

1:20. Una luz en la distancia, un fulgor difuso desde alguna parte más abajo en el camino. Capdevilla apagó las luces, condujo despacio unos cien metros, apagó el motor y dejó que el coche rodara hasta que se detuvo en silencio. Incluso antes de abrir las puertas oyeron el ruido de motores que ascendía desde el río. Siguieron el camino y miraron por encima del filo del monte.

La estación piloto de Moldova Veche estaba iluminada por un enorme remolcador fluvial, con barcazas grúa trabajando a ambos lados del canal y patrulleras ancladas a la orilla. Aún salían unas delgadas columnas de humo de los restos de la estructura calcinada y dos oficiales alemanes en el muelle señalaban aquí y allá mientras hablaban. La última barcaza de la cadena no se veía por ningún lado y, al parecer, se habían llevado la *Emperatriz*.

—¿Turbinas en el canal? —murmuró Capdevilla.

Serebin asintió con un gesto de la cabeza.

—No está nada de mal, trabajan día y noche.

Serebin pensó que Capdevilla era muy discreto.

—No creo que le impida a nadie ir adonde quiera.

—¿No? Pues han traído a los alemanes, así que algo tiene que haber pasado.

Volvieron al coche. Capdevilla siguió con las luces apagadas y condujo pegado a la pared del monte, lo más lejos posible del campo visual de los que estaban abajo. Después de dejar atrás una curva, y ya a salvo, Capdevilla volvió a encender las luces.

—¿El camino se vuelve más estrecho aquí?

—Un poco, quizá.

El Aprilia siguió subiendo unos cuantos minutos, el camino se alejó del río, luego bajó, y Capdevilla tuvo que utilizar los frenos con el sedán en primera. En el cielo que se abría por delante, un destello blanco, seguido de un rayo en zigzag recortado contra las nubes y un trueno largo y ronco cuando la lluvia arreció.

—Tormenta de primavera —dijo Capdevilla. El limpiaparabrisas gemía de un lado a otro—. Habría que arreglar eso —dijo.

2:00. 2:15. Capdevilla lo tenía difícil, inclinado sobre el volante y mirando la lluvia con los ojos entrecerrados, pasando de segunda a tercera y viceversa. Era como si al motor no le gustara ni la una ni la otra y, mientras así se le exigía, Serebin observaba el indicador de la temperatura.

—El camino no está hecho para coches —dijo Capdevilla.

—Caballo y carreta.

—Sí. Por favor, tome nota de eso para la próxima vez.

—Lo tendré presente.

—¿Qué ha sido eso? —preguntó Capdevilla al cabo de un rato.

En una curva del camino, que colgaba en un lado del monte, había visto una luz, o al menos así lo había creído, en alguna parte más adelante, donde, por un momento, se pudo ver un trozo distante del camino.

—Era algún tipo de luz —dijo Serebin.

—¿Otro coche?

—Sí, puede ser —dijo Capdevilla. Pero después de pensárselo, se corrigió—: ¿No era fuego?

Capdevilla tuvo que disminuir la velocidad cuando el camino giró a la izquierda y se estrechó tanto que sólo podía pasar un coche.

—Hemos vuelto al río —dijo. Avanzaron a paso de tortuga, se acercaron a un brusco giro a la derecha y luego de nuevo a la izquierda. Al otro lado, un control del ejército.

A la luz incierta de las antorchas de brea de pino clavadas en las hendiduras de la roca, un grupo de soldados, la mayoría intentando guarecerse bajo una cueva al pie del cerro, y un coche con techo de lona, estacionado junto a la pared de la roca. Capdevilla consiguió que el Aprilia lo rodeara con sólo unos centímetros de espacio, y se detuvo frente a la barrera, un tronco tendido entre dos caballetes en forma de equis fabricados con troncos.

Abrió el maletín que tenía en el suelo, junto al cambio de marchas, y encontró lo que buscaba en el momento en que un oficial, con el agua cayéndole por su capa de hule, se situó frente a las luces del coche y alzó una mano.

Bajó la ventanilla.

—¿Sí, señor?

El oficial se acercó a la ventanilla del conductor y miró en el interior. Era joven y arrogante, un hombre satisfecho de sí mismo. Miró primero a Capdevilla y luego a Serebin.

—Pasaportes —dijo.

Capdevilla sacó el suyo del bolsillo interior de su chaqueta y se lo entregó el oficial.

—Él no lleva pasaporte —dijo, como sin prestarle demasiada importancia, señalando a Serebin con un gesto de la cabeza.

—¿Por qué no?

—Viene de Bucovina. Se lo han quitado los rusos.

Serebin alcanzó a entender aquello. La Unión Soviética había ocupado la provincia pocos meses antes.

El oficial no esperaba aquella respuesta.

—Entonces tendrá que esperar. Usted puede seguir.

—No puede esperar, señor. Su mujer va a dar a luz, en Belgrado.

—Mala suerte. —El hombre miró directamente a Serebin y dijo—: Usted, baje del coche.

—Su mujer, señor —insistió Capdevilla—. Por favor, lo necesita junto a ella, no se encuentra bien.

El oficial le respondió con una mueca ceñuda.

—Baje del coche —insistió; abrió el capote y se llevó la mano a la cartuchera.

Capdevilla puso el puño justo por debajo del borde de la ventanilla, donde sólo el oficial podía verlo, hizo una pausa en busca del efecto, y abrió los dedos. Brillaron cuatro monedas de oro a la luz de la linterna. El oficial se las quedó mirando, desconcertado. Aquello era una fortuna. Estiró la mano al otro lado de la ventanilla, cogió las monedas y se las guardó en alguna parte bajo la capa. Luego volvió a enderezarse.

—Ahora, bajad —dijo—. Los dos.

Serebin estaba mirando el pie izquierdo de Capdevilla, el pie con que apretaba el pedal del embrague. En aquel momento lo soltó de golpe, pero controlándolo, mientras con el otro pie le daba al acelerador. Se produjo un impacto sordo cuando el oficial fue lanzado hacia atrás por el coche, y Capdevilla fue directo hacia la barrera. Pero no funcionó como él quería, porque los caballetes se deslizaron hacia atrás y tuvo que darle a fondo al acelerador: el motor aullaba cuando las ruedas giraron sobre la roca húmeda y uno de los caballetes cayó hacia atrás y el otro desapareció por el borde del camino. El coche saltó hacia delante, chocó contra la barrera y dejó atrás a un soldado con la boca abierta y el rostro lívido de sorpresa. Capdevilla le dio con la mano a un botón del salpicadero y se encendieron las luces. Algo dio contra el maletero y un segundo impacto resquebrajó la ventanilla trasera.

Quizá Capdevilla podía ver el camino, pero Serebin no. Sólo la lluvia y el bulto oscuro del monte. Capdevilla cambió de marcha, no perdió el camino y el coche dio de costado contra una roca. Hizo girar el volante, el vehículo se enderezó y se dirigió hacia la orilla exterior del camino, volvió a enderezarse en el otro sentido, el parachoques de la izquierda dio contra la pared de roca y el soporte de un faro voló por los aires cuando el coche se enderezó nuevamente.

El camino serpenteaba, hacía giros bruscos, volvía sobre sí mismo y la lluvia dejaba estrías sobre el limpiaparabrisas oscuro. Manteniendo una lucha a muerte con el volante, Capdevilla cogía cada curva casi sin dejar de rodar en segunda; hundió el pie en los frenos hasta que las ruedas traseras comenzaron a resbalar y él aceleró para dejar de patinar.

Al cabo de un rato, en una subida larga y sostenida, una luz invadió la cabina; vieron los faros de un coche a sus espaldas, luces rabiosas de color amarillo que lanzaban chispas sobre el vidrio trizado de la ventanilla trasera. Capdevilla se agachó, cogió a Serebin por el hombro de la chaqueta y lo tiró hacia abajo. Un trozo de piedra dio en la puerta de Serebin y éste exclamó:

—¡Nos están disparando!

El coche se sacudió con violencia, Capdevilla luchó con el volante. Y de pronto, anunció:

—El neumático. —Las luces se acercaban, el coche se inclinó del lado del neumático reventado, dio un salto y siguió saltando sobre la llanta—. Es el final —dijo Capdevilla. Por un momento, se inclinaron y luego recuperaron el equilibrio; entonces el cristal trasero se hizo trizas.

—¡Mierda! —exclamó Capdevilla, y dio un giro a la izquierda.

El silencio permaneció en el aire un largo rato. Serebin tenía la mente en blanco, o quizá sólo retenía un nombre, como si fuera la primera palabra de una disculpa.

Se estrellaron contra unos árboles jóvenes, que se doblaron antes de romperse, luego contra arbustos y al final contra el suelo. El brusco impacto hizo que el coche se levantara sobre el morro. Se quedó así un momento, se balanceó un instante en cámara lenta, cayo y quedó descansando sobre el techo. Serebin se arrastró mirando hacia el parabrisas, donde dos marcas rojas manchaban el vidrio. Sintió la sangre que manaba de su cuero cabelludo, olió la gasolina, pateó desesperadamente contra la puerta, que ya estaba abierta, y se deslizó fuera. Rodeó el coche a gatas, encontró el lado del conductor con la puerta cerrada, metió la mano a través de la ventana rota y la abrió del todo. Capdevilla tenía el pie atrapado en el volante; Serebin se lo soltó y luego lo sacó a través de la ventanilla abierta. Tardó un rato largo, porque sólo contaba con una mano. Tenía un esguince en la muñeca, quizá se la había roto.

Divisó las luces del coche militar y oyó voces. Están excitados, pensó. Alguien tenía una linterna e intentaba dar con el sedán.

—El maletín —dijo Capdevilla.

—¿Puede caminar?

Capdevilla contestó farfullando algo que Serebin no entendió.

En la orilla opuesta sonaron truenos, pero no cerca, porque la tormenta se alejaba hacia el oeste; caía sin parar una lluvia fina sobre el río. Serebin se introdujo en el coche y buscó el maletín, finalmente lo encontró entre el suelo y el pedal del freno, torcido hacia un lado. Sacó una pequeña bolsa de monedas de oro y se metió el revólver en el cinto. Algunos soldados habían comenzado a bajar por el cerro. La linterna, oculta por una mano, aún era claramente visible. Alguien cayó, otro lanzó una imprecación y un tercero murmuró con rabia. Serebin cogió el revólver y con el pulgar levantó el seguro. Se giró y miró detenidamente hacia el río, a unos quince metros de distancia. Volvió a poner el seguro, pasó su mano sana por debajo del brazo de Capdevilla y comenzó a arrastrarlo hacia el agua.

Había troncos de todos los tamaños en la orilla. Lanzó uno de ellos al agua, puso a Capdevilla encima, se sujetó y pataleó, intentando mantener los pies en el agua hasta que sintió el tirón de la corriente. En el monte, el pelotón de búsqueda se acercaba al coche. Serebin se agarró al tronco con el brazo y sujetó a Capdevilla con su mano sana.

Al parecer, en la orilla habían llegado hasta el coche y oyeron un intercambio de gritos con alguien arriba, en el camino. «Buscad en el bosque.» Río abajo, más adelante, Serebin percibió una superficie que sobresalía, una especie de promontorio que se elevaba de la orilla. Tardaron un buen rato en llegar; tenía las piernas adormecidas y entumecidas cuando finalmente el tronco se acercó a la orilla. Capdevilla estaba inconsciente. Lo arrastró unos cuantos metros hacia dentro y cayó al suelo. «Acabado.» No podía hacer nada más. Intentó levantarse con todas sus fuerzas, no lo consiguió y cayó desmayado.

29 de marzo.

—Buenos días, señor.

Como era lógico, habría algo en esa ciudad de ópera balcánica que sorprendería al portero del Srbski Kralj, pero seguro que no era Serebin. Con la barba crecida de cuatro días, con una chaqueta de pescador hecha de cuero de oveja que le había dado uno de sus salvadores, un pañuelo ensangrentado cubriéndole la cabeza y la muñeca izquierda en un cabestrillo de palo y atada con hilo de pescar... No era más que el simpático cliente de la habitación 74.

—Buenos días —dijo Serebin.

—Es un día precioso.

—Sí que lo es, gracias.

—¿Necesita ayuda, señor?

—No, gracias.

Subió cojeando las escaleras hasta el piso de arriba y siguió por un largo pasillo. Alfombras manchadas, paredes verdes, el aroma de la cena de ayer, todo muy atractivo para él, que tenía la suerte de estar vivo para contarlo. También era el caso de Capdevilla. Lo había dejado en el hospital para que pasara allí un día o dos, pero viviría para volver a luchar.

Se detuvo frente a la puerta número 74. En una ocasión había tenido una llave para esta puerta, pero había desaparecido hacía tiempo. ¿Era ésa la puerta? Porque si aquélla era su habitación, ¿por qué había alguien riendo en el interior? Llamó a la puerta con cierta cautela. Volvió a llamar más fuerte y el capitán Draza, vestido sólo con camiseta y calzones, la abrió de golpe y se lo quedó mirando, sorprendido y encantado.

—Hombre, ¡qué pinta tiene usted!

Debió de ser una buena fiesta. Quizás aún lo era. El capitán Jovan, sólo vestido con calzones y la gorra del uniforme, dormía en el sofá de la habitación con una botella en la entrepierna. El aire era denso, olía a tabaco negro y a White Gardenia, y la cama estaba ocupada por tres jovencitas, una muy joven, todas asombrosas, o asombrosas de diferentes maneras. «Misteriosa, Lechera y Ballerina» fueron los nombres que les puso. Misteriosa y Ballerina estaban totalmente dormidas, y Lechera sentada sobre las almohadas leyendo el libro de poemas de Anya Zak que le había dado para el tren.

—Hola —dijo, con tono más bien formal y, tras un instante, se cubrió los pechos desnudos con las sábanas.

—Ah, Natalia —dijo Draza. ¿Qué manera es ésa de saludar a un invitado?

De pronto despertó Jovan.

—Bienvenido a casa —dijo—. Hemos estado esperándolo.

La habitación había sido minuciosamente desordenada. No había nada roto, pero lo habían cogido todo y lo habían dejado fuera de su sitio. Al parecer, esto le impedía al capitán Draza encontrar lo que buscaba, pero al final, bajo un montón de prendas femeninas, de guerreras y de una pistola con su funda y su cinturón, descubrió un periódico.

—Es un hombre famoso —dijo Draza; le entregó el periódico y señaló los titulares de la parte baja de la primera página:

SABOTEADORES BRITÁNICOS
ATACAN OBJETIVOS EN EL RÍO.

Habían dejado la estación piloto de Moldova Veche fuera de servicio unos diez días o dos semanas. La habían quemado, destruido mapas y registros valiosos, y habían dañado gravemente un barco de reparación cuando una bomba trampa había explotado mientras izaban una barcaza hundida.

Draza cogió el periódico y leyó la parte que más le gustaba en voz alta.

—«Las potencias del Eje han sido advertidas de que el león británico golpeará en cualquier lugar y en cualquier momento para atentar contra las líneas de aprovisionamiento de sus enemigos.»

A Jovan le agradaba oír eso.

—Por la victoria —dijo, y bebió.

—Espero que no le importe encontrarnos aquí —dijo Draza—. Estábamos esperando que volviera, así que pensamos ¿qué mejor lugar para esperar?

—Sois bienvenidos —dijo Serebin—. Pero pienso lavarme y luego ponerme a dormir.

Jovan abandonó la silla tambaleándose, logró no caerse y se enderezó a medias.

—Aquí mismo —dijo—. Es muy cómodo.

—Y guardaremos silencio —dijo Draza, con voz queda.

◆ ◆ ◆

A la mañana siguiente se detuvo en una barbería para afeitarse, compró una chaqueta nueva y, sintiéndose mejor de lo que se había sentido en mucho tiempo (el corte en su cabeza sanaba impecablemente), decidió ir a ver a Capdevilla al hospital. Cuando le enseñó el periódico, éste rió, aunque tuvo que sujetarse el costado.

—Así que ha sido un éxito —dijo—, y se habrá dado cuenta de lo que no dice. Acerca de los diplomáticos alemanes.

Serebin lo había visto, puesto que, con los años, se había convertido en una especie de experto en lo que los periódicos no decían.

—¿Hay alguna posibilidad de que los yugoslavos hagan volar el río?

—En este momento, no. Se están movilizando, han tenido su golpe de Estado y no tardarán en pagar por ello. Todos los corresponsales extranjeros se van, las misiones diplomáticas cierran sus puertas y los traficantes de armas, toda esa chusma, vuelven adonde sea que estaban. En cuanto a usted, será mejor que salga inmediatamente, yo le seguiré en un par de días. Nuestros amigos de la fuerza aérea conocerán los detalles.

—Entonces, lo veré en Estambul —dijo Serebin.

—Bien, en algún lugar será.

Serebin se alegraba de volver a casa, cualquiera que fuese ese lugar. Había dormido en el sofá después de beber buena parte de la noche con los capitanes y sus amigas. Con sólo mirarlas, paseando con su alegre desinhibición de un lado a otro, fumando cigarros, bebiendo, riendo y provocando, había sentido un bienestar enorme. Y antes de echarse a dormir, Draza había creído necesario decirle lo dulces que eran las chicas.

—Son patriotas —advirtió, y fueron las últimas palabras que dijo antes de que Serebin y Jovan lo metieran en la cama.

No era más que una palabra, pero temprano por la mañana el día después de que se despidiera de Capdevilla tenía mucho más sentido. Afuera, en el campo (tenía que ser un campo de aviación, porque había aviones estacionados en la hierba), en lo que no era más que un pastizal, se encontró frente a una hilera de biplanos.

Visite nuestra web en:

www.umbrieleditores.com

estar en el mundo sin invitaciones. La naturaleza exacta de la química social lo eludía a él, pero de alguna manera la gente se enteraba de
que ella estaba ahí y la invitaba. A veces ella aceptaba, y entonces acudían los dos.

Esa noche tenían una cena, al menos él pensaba que era esa noche, tendría que asegurarse. Una especie de cena en el club Náutico,
una bella invitación, grueso papel de color crema con un elaborado
blasón. La ofrecían personas de las que nunca había oído hablar, al
parecer, en honor a una pareja relacionada con la familia real norue-
ga, por entonces exiliada en Londres. ¿Qué hacían en Estambul?
Bien, lo que hacían todos. Más que nada, esperar.

En el mismo correo había una nota de Polanyi. Esperaba que estuvieran bien, quizá los vería en la cena real. «Hay alguien que quiero que conozcas», decía. Marie-Galante había dejado la invitación sobre la repisa de la chimenea, algo que solía hacer cuando la invitación
la atraía. De modo que, no cabía duda, irían... algo que hacer. No
es que se aburrieran, ni nada parecido.

Serebin abrió el cajón de la mesa, encontró un Sobranie y lo encendió. ¿Encendía la luz? ¿Trabajaría un rato? No, sólo quería observar esa noche de verano mientras pasaban las horas. El barco casi
se había perdido de vista; miró entonces hacia las aguas oscuras, acabó su cigarrillo y volvió a la habitación. Demasiado calor para una sábana o una manta. La observó un momento mientras dormía, y luego
se tendió con cuidado en la cama. No quería despertarla. Pero ella se
deslizó contra él, y Serebin sintió su piel sedosa y fresca, a pesar del
calor de la noche de verano.

—¿Dónde estabas? —preguntó, no del todo despierta.

—Dando un paseo.

—Hay, *ours, mon ours* —suspiró— ¿Qué pasará con nosotros?

Silencio, sólo el romper de las olas a los pies del acantilado.

—No, no —añadió—. *Después* de eso.

terraza, el aire suave, la sensación de que pasaban las horas de una noche de verano en la vida.

Las tablas del suelo crujieron cuando se dirigió por el pasillo a la sala blanca. Había todo el papel y los lápices que necesitara. Nunca le había contado a Marie-Galante que Tamara había querido que la habitación fuera la celda de un escritor, pero ella no había tardado más de diez minutos en entenderlo.

—Te pondremos aquí —había dicho. Y, por las mañanas, ahí estaba. Era difícil, con la guerra en todas partes, decidir lo que debía decir, o imaginar quién querría escucharlo. En cualquier caso, seguía trabajando, porque era lo que siempre había hecho.

En cuanto a ella, había hecho exactamente lo que había prometido y, por eso, se habían *ido juntos*. No habían llegado lejos, sólo hasta Besiktas y la pequeña casa sobre el acantilado, pero no había nada de malo en ello. Marie-Galante había comprado toallas, sábanas y manteles nuevos, había enrolado a las hermanas ucranianas en una magnífica campaña de encerar y pulir al estilo francés y ahora todo olía a miel y brillaba como el oro.

Allá en el Bósforo, un barco oscuro con una estela larga y blanca se dirigía hacia el mar Negro. Quizás a Bulgaria y Rumania, pensó, pero no mucho más lejos, a menos que fuera un barco de aprovisionamiento, alemán, italiano o neutral. Había un lugar adonde no iba, y era Odessa. Ahora combatían allá, la ciudad cercada por el ejército rumano; los defensores, en horrible inferioridad numérica, pero resistían, se negaban a rendirse. Había historias de heroísmo todos los días en los periódicos, que ellos recortaban en la oficina de la URI y colgaban en el tablón de anuncios. Serebin aparecía de vez en cuando, y ofrecía su ayuda, para hacer lo que pudiera. Creó una nueva *Cosecha*, pero los emigrantes allí no eran tan buenos como los de París. Ahora se hablaba de patriotismo, era Rusia la que combatía, no la Unión Soviética, Stalin lo había dicho y todos lo creían. En el Danubio, las barcazas de petróleo remontaban día y noche el río hacia Alemania.

Ambos seguían la guerra en los periódicos con el café de la mañana; en la radio, cuando bebían algo por la tarde, y con otras personas con que a veces se reunían por la noche. Marie-Galante no podía prestar atención. Dos o tres discursos, uno de ellos pronunciado con un acento claramente extranjero, con palabras como «aprecio» y «gratitud». ¿Por qué? Josef no lo sabía, los oradores no lo dijeron explícitamente y, de todas maneras, su inglés no era tan bueno.

Sin embargo, sí se percató de que, al igual que el hombre de acento extranjero, algunos de los presentes no eran ingleses nativos. Uno con una perilla blanca, otro con un enorme vientre y una risa sonora. Extranjeros como él. Vaya, no demasiado como él.

Josef había retirado los platos del postre y se preparaba para servir el oporto cuando sir Ivan se puso en pie y agradeció a los hombres de la mesa los honores que le brindaban. Vio que el hombre era sincero, que incluso estaba emocionado. Uno de los hombres dijo «Escuchad, escuchad», todos se pusieron de pie como para proponer un brindis. Josef esperó pacientemente, pero no era precisamente un brindis. Lo que sucedió a continuación no era habitual, pero, pensó que estaba *bien hecho*, como les había oído decir a los señores elegantes en más de una ocasión durante la cena. Bien hecho, porque venía del corazón, y todos tenían esa especie de seguridad que permite a los hombres cantar sin preocuparse demasiado por la melodía. En cualquier caso, era una cancioncilla fácil de recordar:

Porque es un muchacho excelente,
porque es un muchacho excelente,
porque es un muchacho excelente,
y siempre lo será.

Y siempre lo será,
y siempre lo será.
Porque es un muchacho ex-ce-len-te.
¡Y siempre lo será!

29 de julio.

Serebin se despertó pasada la medianoche, intentó volver a dormirse, renunció a ello y abandonó la cama. No tenía sentido dar vueltas sin parar, sobre todo una tórrida noche de verano. En Estambul, las noches de verano eran famosas por lo tórridas, pero era algo más que eso. No lo había despertado el calor, pensó, sino un brillo en la nes. Draza volvió a girarse y, con una ancha sonrisa en los labios, hizo la señal de la victoria.

3 de abril. Londres. Era un largo camino en metro hasta el club Drake, en Grosvenor *square*, así que Josef, el camarero, siempre salía temprano de casa para asegurarse de que no llegaría tarde al trabajo. A veces, cuando su línea de metro había sido alcanzada por las bombas durante la noche, tenía que caminar, y a veces, al volver a casa después del trabajo, tenía que orientarse en la oscuridad o esperar en un refugio antiaéreo hasta que sonara la sirena que anunciaba el final del peligro.

Aun así, no le importaba. Josef, un alma llena de júbilo, era cojo de una pierna, tenía la mirada alegre y se había quedado calvo poco después de los veinte años («por preocuparse», solía decir). Había escapado de Praga en abril del treinta y nueve, después de que los alemanes ocuparon la ciudad y, con su mujer y un bebé, había conseguido llegar hasta Londres. Los jóvenes que trabajaban en el Drake habían sido movilizados, de modo que tuvieron que contratar a personal nuevo y la administración estaba más que satisfecha con él.

Josef, con una J dura para los señores elegantes que acudían al club a tomar unas copas o a cenar. Se esforzaba en ser un buen camarero, después de haber sido un buen profesor de matemáticas, y hacer lo mejor significaba mucho para él, y sus jefes en el club lo sabían. Ahora que su mujer volvía a estar embarazada, lo dejaban trabajar todo lo que quisiera, y a menudo lo enviaban a casa con alguna cosa envuelta en una servilleta. La vida con el racionamiento no era fácil para un hombre que sostenía a una familia.

Por eso lo dejaban trabajar en cenas privadas, y eso lo obligaba a volver a casa pasada la medianoche. Pero cualquier ingreso extraordinario ayudaba. La cena privada aquella noche de abril se celebraba en honor de sir Ivan Kostyka, y estaba organizada como casi todas las demás. Una docena de caballeros, bastante elegantes, incluso para el Drake Club. Un lord de esto y un coronel de lo otro, y un hombre que llamaban Pebbles. Josef escuchaba lo que decían sin realmente

—La fuerza aérea de Yugoslavia —anunció Draza.

Hawker Harts, Furies y Bristol Bulldogs con sus alas paralelas sostenidas por puntales por arriba y por debajo de la cabina del piloto, armados con sólo una ametralladora. Eran aviones de comienzos de los años treinta, pero tenían un aspecto que los hacía parecer más antiguos, descendientes de los Spads y de los de Havilland de la guerra del catorce, y Serebin dudaba que pudiesen permanecer mucho tiempo en el aire frente a los Messerschmitts alemanes.

—¿Tenéis más aviones? —preguntó.

—No. Esto es lo que nos vendieron los ingleses, pero son más rápidos de lo que piensa.

Draza pidió a un mecánico que buscara una chaqueta y gafas de aviador para Serebin, puesto que volaría en la cabina como artillero, detrás del piloto.

—Tenemos que luchar con lo que hay —dijo Draza—. En cualquier caso, el mismo inglés que nos vendió los aviones nos ayudó con el golpe de Estado. De modo que dejo los juicios a otros; así está hecho el mundo, ¿no le parece?

Serebin se puso su equipo de aviador y subió a la cabina del artillero, detrás de Draza, que se giró y le entregó un mapa de carreteras de Yugoslavia y Macedonia.

—Cambio de planes —dijo—. Se dirige a Thassos.

—¿En Grecia?

—Más o menos. Es una isla, un paraíso para los contrabandistas. El Adriático hoy en día no sirve, hay demasiados combates. La Luftwaffe, la RAF, la marina italiana. Hay demasiada gente.

El mecánico quitó los bloques de las ruedas, hizo girar la hélice, que lanzó unos estertores y petardeó antes de funcionar definitivamente. El Hawker cruzó el campo lleno de baches, se alzó con un rugido, voló por encima del Srbski Kralj y agitó sus alas hasta que, saltando entre las corrientes térmicas, subió hasta cinco mil pies y enfiló rumbo al sur. Bajo un cielo azul, por encima de los campos y los bosques, a veces, una aldea. El capitán Draza se giró a medias en su asiento y gritó «movilización» y señaló hacia el este. Era extraordinario verlo desde arriba. Al menos mil carretas tiradas por bueyes, largas columnas de infantería, las armas almacenadas en grandes cajo-